Hannah Kaiser

Zimtzucker

Liebesroman

1. Auflage November 2014

Covergestaltung: Catrin Sommer www.rausch-gold.com
Fotos: Hannah Kaiser
Grafiken: shutterstock.com, Bildnummern 75845206 und 124797484
Lektorat: Alexandra Balzer
Korrektorat: Brigitte Melchers

hannah.kaiser79@gmx.de

Inhalt

Kapitel 1

„Bist du dir sicher, dass du das machen willst, Sarah?" Mein Bruder wirft mir einen besorgten Seitenblick zu und setzt gleichzeitig den Blinker seines Autos, um anschließend weiterhin der Beschilderung zum Flughafen zu folgen.

„Ich kann die beiden einfach nicht im Stich lassen!" Unruhig spiele ich am Verschluss meiner Handtasche herum, während die vertrauten Straßenzüge Bostons am Fenster an mir vorbeiziehen. Doch heute kommen sie mir merkwürdig fremd vor. Ein kalter Schauer läuft über meinen Rücken und ich raffe fröstelnd den dünnen Mantel über meiner Brust enger zusammen. Es hat angefangen zu regnen.

„Es ist ja nun auch nicht so, als hätte dein Dad sich immer wieder aufs Neue als Vater des Jahres qualifiziert", bemerkt Grayson trocken und runzelt nachdenklich die Stirn. Seufzend betrachte ich sein Gesicht mit den bernsteinfarbenen Augen, die meinen so ähnlich sind. Er räuspert sich, bevor er wieder zu sprechen beginnt. „Du bist deinem Vater nichts schuldig. Das weißt du, oder?"

„Natürlich weiß ich das." Unsere Väter sind nicht identisch, weil unserer Mutter selten ein Mann lange gut genug gewesen ist. Dann ist sie weiter zum nächsten gezogen. Ich habe meinen Dad früher bloß in den Ferien oder ab und an am Wochenende gesehen. Er hat immer viel gearbeitet und Midway und Boston trennen mehrere Flugstunden.

Und dennoch … mein Vater ist mein Vater. Und – was noch viel gravierender ist – Rachel ist meine kleine Schwester. Auch wenn wir nicht viel Kontakt zueinander haben, haben wir ein herzliches Verhältnis und ich fühle mich ihr gegenüber irgendwie in der Pflicht. Das meine ich nicht negativ. Sie ist Teil meiner Familie und ich will für sie da sein, wenn ich davon ausgehe, dass sie mich braucht.

Grayson seufzt schwer. Niemand auf der Welt steht mir so nah wie mein großer Bruder.

„Soll ich vielleicht mitkommen?" Er scheint sich Sorgen um mich zu machen, was ich gar nicht so wirklich nachvollziehen kann. Aber wir stehen einander eben sehr nah.

„Und Cherry mit den Hochzeitsvorbereitungen alleine lassen? Sie wird dir was ganz anderes erzählen, wenn du das machst. Und mir ebenso. Und zwar zu Recht!" Jetzt ist es an mir, schwer zu seufzen. „Ich schaffe das, okay? Es ist ja schließlich nicht meine Mutter, die gestorben ist."

„Ich verstehe nur immer noch nicht, warum du unbedingt hinfahren und auch noch dableiben willst."

Als ich später im Flugzeug sitze, denke ich die ganze Zeit über diese Frage nach. Wenn ich ehrlich zu mir selbst bin, dann ist Rachel nicht der einzige Grund.

Natürlich wäre ich auf jeden Fall zu meinem Vater und meiner Schwester geflogen. Aber so makaber das auch klingen mag – ich bin froh, dass ich eine Aufgabe habe. Der Gedanke erscheint mir in diesem Zusammenhang so grausam und herzlos, dass ich mich schon ganz elend fühle. Doch es ist wirklich so – im Moment hält mich nichts mehr in Boston.

Meine Arbeit als Theaterpädagogin mit Jugendlichen einer Schule inmitten eines sozialen Brennpunktes ist einfach wegrationalisiert worden. Ich habe diesen Job geliebt und die Kids ebenso und hätte auch ohne Bezahlung weitergemacht – aber da hat die Versicherung der Schule mir einen Strich durch die Rechnung gemacht. Egal, was ich versucht habe, es war nichts zu machen.

Mir fällt das noch schwerer, als ich mir vorher ausgemalt hätte. Es hinterlässt eine Lücke in meinem Leben, von der ich momentan nicht weiß, wie ich sie füllen soll.

Als das Flugzeug landet, ist es 21:30 Uhr, bis ich mein Gepäck habe nach zweiundzwanzig Uhr.

Bis zum Haus meines Vaters sind es von hier aus noch über achtzig Kilometer.

Ein wenig irritiert schaue ich die Dame hinter dem Schalter des einzigen noch geöffneten Autoverleihs an.

„Sie haben nur noch zwei Wagen da? Wie kann das denn passieren?"

Leicht desinteressiert zuckt sie mit den Schultern, bevor sie auf der Tastatur ihres Computers herumtippt. Kurz frage ich mich, wie man mit solch langen Fingernägeln überhaupt vernünftig tippen kann, aber sie reißt mich schnell aus meinen Gedanken.

„Sie haben den Fahrer des Autotransporters, der uns die Mietfahrzeuge immer bringt, mit 3,0 Promille erwischt und wir können so schnell keinen anderen mehr auftreiben. Also sind nur noch die beiden Autos da." Erneutes Getippe folgt, bevor sie wieder leicht genervt ihre Aufmerksamkeit auf mich richtet. „Also, wollen Sie nun den Spark oder den Colorado?"

„Den Colorado!" Darüber muss ich nicht lange nachdenken, ich habe viel zu viel Gepäck für den kleinen Spark, schließlich habe ich geplant, mehrere Wochen bei Dad und Rachel zu bleiben. Außerdem fahre ich gerne große Autos, sie umgeben mich mit dem Gefühl von Sicherheit.

Während ich noch in meiner Handtasche nach meiner Kreditkarte suche, höre ich jemanden unterdrückt fluchen. Ich könnte schwören, dass der Mann hinter mir etwas von *beschissenster Tag des Jahres* dicht gefolgt von *dämliche Alte* murmelt. Stirnrunzelnd drehe ich mich zu ihm um, in der festen Absicht, mich mehr oder weniger freundlich zu erkundigen, ob er gerade von mir gesprochen hat. Doch der Blick, den ich dabei aus einem Paar unterschiedlich farbiger Augen ernte, ist so mörderisch, dass ich es mir umgehend anders überlege. Lieber ein lebendiger Feigling als ein toter Held – das ist ein Motto, mit dem ich stets gut gefahren bin.

Mit einem kurzen Kopfschütteln wühle ich weiter in dem Chaos meiner Handtasche, bis ich endlich meine Brieftasche gefunden habe, um der Dame von der Autovermietung das kleine Stück Plastik zu überreichen.

In der Zeit, in der sie meine Daten in den Computer eingibt, drehe ich mich ein bisschen nach rechts, um den Mann hinter mir aus den Augenwinkeln neugierig zu betrachten. Er schaut zur Seite und scheint grimmig eine Werbetafel zu betrachten. Eigentlich ist er ziemlich gut aussehend. Groß, muskulös, blondes, leicht gelocktes Haar. Wenn ich für den Film arbeiten und einen historischen Highland-Krieger brauchen würde – er würde auf meiner Liste ganz oben stehen.

Ein unwillkürliches Lächeln versucht sich auf meinem Gesicht auszubreiten, während ich ihn mir im Schottenrock vorstelle. Das wäre das perfekte Outfit für ihn und würde super zu den verschränkten Armen und der ärgerlichen steilen Falte zwischen seinen Augenbrauen inklusive der finsteren Miene passen.

Leider arbeite ich nicht beim Film und ich persönlich mag es lieber, wenn Männer mich zum einen nicht als *alt* und schon gar nicht als *dämlich* bezeichnen, wenigstens ein paar Manieren und außerdem zumindest ein Minimum an Freundlichkeit an den Tag legen. Da ist es mir auch egal, ob er unter dem Kilt eventuell keine Unterwäsche trägt. Bei diesem Gedanken bleiben meine Augen an seinem Schritt hängen, ohne dass ich es beabsichtigt hätte. Wahrscheinlich hatte ich einfach viel zu lange keinen engeren Kontakt mehr zu einem Mann … Als würde er meinen Blick auf sich spüren können, dreht er sich auf einmal zu mir und ich setze ein entschuldigendes Lächeln auf, das er nicht erwidert.

Unhöflicher Scheißkerl!

Eine Viertelstunde später stehe ich auf dem Parkplatz der Autovermietung. Es hat wieder zu regnen begonnen – das schlechte Wetter scheint mich heute zu verfolgen. Von einem Himmel, der noch schwärzer als schwarz wirkt, fallen unablässig dicke Tropfen herunter, und auch das Glitzern des Regens im fahlen Licht der Parkplatzbeleuchtung kann weder das trostlose Wetter noch meine unbehagliche Stimmung abmildern. Meine Gedanken schweifen unablässig zu meinem Dad und meiner kleinen Schwester. Mein Vater klang am Telefon recht gefasst, aber ich bin mir sicher, dass es schwer für ihn ist. Er ist ein beherrschter Mann, der nur selten Gefühle zeigt. Ich weiß, dass es um seine Beziehung zu Christina nicht immer zum Besten stand. Dennoch hat er sie auf seine Art sehr geliebt. Und Rachel … Sie ist fünfzehn und hat nun keine Mutter mehr. Und das in einer Phase, in der ein Mädchen wirklich dringend eine Mutter braucht.

Der Parkplatzbereich der Mietwagenfirma ist zum Glück fast leer, sodass ich das entsprechende Fahrzeug schnell gefunden habe. Vor dem hässlichen Maschendrahtzaun und im kalten Licht der Parkplatzbeleuchtung empfinde ich so ein Auto fast als einen gemütlichen Rückzugsort.

Frierend und müde verstaue ich mein Gepäck auf der Rückbank des dunkelroten Pick-ups. Mit einem Kopfschütteln betrachte ich die große Ladefläche. Warum bitte vermietet man am Flughafen ausgerechnet einen Pick-up? Und auch noch einen ohne Abdeckung? Was soll man da mit der Ladefläche anfangen?

Falls ich ein Reh überfahren sollte, kann ich es zumindest transportieren und unser morgiges Mittagessen ist gesichert.

Lächelnd stelle ich mir vor, wie Editha, die alte Haushälterin meines Vaters, die Hände über dem Kopf zusammenschlägt, wenn ich sie mit der Zubereitung einer solchen Beute beauftrage, und ich fühle mich ein kleines bisschen besser.

Der Mietwagen riecht nach einer Mischung aus Leder und Apfellufterfrischer, nicht unangenehm, jedoch auch nicht sonderlich heimelig. Als ich den Motor starte, wird der Regen noch stärker und prasselt in einem steten Stakkato auf das Wagendach. Seufzend schalte ich die Sitzheizung an und lasse das Auto langsam vom Parkplatz rollen. Dabei kann ich gerade noch aus den Augenwinkeln erkennen, wie der unhöfliche Highlander verzweifelt versucht, zwei riesige Sporttaschen in den Kofferraum des winzigen Sparks zu bekommen und dabei pitschnass geregnet wird.

Das kommt davon. Karma und so …

Um mein eigenes Karma sollte ich mir allerdings auch ein paar Gedanken machen – so gehässig zu sein ist bestimmt nicht gerade zuträglich.

+++

Der Tag war beschissen gelaufen. Ein einziges Desaster. Sein Chef, der ihn noch nie so richtig leiden konnte, hat ihn in letzter Zeit besonders auf dem Kieker, was er sich nicht erklären kann. Klar, die Ergebnisse könnten im Moment wirklich deutlich besser sein. Aber das Verhalten seines Chefs geht weit über den normalen Frust über ein paar verlorene Spiele hinaus. Da muss noch etwas anderes dahinterstecken.

Und als wäre es nicht schon schlimm genug, dass er früher zurückfliegen musste, weil irgendein Volltrottel in sein Büro eingebrochen ist: Sich jetzt noch in diese Sardinenbüchse von *Klein*wagen quetschen zu müssen und das alles bei strömendem Regen, das setzt dem Ganzen echt die Krone auf.

Ärgerlich schaut er der blöden Tussi hinterher, die ihm den letzten brauchbaren Leihwagen vor der Nase weggeschnappt hat.

Sie wirkte gleich auf den ersten Blick nach Geld. Nicht, dass er nicht selbst genug davon hätte, doch manchmal kann man Menschen ansehen, wenn sie bereits mit Reichtum groß geworden sind. Ihr Gang, ihr Outfit, die perfekt sitzende Frisur, bei der nicht eine Locke ihres braunen Haares illegal ihren Platz verlässt ... Solche Frauen machen immer bloß Ärger. Obwohl dieses Exemplar verflucht attraktiv gewesen ist. Kurvenreich und üppig. Die Wartezeit damit zu verbringen, auf ihren prallen Hintern in dem eng anliegenden Bleistiftrock zu glotzen, hat ihm durchaus gefallen. Genau wie ihr klassisch-schönes Gesicht mit den ungewöhnlichen goldbraunen Augen. Normalerweise hätte er vielleicht ... Aber heute Abend steht ihm danach wirklich nicht der Sinn.

Mit knirschenden Zähnen versucht er seine Reisetasche im Kofferraum zu verstauen, nur um sich dabei die Fingerknöchel zu stoßen.

Verdammt!

Solche Autos sind einfach nicht für Menschen wie ihn gemacht. Er braucht Platz und Raum und nicht irgendetwas Parkplatzfindungsfreundliches.

Frustriert tritt er gegen den hinteren Reifen. Besser geht es ihm danach allerdings nicht, stattdessen tun ihm jetzt auch noch die Zehen weh.

Ziemlich durchnässt und gänzlich frustriert faltet er sich soweit zusammen, dass er irgendwie hinters Steuer passt.

Nachdem er den Motor gestartet hat und es im Innenraum langsam warm wird, greift er noch einmal nach seinem Handy. Nach kurzem Zögern drückt er schließlich auf Wahlwiederholung.

Es klingelt ein paar Mal, bevor sein Anruf entgegen genommen wird. Das erste was er hört ist Musik im Hintergrund, gefolgt von der lallenden Stimme eines ihm unbekannten männlichen Teenagers.

„Hallo?"

Eric McLeod verdreht die Augen.

„Ich würde gerne meinen Sohn sprechen." Seine Stimme ist bestimmend und schneidend, ein Befehl, keine Bitte. Leider ist sein Gesprächspartner anscheinend zu betrunken, um sich davon beeindrucken zu lassen.

Erics Zähneknirschen ist mittlerweile so laut geworden, dass er damit innehält. Sein Zahnarzt schlägt jedes Mal die Hände über dem Kopf zusammen, wenn er da ist und murmelt etwas von einem frühzeitigen Gebiss, falls er so weiter machen würde.

Nach mehreren Minuten hört er endlich seinen Sohn.

„Daddy? Bist du das?" Diesmal schwingt eine leichte Panik in der Stimme mit, die aus dem Telefon kommt. Eric registriert es mit einiger Genugtuung.

„Travis", knurrt er ins Telefon. „Ich hatte dir, glaube ich, ziemlich deutlich zu verstehen gegeben, dass du keine Party geben sollst. Wolltest du nicht eigentlich bei Logan übernachten?" Kurz ist er sich nicht sicher, ob er wirklich Lust hat, sich die Ausreden seines Sohnes anzuhören. Er hatte ohnehin schon geahnt, dass er sich nicht an ihre Vereinbarungen gehalten hat. Und bei allem Verständnis – diesmal wird es Folgen haben. Als Travis zu stottern anfängt, würgt er ihn einfach ab. „Ich bin in spätestens drei Stunden zu Hause, Sohn! Gnade dir Gott, wenn bis dahin nicht alle Gäste verschwunden sind und außerdem aufgeräumt ist."

Ohne eine Antwort abzuwarten, legt er mit entschlossener Miene auf und pfeffert sein Handy mit soviel Schwung auf den kleinen Beifahrersitz, dass es herunterfällt. Beim Versuch, es wieder aus dem Fußraum hervorzuangeln, stößt er sich schmerzhaft den Kopf.

„So eine verdammte Scheiße!"

Wütend schlägt er mehrfach auf das Lenkrad ein, bevor er endlich losfährt.

Dieser Tag kann kaum noch schlimmer werden! Zum Glück ist er schon fast vorbei.

+++

Kapitel 2

Das schlechte Wetter bildet die optimale Kulisse zu meinen trüben Gedanken. Stellenweise kann ich vor lauter Regen kaum noch etwas erkennen. Fröstelnd starre ich auf die Sturzbäche, die an der Frontscheibe herunter rinnen, und auf die Scheibenwischer, die selbst auf höchster Geschwindigkeit den Wassermassen nicht mehr Herr werden können.

Je näher ich dem Haus meines Vaters komme, desto unwohler fühle ich mich. Die gesamte Fahrt zerbreche ich mir den Kopf darüber, was ich zu meinem Dad und Rachel bloß sagen soll, wenn ich ihnen später gegenüberstehe.

Als der Dauerregen mal eine kurze Pause einlegt, halte ich an einer Tankstelle an, um mir eine Cola und ein Stück Brownie zu kaufen. Ich bin so schrecklich müde und hoffe, dass die Kalorien sowie das Koffein mich ein bisschen wach halten werden. Das Licht in der Tankstelle ist hartweiß und so grell, dass ich blinzeln muss, als ich hereinkomme. Solch eine Beleuchtung ist für niemanden schmeichelhaft und für eine in die Jahre gekommene Tankstelle schon gar nicht. Verblichene Farben, graue Böden und weiß lackierte Metallregale, an denen überall die Farbe abblättert, dominieren das Innere des kleinen Gebäudes. Gekrönt wird das Ganze von einem langhaarigen Kerl mit einer Halbglatze und einer unvorteilhaften Hornbrille. In meiner Stimmung und bei diesen Lichtverhältnissen wirkt es hier, als würde jeden Moment ein blutrünstiger Mord geschehen. So fix ich nur kann, bringe ich meine Einkäufe zur Kasse, um diesen unfreundlichen Ort schnellstmöglich wieder zu verlassen.

Ich suche in meiner Handtasche nach Kleingeld, als ich das leise Klingeln der Tür höre, das verkündet, dass noch jemand hereingekommen ist. Da ich die Fantasien mit dem blutrünstigen Mord nicht aus meinem Kopf bekomme, traue ich mich kaum, mich umzusehen. Erst recht nicht, als ich bemerke, dass plötzlich jemand hinter mir steht.

Ich bezahle voller Hektik, und als ich mich umdrehe, pralle ich mit einer raumfordernden Front aus Muskeln und grimmiger Miene zusammen. Erschrocken ziehe ich scharf Luft ein und gebe ein leicht panisches Geräusch von mir. Meine Cola kann ich gerade noch so am Herunterfallen hindern, doch mein Wechselgeld landet laut scheppernd auf dem Fußboden. Während meine freie Hand zu meinem rasenden Herzen wandert, trifft mein Blick auf ein verschiedenfarbiges Paar Augen, das mich grimmig mustert. Dieser Typ scheint mich heute wohl zu verfolgen. Kommentarlos bückt er sich, um das heruntergefallene Kleingeld für mich einzusammeln. Als sich sein Hemd über seinem Rücken spannt, komme ich nicht umhin, mir einzugestehen, dass seine Muskeln wirklich beeindruckend sind. Als er sich langsam wieder aufrichtet und mir kommentarlos mein Kleingeld in die Hand drückt, ist sein Blick seltsam intensiv. Ich kann spüren, wie sich die feinen Härchen in meinem Nacken aufrichten, und sich meine Atmung deutlich beschleunigt.

Einen Dank sowie eine Entschuldigung murmelnd stehle ich mich an seiner Seite vorbei und gehe zurück zu meinem Wagen. Ich habe heute den Kopf weder für Flirts noch für Streitereien frei und schon gar nicht für einen Typen, der wirkt, als hätte er in beidem jede Menge Erfahrung.

Obwohl ich mich eigentlich auf das süße, schokoladige Stück Kuchen gefreut hatte, habe ich nun plötzlich keinen Appetit mehr. Nach ein paar wenigen Schlucken Cola starte ich mein Auto und biege wieder auf den Highway ab.

Auf der Weiterfahrt nehme ich lächelnd wahr, dass mich der seltsame Highlander mit seinem kleinen Autochen versucht zu überholen. Normalerweise würde ich jetzt kräftig aufs Gas treten, bloß um ihn zu ärgern, aber die Cola hat mich offenkundig mild gestimmt.

Mal abgesehen davon habe ich es heute nicht eilig.

Dennoch kommt man in der Regel, auch wenn man langsam fährt, irgendwann mal an seinem Ziel an.

Da ich keinen Schlüssel habe, bin ich froh, dass das große eiserne Tor, das zum Grundstück meines Vaters führt, geöffnet ist, als ich ankomme. Ich würde um diese Zeit nur sehr ungern noch klingeln müssen. Morgen muss ich unbedingt daran denken, ihn um den Code zu bitten, damit ich ohne Hilfe hereinkommen kann, solange ich hier bin.

Der weiße Kies, der den Wegbelag bis zum Haus bildet, leuchtet vom Licht der kleinen Laternen angestrahlt hell in der Nacht und knirscht unter den Reifen des Autos. Ich parke direkt vor dem Haus, auch wenn es eine große Garage gibt. Ich habe heute Nacht keine Lust mehr, auch nur einen Meter weiter zu laufen als unbedingt nötig.

Mit gerunzelter Stirn betrachte ich das weiß getünchte Haus mit dem roten Dach und den grünen Türen, das mir sonst immer so einladend erscheint, heute aber finster und abweisend auf mich wirkt. Meine Finger sind seltsam klamm, während ich nach meiner Handtasche greife und noch einmal tief durchatme, um mich für die Begegnung mit meinem Vater sowie meiner Schwester zu wappnen.

Kaum dass ich die Fahrertür geöffnet habe, geht die Haustür auf und Editha kommt mir entgegen. Sie sieht müde und abgespannt aus, auf ihrem ohnehin schon nicht mehr ganz glatten Gesicht haben sich tiefe Sorgenfalten gebildet. Wie immer trägt sie eine schwarze Hose zu einer weißen Bluse. Als sie auf mich zukommt, erkenne ich, dass beides wie erwartet tadellos gebügelt ist.

Sie ergreift meine beiden Hände, blickt mir kurz ins Gesicht und drückt mich dann an ihren dünnen Körper.

„Sarah, Liebes! Wie gut, dass du da bist!" Das leicht rollende R gibt den einzigen Hinweis darauf, dass eigentlich Spanisch ihre Muttersprache ist, ansonsten ist ihre Aussprache tadellos. Sie hält mich immer noch fest und ich erwidere ihre Umarmung. Sie riecht nach demselben Parfüm, das sie schon verwendet, seit ich sie als Kleinkind das erste Mal getroffen habe. Wie immer paart sich der Duft mit einer Mischung aus Kuchen, Braten und Zitronenscheuermilch.

Nur sehr langsam löst sich Editha wieder von mir und auch bloß, um mich an beiden Ellenbogen zu umfassen und mich somit auf genau dem richtigen Abstand zu halten, um mein Gesicht betrachten zu können.

„Du siehst müde aus, mi guapa!" *Meine Hübsche* – so nennt sie mich schon seit Kindertagen und ihr Kosename für mich verfehlt seine Trost spendende Wirkung auch heute nicht; ich muss lächeln.

„Du machst ebenfalls den Eindruck, als könntest du ein paar Stunden Schlaf vertragen, Editha."

Ihr Lächeln ist halbherzig.

„Ich kann nicht schlafen, seit der Unfall passiert ist. Zu viele Sorgen. Vielleicht ist es besser, jetzt wo du da bist …“

Besorgt runzle ich die Stirn.

„Wie geht es meinem Vater denn?“

Editha lässt mich los und streicht sich eine Strähne ihres mit Silberfäden durchsetzten schwarzen Haares aus dem Gesicht, die sich aus ihrem strengen Knoten gelöst hat.

„Am besten siehst du selbst nach ihm. Er wartet auf dich.“

Ich folge ihr über die kurze Eingangstreppe durch den Flur. Das Haus erscheint heute seltsam ruhig; die Stille wird nur vom Klappern meiner Absätze auf dem Marmorfußboden unterbrochen, Edithas Gummisohlen erzeugen kaum ein Geräusch.

Vor dem Arbeitszimmer bleibt sie stehen und klopft an, wartet das leise „Herein“ meines Vaters ab, bevor sie mir die Tür öffnet. Ihr formelles Benehmen sorgt dafür, dass ich mich noch ein bisschen unbehaglicher fühle. Sonst ist sie nicht so zurückhaltend.

Sein Arbeitszimmer wirkt wie immer. Massive Regale voller grauer Aktenordner, eine Vitrine mit seinen Eishockeytrophäen. Bilder in silbernen Rahmen auf seinem Schreibtisch, dazu der kalte Geruch nach Pfeifentabak und Leder in Kombination mit seinem dezenten Aftershave.

Mein Vater sitzt hinter seinem großen Schreibtisch und lächelt, als ich hereinkomme. Dennoch wirkt er, als wäre er um Jahre gealtert, seit wir uns das letzte Mal gesehen haben – dabei ist das gerade einmal vier Monate her. Die Falten in seiner hohen, aristokratisch anmutenden Stirn sind tiefer geworden und ich könnte schwören, dass seine Haare bei unserem letzten Aufeinandertreffen noch längst nicht so grau waren. Um seine Nase und seinen sonst so energischen Mund hat sich ein angespannter Zug gebildet, der ihn gleichzeitig unendlich müde scheinen lässt.

„Sarah!“ Er streckt die Arme nach mir aus, und als ich zu ihm gehe, um ihn zu umarmen, stolpere ich beinahe über sein Gipsbein.

Schweigend halten wir uns eine Weile fest. Erst als Editha mit einem Tablett voll Tee und Sandwiches hereinkommt, lassen wir einander wieder los.

„Wie geht's dir, Daddy?“ Ich komme mir blöd bei dieser Frage vor, vielleicht weil ich die Antwort darauf eigentlich schon kenne.

Mein Vater zuckt leicht mit den Schultern.

„Ich habe Schmerzen. Und ich vermisse Christina.“ Das darauffolgende Kopfschütteln wirkt unendlich traurig. In meinen Augen sammeln sich Tränen. „Es hat in Strömen geregnet und sie ist auf der nassen Fahrbahn ins Schleudern gekommen. Und direkt gegen den Brückenpfeiler geprallt. Wenn ich nur selbst gefahren wäre, statt Champagner zu trinken und sie fahren zu lassen …“ Einen Moment ist sein Gesicht völlig regungslos und ich bin mir sicher, dass mein starker, stolzer Vater mit den Tränen ringt, bevor sich seine Körperhaltung wieder strafft. „Aber das Leben muss weitergehen“, sagt er entschlossen, nachdem er sich aufgerichtet hat. „Rachel vermisst sie noch viel mehr als ich. Sie ist fast noch ein Kind und sie hat gerade ihre Mutter verloren. Ich will nicht, dass sie auch noch den Eindruck hat, keinen Vater mehr zu haben, weil ich nur noch mit Trauern beschäftigt bin.“ Ich kann den Schmerz in seinen Augen erkennen, doch ich finde keine Worte, um ihn zu mindern. Wie auch? Seine Frau, ich denke, die einzige, die er wirklich geliebt hat, ist tot. Seine kleine Tochter, die er ebenfalls liebt, trauert um ihre Mutter. Nichts, was ich sagen könnte, könnte ihm diesen Schmerz nehmen. Also bleibe ich schlicht bei ihm sitzen. Ohne weitere Worte leeren wir das Tablett, das Editha uns gebracht hat, und sind auf unsere eigene Art füreinander da.

Seine Trauer ist stumm, beherrscht und typisch mein Vater. Wenn man ihn nicht genau kennen, nicht genauer hinsehen würde, dann könnte man fast denken, er würde einfach so weitermachen wie vorher.

Aber es sind die Nuancen, die grauen Haare, die Müdigkeit in seinem Blick, die einen erkennen lassen, wie sehr ihn das alles in Wirklichkeit mitnimmt.

Ich kann nichts anderes tun, als für ihn da zu sein. Für ihn und für Rachel. Alles andere muss wahrscheinlich die Zeit bringen, die bekanntlich alle Wunden heilt. Oder doch zumindest die meisten von ihnen.

Später, als ich im Bett liege, bin ich so erschöpft, dass ich gleich einschlafe. Und wenn ich davon überzeugt war, von Tod und Trauer zu träumen, kommt es völlig anders, als ich gedacht hatte: Das Einzige, von dem ich bewusst träume, ist ein Paar verschiedenfarbiger Augen, das mich überallhin verfolgt.

Meine Schwester Rachel sehe ich erst am nächsten Morgen, ich wollte sie gestern nicht mehr aufwecken. Sie sitzt mit strähnigem Haar schweigend am Esstisch, während wir frühstücken, und würdigt mich, nach einer kurzen Begrüßung, keines weiteren Blickes mehr.

Das arme Mädchen tut mir so leid. Es muss wahnsinnig schwer für sie sein, ich vermute, noch schwerer als für meinen Vater – wenn es überhaupt möglich ist, ein Leid gegen das andere abzuwägen. Ich mochte ihre Mutter und ich weiß, dass sie ein sehr enges Verhältnis zu ihr hatte. Als ob die Pubertät, in der Rachel momentan steckt, an sich nicht schon anstrengend genug wäre. Wenn man auch noch um seine Mutter trauern muss, stelle ich es mir nahezu unerträglich vor.

Hilflos beobachte ich, wie sie nach dem Frühstück vom elegant gedeckten Tisch aufsteht, um auf ihr Zimmer zu gehen und bis zur nächsten gemeinsamen Mahlzeit nicht wieder herauszukommen. Zweimal klopfe ich bei ihr an, strecke meinen Kopf herein und frage sie, ob sie irgendetwas braucht. Aber sie schüttelt nur stumm den Kopf, ohne mich überhaupt wirklich beachtet zu haben. Stattdessen hat sie Kopfhörer auf den Ohren und starrt aus dem Fenster.

„Was macht sie da den lieben langen Tag?“, frage ich Editha später flüsternd. Diese zuckt resignierend mit den Schultern.

„Ich weiß es nicht, guapa. Trauern, vermute ich. Doch dein Vater meint, wir sollen sie einfach in Ruhe lassen.“

Ich bin mir nicht ganz so sicher, ob das die richtige Maßnahme ist, aber ich wage es im Moment auch noch nicht, mich in diesem Punkt einzumischen. Schließlich bin ich hier, um meinem Vater zu helfen und nicht, um seine Erziehung zu kritisieren. Außerdem sollte er seine Tochter besser kennen, als ich es tue, so selten, wie wir uns nur sehen.

Vielleicht ist es gut für sie, ein bisschen alleine zu sein. Schließlich muss jeder Mensch auf seine eigene Art und Weise mit Verlusten klarkommen.

+++

Eric McLeod ist es gewohnt, dass alle auf ihn hören. Das ist seit Jahren so. Er hat schnell gelernt, sich durchzusetzen. Als Teamchef, als Trainer, immer. Ausgewachsene, durchtrainierte Männer beginnen zu zittern, wenn er seine Stimme erhebt.

Bloß bei seinem eigenen Sohn scheint es nicht zu funktionieren.

Travis schafft es zwar, so zerknirscht dreinzublicken, dass Eric fast ein schlechtes Gewissen bekommt, wenn er wegen irgendetwas mit ihm schimpft, doch es bleibt immer folgenlos.

Langsam aber sicher fragt er sich, ob es wirklich so eine kluge Idee gewesen ist, ihn zu sich zu nehmen, während Madison mit ihrem Partner, den Eric immer nur *den verrückten Professor* nennt, in Brasilien beschäftigt ist, um irgendwelche uralten Grabstätten zu erforschen. Das Gefühl, dass ihm die Sache entgleitet … nein, dass ihm *sein Sohn* entgleitet, erschreckt ihn.

Andererseits muss es doch möglich sein, einen sechzehnjährigen Jungen halbwegs unter Kontrolle zu bekommen!

Müde reibt er sich über die Augen und inspiziert anschließend die sündhaft teure Stereoanlage, die er sich selbst letztes Jahr zu Weihnachten geschenkt hat. Zwar war alles andere, als Eric gestern Nacht zu Hause eingetroffen ist, halbwegs aufgeräumt, aber die Anlage ist heute Morgen nicht mehr angesprungen.

Während er in die Hocke geht, um die Sache genauer unter die Lupe zu nehmen, knackt sein rechtes Knie vernehmlich. Für eine Sekunde verzieht er schmerzhaft das Gesicht. Manchmal vergisst er, dass er keine zwanzig mehr ist und eine nicht gerade körperschonende Karriere als Profisportler hinter sich hat. Dann entdeckt er den Fleck auf seiner kostbaren Anlage. Oder genauer: Er entdeckt den nahezu die komplette Oberfläche überziehenden, klebrigen Film auf dem schwarzen Würfel. Verdutzt beugt er sich vor, um vorsichtig daran zu riechen.

Das ist ganz eindeutig Bier!

„Travis!", brüllt er so laut durchs Haus, dass er um ein Haar selbst zusammenzuckt. Als sein Sohn daraufhin am oberen Treppenabsatz erscheint und wirkt wie ein geprügelter Hundewelpe, hat Eric bereits wieder ein schlechtes Gewissen.

+++

Kapitel 3

Jeden Tag versuche ich mehrfach mit Rachel zu reden, aber sie lässt mich nicht. Ich biete ihr an, mit ihr zum Shopping zu fahren, mit ihr ins Kino zu gehen, einfach nur einen Tee mit ihr zu trinken und sonst nichts zu tun.

„Ich mag keinen Tee." Ihr Ausdruck hat dieses Trotzige, als würde sie jeden Moment die Augen verdrehen, und ich bin beinahe froh, dass sie sich zumindest diesbezüglich wie ein völlig normaler Teenager zu verhalten scheint.

„Dann trinken wir eben Kakao. Oder Kaffee. Oder meinetwegen auch ein Glas Wasser. Oder Cola …" Obwohl ihr Blick nicht besser wird und zu dem Trotz auch noch eine verbitterte Entschlossenheit auf ihre Miene tritt, will ich nicht aufgeben. Ich stehe mit hängenden Armen in der geöffneten Tür ihres Zimmers und betrachte diesen seltsam aufgeräumten Raum mit dem großen weißen Bett, auf dem sie sitzt und entsetzlich verloren aussieht.

Rachel setzt sich nun auf und beugt sich vor, fast schon angriffslustig, während ihre so müde wirkenden grauen Augen ein gefährliches Funkeln annehmen.

„Ich brauche euer verdammtes Mitleid nicht. Alles, was ich brauche, ist meine Ruhe. Und jetzt geh bitte." Anschließend dreht sie mir ihren schmalen Rücken mit den hängenden Schultern zu. Sie hat abgenommen. Der dünne Stoff ihres grauen T-Shirts ist nicht in der Lage, ihre deutlich hervortretenden Schulterblätter zu verstecken.

Eine ganze Weile betrachte ich sie sorgenvoll. Dann gehe ich zu ihr hin. Ich bin darauf vorbereitet, dass sie mich wegstößt und anschreit, dennoch nehme ich sie einfach in den Arm und ziehe ihr die Kopfhörer von den Ohren. Ihr Kopf wandert zu mir herum und sie schaut mich an, beinahe resignierend, was ich noch schlimmer finde, als wenn sie mich anschreien würde. Mein Herz fühlt sich wie zugeschnürt an. Rachel kommt mir manchmal so schrecklich emotionslos vor. Es würde mir viel besser gehen, wenn sie weinen würde. Oder schreien. Und ihr vermutlich auch.

„Ich hab dich lieb, kleine Schwester", flüstere ich in ihr Ohr, bevor ich sie loslasse und ihr Zimmer verlasse. Kurz überlege ich, ob ich mich noch einmal umdrehen soll, aber ich will lieber nicht sehen, dass sie höchstwahrscheinlich immer noch völlig regungslos dasitzt.

Egal, was mein Vater auch erzählen mag, ich kann mir nicht vorstellen, dass es gesund und heilsam für Rachel sein kann, sich dermaßen abzukapseln.

Genauso wenig, wie ich mir vorstellen kann, dass es gesund für meinen Vater ist, sich in seiner Arbeit zu verkriechen und so zu tun, als wäre nie etwas geschehen. So alt und müde er auch wirkt, ich habe ihn noch nicht einmal weinen sehen seit ich hier bin.

Das Abendessen verläuft genauso schweigend wie auch sonst. Während Rachel stumm in ihrem Essen herumstochert, Editha jedes Mal gottergeben seufzt, sobald sie den Raum betritt, steht mein Vater zigmal auf, um irgendwelche Anrufe entgegenzunehmen.

Ich frage mich, ob er ernsthaft denkt, es würde allen anderen weniger ausmachen, wenn er dabei vom Tisch aufsteht, statt am Platz zu telefonieren. Im eigentlich gemütlichen Esszimmer ist es ohnehin so mucksmäuschenstill, dass wir jedes Wort mitbekommen.

„Nein, ich will den Bonus trotzdem zahlen. Dabei geht es schließlich um die letzte Saison und nicht um diese." Zwischen den Augenbrauen meines Vaters bildet sich eine steile Falte. „Nein." Die Falte vertieft sich und seine Stimme wird lauter. Rachel zuckt kurz zusammen, bevor sie mit ihrer Gabel eine Erbse platt drückt, als sei diese an allem Unglück der Welt schuld und müsse dringend eliminiert werden. „Ich weiß, dass wir im Moment ständig verlieren! Niemand weiß das besser als ich. Schließlich gehört mir das verdammte Team!" Er schlägt mit der geballten Faust auf das hell gebeizte Sideboard, sodass die Blumen in der Vase darauf zu zittern beginnen. Rachel bearbeitet nun ein Stück Kartoffel, ohne auch nur einen Bissen davon zu essen. Falls das überhaupt noch steigerungsfähig ist, wirkt sie heute noch blasser und stiller als sonst, während mein Vater noch schlechter gelaunt zu sein scheint.

„Hast du Schmerzen, Dad?", frage ich, als er sich zurück zu uns an den Tisch setzt. Sein Blick fliegt zu mir, als würde er erst jetzt wieder wahrnehmen, dass ich überhaupt da bin und ich frage mich, was heute nur mit ihm los ist.

„Alles wie immer …", zischt er zwischen zusammengebissenen Zähnen hervor. Dann ist es einen Moment ganz still am Tisch. Rachel hat aufgehört, ihr Gemüse zu massakrieren; ich höre einen Moment auf zu atmen, ohne zu wissen warum. Das Ticken der alten Standuhr erscheint plötzlich dröhnend laut und die Anspannung lässt sich förmlich greifen. Verwundert betrachte ich Rachel, deren Kopf schlagartig nach oben zuckt, bevor sie meinem Vater einen Blick zuwirft, der ihn eigentlich zu Eis erstarren lassen müsste.

Als ihr Besteck klappernd auf den Teller fällt, zucke ich erschreckt zusammen, während Rachel so schnell vom

Tisch aufsteht, dass ihr Stuhl umkippt. Ohne uns noch eines weiteren Blickes zu würdigen oder gar eine Erklärung abzugeben, verlässt sie wutschnaubend den Raum.

Die einzige Reaktion meines Vaters ist ein fast unmerkliches Kopfschütteln, bevor er sich wieder seiner Mahlzeit widmet. Im Gegensatz zu ihm ist mir der Appetit vergangen. Ich schiebe das Besteck von mir, murmle eine Entschuldigung und gehe hinter Rachel her, um herauszufinden, was sie so sehr verärgert hat.

Weit komme ich dabei nicht, denn ihre Zimmertür ist zum ersten Mal abgeschlossen. Von innen dröhnt so laute Musik heraus, dass mein Klopfen garantiert zwischen dem Wummern der Bässe untergeht.

Erst am nächsten Morgen, bei einem Blick in meinen Kalender, erahne ich den Grund für ihre Wut. Ihre Mom Christina hätte heute Geburtstag gehabt. Und während mein Vater so getan hat, als wäre alles wie immer, hatte sie sich diesen Tag wohl verständlicherweise irgendwie anders vorgestellt. Editha hat bestimmt daran gedacht, aber sie ist meinem Vater gegenüber sehr zurückhaltend und mischt sich in solche Dinge nicht ein.

Ich nehme mir fest vor, mit meinem Vater zu reden. Es kann so mit den beiden nicht weitergehen. Leider ist er den ganzen Tag außer Haus, um sich um den Ab- und Verkauf von großen Immobilien und diversen Firmen zu kümmern, und auch in den nächsten Tagen kommt er abends erst so spät heim, dass ich meistens schon längst schlafe.

„Du weißt, dass du noch zu Hause bleiben kannst, wenn du möchtest?“

Ich betrachte einen kurzen Moment Rachels blasses Gesicht, bevor ich wieder auf die graue Straße vor mir schaue. Im Inneren des Autos ist es warm und behaglich, während es draußen ungemütlich und nebelig ist.

„Ich will aber gerne wieder zur Schule gehen. Es sagen schließlich immer alle, dass das Leben trotzdem weitergehen muss.“ In ihrer Stimme schwingt für eine Fünfzehnjährige viel zu viel Bitterkeit mit und es schnürt mir das Herz zu, sie so zu sehen. Ich würde sie gerne in die Arme nehmen, beschützen, ihren Schmerz irgendwie lindern können.

Meine feste Absicht war es, meinem Vater und vor allem Rachel zu helfen und beizustehen, als ich hergekommen bin. Doch nach fast zwei Wochen muss ich zugeben, dass mir meine mir selbst auferlegten Aufgaben nicht wirklich gelingen.

Mein Dad vergräbt sich in Arbeit; Rachel vergräbt sich den ganzen Tag in ihrem Zimmer und hört mit Kopfhörern Musik. Es hat sich nichts verändert. Bei meinem Vater ist dieses Verhalten durchaus normal. Aber um meine kleine Schwester, die früher lebensfroh und lustig war und geredet hat wie ein Wasserfall, mache ich mir zunehmend mehr Sorgen.

Sie hat gerade ihre Mutter verloren, lass ihr ein bisschen Zeit!

Ihr Zeit zu lassen, erweist sich allerdings als täglich härter werdende Geduldsprobe. Während sie direkt nach meiner Ankunft schon wenig gesprochen hat, sagt sie nun nahezu gar nichts mehr. Sie verlässt ihr Zimmer nach wie vor nur noch, wenn sie zur Schule muss oder wir sie zwingen, mit uns zusammen die Mahlzeiten einzunehmen. Dabei stochert sie lustlos auf ihrem Teller herum und hält den Kopf so, dass die dunklen Haare ihr ins Gesicht fallen, um Selbiges zu verbergen. Wenn Daddy oder ich es wagen, das Wort an sie zu richten und ihr eine Frage zu stellen, antwortet sie mit ihrem neuen Lieblingswort, oder vielmehr ihrem Lieblingslaut:

Hmpf.

„Rachel, wie war es heute in der Schule?"

„Hmpf."

„Möchtest du noch ein bisschen Salat?"

„Hmpf."

„Was hältst du davon, heute Abend ins Kino zu gehen?"

„Hmpf."

Es ist zum Haare raufen.

Ich meine, mir ist bekannt, dass Teenager nicht immer sehr gesprächig sind. Vor allem dann nicht, wenn Erwachsene dabei sind. Dennoch denke ich, dass Rachels Verhalten über normale pubertäre Verschlossenheit weit hinausgeht. Ich habe lange Zeit mit Jugendlichen gearbeitet. Natürlich bin ich mir darüber im Klaren, dass sie sich innerhalb ihrer Familie oft ganz anders verhalten, als sie es gegenüber Außenstehenden tun. Ein Phänomen, über das sich viele Eltern beschweren: Was zu Hause nur mit jeder Menge Streit klappt, wie zum Beispiel den Tisch zu decken oder abzuräumen, ist woanders auf einmal völlig selbstverständlich. Und während manche Teenies zu Hause kein Wort herausbringen, quasseln sie woanders vielleicht ohne Unterlass.

Dennoch halte ich Rachels Schweigsamkeit für extrem ungewöhnlich, sie hat beinahe etwas Trotziges. Und weder das eine noch das andere ist mir vorher je an ihr aufgefallen. Natürlich hat sie gerade ein traumatisches Erlebnis hinter sich … aber dennoch: Ihr Verhalten bereitet mir Sorge. Mein Vater hingegen scheint nicht der Meinung zu sein, dass wir irgendetwas wegen Rachel unternehmen sollten.

„Du wirst sehen, es wird ihr schon bald besser gehen. Wo sie jetzt endlich die Schule besucht und geregelter Alltag einkehrt." Mit schmerzverzerrtem Gesicht massiert er sich sein Bein, bevor er sein Telefon zückt, um sich erneut seinen Geschäften zu widmen.

Und auch wenn ich mich freue, dass er bezüglich Rachel so optimistisch ist – ich bin es bedauerlicherweise nicht. Denn ihren geregelten Alltag, so wie er vorher war, wird es nie mehr geben. Und ein neuer Weg wird sich mit Sicherheit nicht alleine finden lassen.

+++

In letzter Zeit scheint das Schicksal aus irgendwelchen ihm unerfindlichen Gründen nicht sonderlich gut auf ihn zu sprechen zu sein. Vielleicht sollte er sonntags doch ab und an mal in die Kirche gehen. Oder wenigstens das ewige Fluchen etwas reduzieren. Oder vielleicht generell etwas tugendhafter werden …

Ach, so ein Bullshit!

Eric ist ein guter Mensch. Zumindest ist er kein schlechterer als die meisten anderen, die er kennt. Außerdem glaubt er eigentlich gar nicht an so einen Mist wie Schicksal, Fügung oder Karma. Manchmal läuft das Leben eben einfach nicht so glatt, wie es könnte. Das ist halt so. Manchmal regnet es ja auch und dann scheint wieder die Sonne.

Mit grimmiger Miene tippt er auf den entsprechenden Knöpfen am Lenkrad seines neuen Cadillac Escalades herum. Er liebt diesen Wagen. Groß und geräumig, bequem und irgendwie … männlich. Natürlich ist es Schwachsinn, ein Auto zu brauchen, um männlich zu wirken. Er hat solche Potenzkarren weiß Gott nicht nötig. Sein Schwanz ist nun wirklich groß genug und bisher steht er auch noch jeden Morgen vor ihm auf und hat ihn auch sonst noch nie im Stich gelassen.

Aber das ändert alles nichts daran, dass ihm Autos, die groß, schnell und geräumig sind, besser gefallen als irgendwelche klitzekleinen Kisten. Er ist auch nicht so der Sportwagentyp, er mag es lieber etwas rustikaler.

Ein erneutes Tippen auf das Lenkrad und die Musik wird noch ein bisschen lauter. Die schweren Bässe der Heavy-Metall-CD, die er bereits seit seiner Jugend besitzt, wummern laut durch den kleinen Innenraum. Vielleicht ist es albern, so etwas in seinem Alter noch zu hören, in nicht einmal mehr zwei Jahren wird er vierzig. Aber es gibt Momente, in denen nichts über archaisch-grölende Männerstimmen mit möglichst wenig Melodie geht.

Seine Gedanken wandern wieder zur beschissenen letzten Woche zurück. Er hätte niemals gedacht, dass Kinder einen so dermaßen herausfordern können, so sehr bis zur Weißglut reizen und so unendlich verzweifeln lassen können. Vielleicht hat auch Madisons nachlässige Erziehung versagt, doch Travis ist völlig außer Rand und Band. Wehmütig denkt Eric an die Zeiten zurück, als er noch sein kleines, süßes Baby war, als sie noch eine richtige Familie waren. Was ist schon ein bisschen nächtliches Babygebrülle im Vergleich zu einem Sechzehnjährigen, der ständig heimlich trinkt, auf unerlaubte Partys geht und sonstigen Blödsinn macht?

Die ersten paar Wochen, die Travis bei ihm war, waren völlig unkompliziert. Dann ist sein Sohn, beinahe von heute auf morgen, irgendwie durchgedreht und der Blödsinn, den er macht, wird immer schlimmer.

Leider muss sich Eric eingestehen, dass er in den letzten Jahren als Vater wohl eher keine sonderlich gute Nummer abgegeben hat. Zunächst hat er sich nur auf seine Karriere konzentriert und dann war Madison auf einmal weg. Oder vielmehr bei einem anderen ... Bei diesem verrückten Idioten von Geschichtsprofessor, der ihretwegen sogar die Uni gewechselt hat. Bis heute steigt Bitterkeit in ihm hoch, wenn er daran denkt.

Dabei warst du doch selbst schuld, Junge!

Ja, das war er tatsächlich. Eine Beziehung braucht eben Pflege. Sie braucht zwei Partner, die sich Mühe miteinander geben. Die Rücksicht aufeinander nehmen, die sich füreinander interessieren und bereit sind, auch das ein oder andere Opfer zu bringen.

Was eine Beziehung mit Sicherheit nicht braucht, ist ein Mann, der fast nur an Sonntagen zu Hause ist und auch dann noch zu sehr mit sich und seiner Karriere beschäftigt ist, um auf seine intelligente, gelangweilte Frau einzugehen. Ganz egal, wie viel Geld er dabei auch nach Hause bringen mag.

Wieder seufzt er und schüttelt den Kopf, wie um die alten Erinnerungen zu vertreiben. Lange hat er sich gewünscht, die Zeit zurückdrehen zu können und alles anders zu machen. Aber mittlerweile hat er erkannt, dass die Beziehung zwischen ihm und Madison so oder so auf die

Dauer nicht gut gegangen wäre. Sie sind einfach zu verschieden.

Und wenn er sich damals ihretwegen nicht auf seine Karriere konzentriert hätte – wahrscheinlich hätte er ihr das irgendwann zum Vorwurf gemacht.

Auch wenn er sich vielleicht das ein oder andere Mal wie ein Idiot verhalten haben mag, es hat nichts daran geändert, dass er es stets so gut gemacht hat, wie er es gerade konnte. Natürlich ist man hinterher immer schlauer …

Tief in Gedanken versunken wäre er um ein Haar an Devon Frenleys Haus vorbeigefahren, erst im letzten Moment steigt er auf die Bremse.

Devon steht bereits vor der Tür und wartet auf ihn. Die große, fast bedrohlich wirkende Gestalt ist nicht zu übersehen.

Beim Einsteigen pfeift er anerkennend leise durch die Zähne.

„Nette Karre, die du dir da zugelegt hast. Gab wohl eine Gehaltserhöhung, während unsereins weiterhin mit einem Hungerlohn auskommen muss?“ Mit einem schelmischen Grinsen zieht Devon die Augenbrauen in die Höhe.

Kurz wandert Erics Blick über die schwarze Lederjacke seines Gegenübers, die mit Sicherheit sündhaft teuer gewesen ist, über die Jeans, die so lässig gebraucht aussieht, dass er auch dafür vermutlich ein kleines Vermögen ausgegeben haben dürfte, sowie die schwarzen Boots, für deren Gegenwert eine durchschnittliche Mittelstandshausfrau gleich drei Paar Schuhe bekommen dürfte.

„Hör auf zu quatschen und schnall dich lieber an“, knurrt er ein wenig ärgerlich. Tatsächlich stand er noch nie so kurz davor, seinen Job zu verlieren wie im Moment.

Aber das wird er nicht mal Devon auf die Nase binden, ganz egal, wie lange sie beide sich schon kennen.

+++

Heute Abend beschließe ich, auszugehen. Ich rufe Lilly an, eine alte Freundin aus Teenie-Tagen, die ich in den langweiligen Ferien bei meinen Vater kennengelernt habe. Sie sagt sofort zu.

Die letzten beiden Wochen waren anstrengend und nervenaufreibend und ich hoffe, dass ich ein bisschen neue Energie tanken kann, wenn ich mal einen Abend auf andere Gedanken komme.

Ich brauche lange, bevor ich mich für ein Outfit entschieden habe, wie so oft fühle ich mich in nichts so richtig wohl.

Als ich noch ein Kind war, gehörte ich zu jenen Exemplaren, die so dünn waren, dass sich jeder Sorgen gemacht hat, ob ich auch genug zu Essen bekomme.

Die Sorgen waren natürlich völlig unbegründet – ich habe immer genug gegessen, nur hat lange Zeit einfach nichts davon angesetzt.

Dann wurde ich zwölf und die Pubertät begann. Und zwar mit Macht. Ich weiß, dass das gar nicht so gewesen sein kann, dennoch hat es sich so angefühlt, als hätte ich quasi über Nacht plötzlich üppige Formen bekommen. Als hätte sich mein hagerer, flacher Kinderkörper von jetzt auf gleich von mir verabschiedet, um sich ungebeten in den einer Frau zu verwandeln.

Mir ist klar, dass viele Mädchen diesen Vorgang durchaus begrüßen und regelrecht herbeisehnen.

Aber als ich zwölf war, habe ich noch mit Barbies gespielt und anders als einen Teil meiner Freundinnen hat mich Kens Anatomie dabei herzlich wenig interessiert.

Obwohl ich also lieber neue Kleider für meine Puppen gekauft hätte, musste ich mir stattdessen ständig neue BHs für mich selbst kaufen gehen. Und all das unter den strengen Blicken meiner gertenschlanken Mutter, deren Augenbrauen sich mit jedem Blick auf meine Brüste missbilligend zusammengezogen hätten, wenn das viele Botox in ihrer Stirn so etwas denn erlaubt hätte.

Ohne es zu wollen, musste ich Abschied von meiner Kindheit nehmen, denn die süßen und unschuldigen T-Shirts mit kleinen Katzen oder Hundewelpen wirken merkwürdig obszön, wenn man auf einmal über ein üppiges D-Körbchen verfügt. Und nicht bloß das: Mein vorher so magerer Körper wurde auch an anderen Stellen ziemlich rund.

Im Sommer waren meine Oberschenkel ständig wund, weil sie aneinander scheuerten. Ich durfte keine Jeans mehr tragen, weil meine Mutter meinen Hintern darin als anstößig empfand. Vielleicht war es Glück, dass ich wenigstens eine sündhaft teure Privatschule besuchen durfte. Auf diese Art musste ich mir zumindest dort keine Gedanken darüber machen, was ich anziehe und was besser nicht. Die vorgeschriebenen Schuluniformen boten diesbezüglich keinen sonderlich großen Spielraum.

Aber bis heute fühle ich mich in meinem Körper nicht wohl. Wenn man in Größe zweiundvierzig passt und unter den Augen einer Mutter aufgewachsen ist, die sich von zweieinhalb Spargelstangen sowie einer Viertel-Weintraube am Tag ernährt, ist das für den ein oder anderen wohl etwas, unter dem man sein Leben lang zu leiden hat.

Seufzend nehme ich mir schließlich eine Jeans aus dem Schrank und kombiniere sie mit einer rauchgrauen Tunika aus Seide, deren Farbe meiner Haut schmeichelt, sowie den passenden Pumps und langen silbernen Ohrringen. Manchmal mag ich es, trotz allen Problemen mit meinem Körper, meine Kurven zur Schau zu stellen. Ich bilde mir ein, dass die Leute sowieso ständig glotzen, so weiß ich wenigstens, warum. Doch heute ist mir nach etwas Diskreterem.

Fertig umgezogen, gehe ich erst zu einer blassen Rachel und dann zu meinem schlecht gelaunten Dad, um mich zu verabschieden. Sofort bekomme ich ein schlechtes Gewissen, weil ich mir einen Abend lang eine Auszeit nehmen will, obwohl es den beiden immer noch nicht wieder besser geht.

Zögerlich gehe ich in Richtung der Haustür. Es ist still im Haus, so wie meistens, seit ich hier bin. Unangenehm still. Jedes Geräusch, das man macht, scheint sich durch die Ruhe zigfach zu verstärken und manchmal habe ich das Gefühl, dass es mir alle Energien absaugt. Trotzdem bin ich auf einmal gar nicht mehr in Stimmung wegzugehen. Mir ist die Lust dazu zur Gänze vergangen und ich verharre, die Hand bereits am Türgriff. Langsam lasse ich den Kopf sinken und atme tief aus.

„Untersteh dich hier zu bleiben, *guapa!*“ Editha hat sich auf leisen Sohlen angeschlichen. „Du tust niemandem einen Gefallen damit, wenn du hinterher mit Depressionen herumläufst. Geh aus und amüsier dich. Die beiden kommen schon einen Abend allein zurecht. Außerdem ist dein Taxi gerade vorgefahren und du willst den armen Taxifahrer doch wohl nicht wieder wegschicken?“ Sie stellt sich auf die Zehenspitzen, um mir einen Kuss auf die Wange zu hauchen, dann schiebt sie mich entschlossen zur Tür raus. „Außerdem siehst du viel zu hübsch aus, um heute Abend zu Hause zu bleiben. Das würden mir die Männer am Ort nie verzeihen!“ Lächelnd zwinkert sie mir zu, während ich zu dem Taxi herüber gehe, das gerade anhält.

+++

Das Bier schmeckt vorzüglich und beruhigt seine angespannten Nerven. Bitter und sanft perlend breitet es sich auf seiner Zunge aus und Eric schließt genießerisch die Augen. Schade, dass er es bei dem einen wird belassen müssen, weil er heute den Chauffeur spielt. Im Gegensatz zum Bier lässt die Gesellschaft heute Abend aber arg zu wünschen übrig. Kaum, dass sie das schummrige Innere der Bar betreten haben, hat Rodney Shepard sie erspäht und sich ungefragt zu ihnen gesellt. Dessen Gelaber lässt Eric heute Abend beinahe die Geduld verlieren. Der Typ ist so unerträglich dämlich, dass man geradezu fühlen kann, wie man selbst ebenfalls verdummt, wenn man sich zu lange in seiner Nähe aufhält.

Gerade grinst er wie ein Vollidiot, weil er eine attraktive Rothaarige durch die Tür hat hereinkommen sehen. Diese reckt gleich ihre Titten in die Luft, als sie Rodneys Blicke auf sich spürt, und leckt sich lasziv über die Lippen. Rodneys Grinsen wird noch breiter, dabei kommt seine Zahnlücke zum Vorschein. Anscheinend hat er Selbstbewusstsein genug, um sich selbst so noch unwiderstehlich zu finden. In der Tat muss auch Eric zugeben, dass Rodney wahrscheinlich für viele Frauen als attraktiv gelten dürfte. Dennoch fragt er sich, wie tief man eigentlich sinken muss, um für Geld und eine nette Fassade mit so einem selbstverliebten Hohlbrot in die Kiste zu springen.

„Ich bin dann mal weg, Jungs. Da drüben wünscht sich jemand dringend meine Gesellschaft." Mit einer eindeutig zweideutigen Geste macht sich das Hohlbrot in Richtung der dümmlichen lächelnden Rothaarigen davon und Eric atmet erleichtert auf.

„Was ist eigentlich aus dem ominösen Einbruch in deinem Büro geworden?" Devon nippt ebenfalls an einem Bier.

„Im Prinzip nichts. Mir ist es ja ein Rätsel, wie überhaupt jemand ins Gebäude kommen konnte, ohne dabei den Alarm auszulösen. Mal abgesehen davon, dass sie den Inhalt meines Schreibtischs großzügig auf dem Fußboden verteilt haben und ein paar Dollar an Bargeld haben mitgehen lassen, ist nichts verschwunden. Die Polizei vermutet, dass es einfach nur ein paar Jugendliche waren, die dann Angst bekommen haben. Wahrscheinlich irgendwelche Hacker, die sich an den Alarmanlagen versuchen. Es hat in letzter Zeit wohl mehrere solcher Fälle gegeben, aber mir wurde schon gesagt, dass die Ermittlungen da wohl meist im Sande verlaufen. Zumal nirgendwo viel weggekommen ist. Und wegen so einem Mist musste ich früher zurückfliegen und mir diese Schrumpfkarre von Mietwagen nehmen, statt bequem im Mannschaftsbus mitfahren zu können … Hey, Devon, hörst du mir eigentlich noch zu?"

Heute scheint der Tag der lasziv beleckten Münder zu sein, denn als er Devons Blick folgt, sieht er eine Brünette, deren Zunge gerade hervorschnellt, um ihr rosa Schmollmündchen zu befeuchten.

„Ist das nicht Yvette?" Yvette ist mal Devons Betthäschen gewesen, aber das ist schon eine Weile her. Der Angesprochene nickt, ohne seine Beute dabei aus den Augen zu verlieren. „Ist die denn noch aktuell?" Normalerweise wechselt Devon seine Gespielinnen so schnell, dass einem normalen Menschen schwindelig davon werden könnte.

„Ab heute Abend ist sie es wieder." Mit diesen Worten stürzt er sich ins Gewühl und Eric bleibt ein wenig verwundert allein zurück. Er hat sich selten so alt wie heute Abend gefühlt. Und – verdammt noch mal – während ihm sinnloses Herumgequatsche sonst fast immer tierisch auf die Nerven geht ... Heute Abend hätte er sich über ein vernünftiges Gespräch unter Erwachsenen gefreut. Etwas, bei dem sein Gegenüber auch mal mit etwas anderem als einem Brummen antwortet.

Scheiße!

Wahrscheinlich fühlt er sich nicht nur alt, sondern ist es wahrhaftig.

+++

Nach anderthalb Stunden bin ich ein bisschen angetrunken und deutlich besser gelaunt.

Der Abend tut mir tatsächlich gut. Ich stehe mit Lilly in einer kleinen, etwas ruhigeren Nische und lache über Ferienerinnerungen aus Kindheitstagen. Ihre runden blauen Augen leuchten auf, während sie sich mit einer ungeduldigen Bewegung ein paar Fransen ihres Ponys aus der Stirn streicht, der immer noch an das junge Mädchen von damals erinnert.

„Weißt du noch, wie wir mit süßen sechzehn Jahren ständig auf der kleinen Überführung vom Highway gestanden haben, um den Autos zuzuwinken? Dabei haben wir uns furchtbar gefreut, wenn sie uns zugehupt haben. Mittlerweile glaube ich ja, dass sie das nur gemacht haben, weil sie uns unter den Rock schauen konnten ... Besonders die Truckfahrer haben gehupt." Nachdenklich zieht sie ihre hübsche Stirn in Falten. „Eigentlich haben wir mehr Glück als Verstand gehabt, dass nie jemand angehalten hat. Ich würde meiner Tochter jedenfalls die Ohren langziehen und Hausarrest verpassen, wenn ich sie dabei erwischen würde.“ Sie nippt an ihrem Weißwein und ich muss lächeln.

„Lilly, deine Tochter ist erst zwei Jahre alt. Bis sie soweit ist, gibt es die Überführung vielleicht gar nicht mehr, sie wollen die Straße doch umleiten.“ Schmunzelnd streiche ich die zerknitterte Serviette vor mir glatt.

Ein erleichterter Ausdruck huscht über ihr Gesicht, bevor sie nach ihrem Handy greift.

„Aber schau mal, für Autos interessiert sie sich zumindest schon. Möchtest du die Fotos sehen?“ Lilly legt beinahe kindliche Begeisterung an den Tag, als sie den Ordner mit den Bildern öffnet.

„Natürlich!“ Sie zeigt mir bereits den halben Abend Fotos von ihrer Familie. Ich muss allerdings zugeben, dass ihre kleine Tochter wirklich ein süßer Fratz ist. Eine Weile schauen wir Bilder des kleinen Mädchens im Auto ihres stolzen Daddys an und kichern über die niedlichen Posen, die der Dreikäsehoch dabei einnimmt.

Wir verbringen den Abend mit viel Gelächter und alten Geschichten und mit zu viel Cocktails mit bunten Schirmchen darin.

Ich bin froh, dass ich unsere Verabredung nicht abgesagt habe. Lillys unkomplizierte Heiterkeit tut mir gut. Auch wenn sie mich nicht ganz von den Problemen, die auf mich warten, ablenken kann, so ist es dennoch angenehm, den Abend mal mit etwas anderem als Schweigen verbringen zu können. Davon habe ich in letzter Zeit wirklich genug gehabt.

Als sie sich irgendwann von mir verabschiedet, bin ich richtig traurig, dass sie schon gehen muss. Ihre Tochter ist momentan oft bereits um fünf Uhr morgens wach, sodass Lilly den Abend nicht zu lang werden lassen will.

Ich folge ihr nach draußen, um sie zu verabschieden und winke ihr hinterher, als sie um die Ecke verschwindet. Sie wohnt nicht weit weg und kann die kurze Strecke zu Fuß nach Hause gehen.

Lächelnd suche ich in den unendlichen Tiefen meiner Handtasche nach meinem Handy, um mir ein Taxi zu rufen, in Gedanken noch bei Lilly und den lustigen Geschichten von früher. Allerdings erstirbt das Lächeln auf meinem Gesicht ziemlich abrupt. Mein Telefon steckt irgendwie fest, und als es mir endlich gelingt, es mit einem heftigen Ruck ans Tageslicht zu befördern, bleibt mein Schlüsselbund daran hängen, fällt herunter und landet neben mir unter einem alten VW-Bus.

Nunmehr leise fluchend beuge ich mich nach unten, um meiner Schlüssel wieder habhaft zu werden. Aber sie sind so ungünstig unter den verdammten Bus geschlittert, dass mein Arm zu kurz ist, um sie ergreifen zu können. Von der anderen Seite habe ich auch keine Chance, die alte Hippiekarre wurde so nah vor einer Wand geparkt, dass von dort kein Zugriff möglich ist.

Mit mittlerweile deutlich schlechterer Laune als noch vor wenigen Sekunden sehe ich mich nach irgendetwas um, das mir von Nutzen sein könnte. Ich finde einen kleinen Stock, den der Herbstwind aus einem der umstehenden Bäume gerissen haben muss. Auch damit bleiben meine Versuche vergebens.

Statt den Schlüssel zu mir herzuziehen, mache ich es sogar noch ein bisschen schlimmer als vorher, indem ich ihn versehentlich weiter unter das Auto schiebe.

Fluchend bücke ich mich noch ein Stück tiefer, um besser sehen zu können, als sich hinter mir jemand amüsiert räuspert. Als ich meinen Kopf ein wenig drehe, um erkennen zu können, was hinter mir vor sich geht, entdecke ich ein blaues und ein grünes Auge, die mich interessiert beobachten.

Der Mann, zu dem das grüne und das blaue Auge gehören, kommt mir bekannt vor und einen Moment lang zermartere ich mir verzweifelt das Gehirn, woher ich ihn wohl kenne. Dann blitzen die Bilder von Flughafen und Tankstelle wieder in meinem Kopf auf. Ich brauche einen weiteren Moment, um den schlecht gelaunten Mann, der beim Schalter der Autovermietung schimpfend hinter mit stand, und ebenso grimmig mein Kleingeld eingesammelt hat, mit dem strahlenden Adonis vor mir übereinzubringen.

„Kann ich … irgendwie behilflich sein?“ Er lächelt breit, während er völlig unverfroren meinen hochgereckten Hintern begutachtet. Die Doppeldeutigkeit dieser Aussage ist nicht zu überhören. Ziemlich abrupt richte ich mich auf, mir wird ein wenig schwindelig davon. Ein paar Mal atme ich tief ein und aus, bis die Welt um mich herum aufhört, sich zu drehen. Erst dann finde ich mein eigenes Lächeln wieder.

„Mein Schlüssel ist unter diesen Bus gerutscht. Und meine Arme sind zu kurz, ich komme nicht dran.“ Während ich auf die grüne Hippiekutsche deute, trete ich einen Schritt zurück.

Der Highlander schaut für einen kleinen Moment ziemlich erstaunt, anscheinend hatte er nicht damit gerechnet, dass ich seine Hilfe tatsächlich annehmen würde. Doch dann bückt er sich, checkt schnell die Lage, bevor er sich wieder aufrichtet und meinen Schlüssel in den Händen hält.

Bei ihm ging das völlig einfach und unkompliziert; ich könnte deswegen beinahe ärgerlich werden. Allerdings schenkt er mir ein absolut hinreißendes Lächeln und ich bekomme stattdessen plötzlich ein bisschen Herzrasen.

„Dankeschön!“ Meine Stimme klingt leicht brüchig, als ich nach meinem Schlüssel greife, der am rechten Zeigefinger meines Helfers baumelt. Doch kurz bevor ich ihn erreichen kann, schließt er die Hand und zieht sie weg.

„Ich finde, als Dank für meine Hilfe könntest du noch etwas mit mir trinken gehen. Immerhin ist es bereits das zweite Mal, dass ich deine Sachen für dich einsammle.“ Er betrachtet mich mit schief gelegtem Kopf und ich würde gerne wissen, was er in diesem Moment denkt. „Ich muss noch auf einen Kumpel warten, der noch nicht nach Hause will, und langweile mich. Ursprünglich wollte ich bloß ein wenig frische Luft schnappen, doch etwas Gesellschaft wäre nett.“ Zu meinem Entsetzen lässt er meinen Schlüssel in seiner Hosentasche verschwinden, was ich nicht nur unhöflich, sondern sogar dreist finde. Ohne darauf zu achten, ob ich ihm folge oder nicht geht er in die Bar, aus der ich vorhin gekommen bin. Entgeistert bleibe ich stehen.

Er hat meinen Schlüssel!

Fast wie ferngesteuert setze ich mich in Bewegung. Erst kurz vor der Tür finde ich meine Stimme wieder.

„Ich werde nichts mit Ihnen trinken gehen und möchte Sie bitten, mir umgehend meine Schlüssel zurückzugeben.“ Währenddessen starre ich auf seinen breiten Rücken und ärgere mich darüber, keinen Laserblick zu haben, sodass ich ihm ein paar Löcher hinein brennen kann. Ich meine, mal ehrlich, was bildet der sich denn ein?

„Ach komm schon, nur ein Drink." Er dreht sich zu mir um und mustert mich aus diesen irritierend verschiedenfarbigen Augen.

„Nein. Ich gehe nicht mit Fremden mit." Ich klinge zwar eine Spur von zickig, allerdings sehr entschlossen.

Meinen Schlüsseldieb scheint das nicht im Geringsten zu beeindrucken. Im Gegenteil: Auf seinem Gesicht breitet sich ein Lächeln aus.

„Warum denn nicht?" Mit verschränkten Armen beugt er sich zu mir herunter, als würde er ein Geheimnis mit mir austauschen wollen. „Falls deine Eltern dir das verboten haben, möchte ich an dieser Stelle darauf hinweisen, dass du bereits erwachsen bist. Auch wenn du selbstverständlich keinen Tag älter als einundzwanzig aussiehst." Dann streckt er mir seine Hand hin, und als ich sie unwillkürlich ergreife, komme ich in den Genuss eines warmen, festen Händedrucks. „Ich bin übrigens Eric."

„Sarah ...", murmle ich als Antwort und bin komischerweise auf einmal verlegen.

„Angenehm, Sarah. Somit sind wir ja keine Fremden mehr und du kannst bedenkenlos mitkommen." Das Grinsen auf seinem Gesicht ist gleichermaßen ansteckend und entwaffnend und ich merke, wie ich gegen meinen Willen ebenfalls zu lächeln beginne, bevor ich ihm in die Bar folge.

Nach der feuchten Kälte draußen umfängt mich nun erneut eine angenehme Wärme, zusammen mit dem Gewirr vieler Stimmen und gedämpfter Musik. Eric hat mir die Tür aufgehalten und legt mir nun seine Hand auf den Rücken, kurz oberhalb meines Pos, um mich zu dem Tisch zu bugsieren, den er anscheinend für uns auserkoren hat. Dort angekommen hilft er mir sehr galant aus meinem Mantel. Doch nachdem er mich vorher dazu genötigt hat, mit ihm hierher zu kommen, lässt ihn das nun auch nicht mehr wie einen Gentleman wirken. Obwohl ich sein Verhalten unglaublich dreist finde, beeindruckt er mich gleichzeitig irgendwie. Es ist noch relativ früh am Abend und er hat letztendlich recht: Ich bin schon lange volljährig und die Gefahren, mit einem Fremden in aller Öffentlichkeit etwas zu trinken, sind wohl als eher gering zu beurteilen. Also beschließe ich, mich auf sein Spiel einzulassen. Viele andere Möglichkeiten haben ich ja ohnehin nicht und gleich die Polizei zu rufen, damit er meinen Schlüsselbund wieder herausrückt, scheint mir doch etwas überzogen.

„Was möchtest du trinken?“, fragt er, nachdem wir uns gesetzt haben.

„Einen koffeinfreien Kaffee, bitte.“ Ich will lieber keinen Alkohol mehr trinken, ich hatte genug davon für heute. Außerdem bin ich ziemlich durchgefroren, etwas Warmes tut mir bestimmt gut. Für sich selbst bestellt Eric ein Sodawasser, was mir ein kleines Stirnrunzeln entlockt. Er wirkt eigentlich nicht wie ein Mann, der alkoholabstinent lebt, eher wie jemand, der weltlichen Genüssen durchaus gerne zusagt. Ich betrachte ihn zum ersten Mal etwas genauer. Seine interessanten Augen, seine kräftige Nase, sein fast zu markantes Kinn mit dem kleinen Grübchen und seinen Mund, dessen Oberlippe auf der linken Seite eine Narbe ziert.

Ob man die spüren kann, wenn man beim Küssen mit der Zunge darüber fährt?

Erstaunt darüber, wo dieser Gedanke auf einmal herkommt, runzle ich die Stirn und wende schnell meinen Blick ab, bevor noch mehr davon in meinem Kopf aufkreuzen. Stattdessen konzentriere ich mich auf sein Wasser, weil es das Erste ist, das in mein Sichtfeld gerät.

„Ich muss noch fahren“, sagt er entschuldigend, als er mein Stirnrunzeln bemerkt und ich komme mir vor, als hätte er mich bei irgendetwas Unanständigem ertappt.

So gelassen wie möglich zucke ich mit den Schultern.

„Kann ja jeder trinken, was er will.“ Ein bisschen sauer, dass er mich erpresst hat, bin ich immer noch. Egal wie gut mir sein Mund auch gefallen mag. Das kann er ruhig merken. „Allerdings hätte ich jetzt gerne meine Schlüssel zurück.“

„Wenn der Kaffee leer getrunken ist, bekommst du sie.“ Erneut dieses Lächeln und wieder kann ich ihm auf einmal nicht mehr böse sein, was mich ärgert. Mit so einem Mann zusammenleben zu müssen dürfte die Hölle sein. Er würde mich bei jedem Streit mühelos um den Finger wickeln.

„In Ordnung.“ Ich reiße eines der kleinen Papiertütchen mit Zucker auf und rühre die Hälfte davon in meinen Kaffee. Vielleicht sollte ich mich nicht so stillschweigend in mein Schicksal ergeben, allerdings fehlen mir heute Abend die Nerven, um deswegen noch den Aufstand zu proben. „Verrätst du mir auch, warum du darauf bestehst, dass ich dir Gesellschaft leiste?“ Das würde mich wirklich interessieren.

Diesmal ist es an Eric, die Stirn zu runzeln. Er sieht mich an, als hätte er überhaupt keine Ahnung, wovon ich eigentlich spreche. Leicht anzüglich lässt er seinen Blick erst über mein Gesicht und anschließend über meine Kurven gleiten.

„Welcher Mann würde nicht gerne mit einer attraktiven Frau etwas trinken gehen? Vor allem dann, wenn er ohnehin nichts Besseres zu tun hat?“ Ich sage nichts mehr, spüre aber, dass eine zarte Röte in mein Gesicht steigt.

Nachdem ich meinen Kaffee ausgetrunken habe, stehe ich auf. Dicht gefolgt von Eric, der sich – ganz Gentleman – ebenfalls von seinem Platz erhebt.

„Nur keine Umstände, ich finde schon allein nach draußen!" Ich bemühe mich um einen strengen Tonfall, er soll bloß nicht denken, dass es mir mit ihm in irgendeiner Form gefallen hätte. Aber er lässt sich, im Gegensatz zu mir, nicht aus der Ruhe bringen. Mich beunruhigt an dieser Situation nämlich so ziemlich alles. Wie immer, wenn sich Männer für mich offenkundig interessieren.

Wie immer? Das kommt doch so gut wie nie vor!

Eric hält mir endlich meine Schlüssel hin, die ich eilig in meiner Tasche verschwinden lasse.

Mit einem selbstsicheren Lächeln greift er nach meinem Mantel. Seine Fingerkuppen streifen die empfindliche Haut meines Nackens, als er mir hinein hilft und ich merke, wie sich die feinen Härchen dort aufstellen. Ein leichtes Kribbeln setzt sich von meinem Nacken ausgehend in deutlich tiefer gelegene Körperregionen fort und ich beschließe, hier so schnell wie möglich abzuhauen.

„Ich bringe dich selbstverständlich nach Hause."

„Nein, danke. Ich rufe mir ein Taxi." Soweit kommt es noch, dass ich zu einem völlig Fremden ins Auto steige. Ob er mir nun seinen Namen genannt hat oder nicht, er ist und bleibt ein Fremder. Bevor er irgendwelche Einwände erheben kann, mache ich mich auf den Weg nach draußen, zücke auf dem Weg dorthin mein Handy und wähle die

Nummer eines örtlichen Taxiunternehmens, die ich vorher extra abgespeichert hatte.

Während ich darauf warte, dass jemand meinen Anruf entgegen nimmt, hebe ich eine Hand zu einem Abschiedsgruß und betrachte ein letztes Mal Eric, der mir mit einem amüsierten Lächeln nachschaut. Unwillkürlich lächle ich zurück, sein Lächeln ist einfach ansteckend.

Ich bin schon draußen, als sich endlich jemand meldet. Bloß um mir dann mitzuteilen, dass ich zwanzig Minuten werde warten müssen. Anscheinend grassiert eine Grippewelle, sodass ein Teil der Fahrer krank ist und zusätzlich regnet es, was dazu führt, dass plötzlich jeder lieber mit dem Taxi fährt, anstatt zu Fuß zu gehen.

Vielleicht sind es auch nur dumme Ausreden und das Taxiunternehmen hat miserabel geplant, denn auf dem Hinweg war es kein Problem, ein Taxi zu bekommen. Aber so oder so bleibt das Ergebnis dasselbe: Ich muss warten.

Tief atme ich die kühle Luft ein. Erst jetzt fällt mir auf, wie sehr mein Gesicht glüht. Während ich mich vorhin noch durchgefroren gefühlt habe, bin ich nun völlig erhitzt. Dennoch spüre ich auf einmal Unbehagen in mir heraufkriechen, als ich die nass glänzende Straße und die wenigen vorbeifahrenden Autos betrachte. Bei diesem Mistwetter bleiben die Menschen lieber irgendwo drinnen.

Aus der Bar, die ich soeben verlassen habe, dringen Fetzen von Gesprächen und Musik zu mir, ich höre jemanden lachen. So gut sich das alles anfühlen mag, wenn man sich in der Kneipe befindet, so seltsam fühlt es sich jetzt an, wenn ich davor stehe. Ich kann nicht genau beschreiben, woher das Gefühl kommt, doch auf einmal ist es, als würde ich nirgends richtig dazugehören, nirgendwo mehr richtig hingehören.

In Boston wartet keine Aufgabe mehr auf mich und hier in Midway werde ich auch nicht wirklich gebraucht. Ich hatte gehofft, Rachel würde sich über meine Anwesenheit freuen. Ich hatte gehofft, sie würde sich mir öffnen, sie würde mich … nun ja, brauchen.

Doch nun muss ich feststellen, mit wie viel Egoismus dieser Gedanke verbunden gewesen ist. Wie sehr es mir gefallen würde, wenn ich wirklich helfen könnte und wie sehr es mich trifft, dass ich es offenkundig nicht kann. Oder, noch viel schlimmer, dass sie durchaus Hilfe benötigen würde, nur eben meine nicht annehmen kann oder will. Ich, die jahrelang mit Jugendlichen gearbeitet hat, die zum Teil noch viel schlimmere Probleme hatten, ausgerechnet ich finde keinen Zugang zu meiner eigenen Schwester.

Überhaupt erkenne ich mich selbst kaum wieder, seit ich hier bin. Es ist, als würde ich ständig unter Strom stehen und gleichzeitig bin ich furchtbar erschöpft und ausgelaugt. Ich fühle mich wie ein altes ausrangiertes Möbelstück, nachdem man mir einfach meinen Job weggenommen hat. Und auch hier werde ich nicht gebraucht, habe keine wirkliche Aufgabe. Hinzu kommen die Sorgen, die ich mir um meinen Vater sowie um meine Schwester mache. Ich bin selbst so hilflos und muss mir jeden Tag ansehen, wie die beiden stumm leiden.

Einen kurzen Moment schließe ich die Augen, und als ich sie wieder öffne, löst sich eine Träne daraus und rollt mir warm und nass meine Wange herunter. Anschließend folgt eine weitere. Und plötzlich kann ich es nicht mehr aufhalten. Eine wahre Flut aus Tränen, die unbedingt vergossen werden will, folgt.

Als ich auf einmal eine Hand auf meiner Schulter spüre, zucke ich erschreckt zusammen. Eine Welle Adrenalin spült durch meinen Körper, als ich hochschaue und ein grünes und ein blaues Auge erblicke, die mich besorgt ansehen.

„Hey …" Erics Stimme ist weich und tief. „Nicht weinen." Ohne jeden weiteren Kommentar zieht er mich an sich und ich lasse es einfach geschehen, finde tröstlichen Schutz in dieser Umarmung. Seine Nähe und seine Wärme umfangen mich, sein Geruch hüllt mich ein. All das fühlt sich in diesem Moment so gut und richtig an, dass es mir egal ist, dass er eigentlich ein völlig Fremder ist. Ich dränge mich wie von selbst noch ein bisschen enger an ihn. Sanft streichelt er meinen Rücken und ich lasse meinen Tränen freien Lauf.

Nach einer Weile, nachdem ich mich wieder beruhigt habe, löse ich mich von ihm.

„Ich habe deine Jacke mit meinen Make-up verschmiert", sage ich, um meine Verlegenheit zu überspielen, während er mich mit diesen verwirrenden Augen fixiert.

„Das macht doch nichts …", erwidert er, ohne seiner Jacke überhaupt einen Hauch von Beachtung zu schenken. Stattdessen wischt er mit beiden Daumen die Spuren meiner Tränen aus dem Gesicht.

Für einen ewig erscheinenden Moment verharren wir beide so, seine warmen Hände halten mein Gesicht und wir sehen uns schweigend an.

Dann küsst er mich. Heiß und fest liegen seine Lippen auf meinen und er spielt damit, als hätten wir alle Zeit der Welt. Kurz blitzt der Gedanke in meinem Kopf auf, dass ich ihn wegschieben sollte, ihn von mir stoßen, dass dieser Kuss irgendwie unpassend sein könnte. In diesem Augenblick spüre ich die Spitze seiner Zunge, die Einlass in meinen Mund fordert und jeder andere Gedanke ist verschwunden.

„Jesus …“, keuche ich, als er mich zwischendrin kurz zu Atem kommen lässt, dann vergesse ich alles um mich herum. Ich lasse mich von ihm küssen, bis mir schwindelig wird, bis eine erneute Welle Adrenalins durch meinen Körper jagt, die dieses Mal dafür sorgt, dass ich leise aufstöhne. Ich kralle mich am Revers seiner Wolljacke fest und vergesse mich völlig in der Intensität seines Kusses.

Bis es auf einmal neben mir hupt.

Mit einem tiefen Atemzug finde ich ins Hier und Jetzt zurück.

„Mein Taxi ist da“, flüstere ich heiser und lasse ihn los. Grußlos sowie völlig verwirrt drehe ich mich um, öffne die Tür des gelben Autos und lasse mich auf die Rückbank fallen. Mit tonloser Stimme nenne ich dem Fahrer die Adresse meines Vaters.

Als ich mich noch einmal umdrehe, sehe ich Eric, der mit verschränkten Armen da steht, wo ich ihn verlassen habe. Im fahlen Licht der Straßenlaterne kann ich erkennen, dass er zwischen amüsiert und fassungslos den Kopf schüttelt, während er mir nachschaut.

+++

Ursprünglich wollte er sie gar nicht küssen. Er wollte nur nach draußen gehen, um sicherzugehen, dass sie wohlbehalten in ihr Taxi steigt, wenn sie sich schon nicht von ihm nach Hause bringen lässt.

Normalerweise macht er das immer. Er bringt die Frauen, mit denen er ein Date hatte, nach Hause und wartet, bis sie hinter der Wohnungstür verschwunden sind und innen das Licht angeht. Erst danach fährt er los. Es sei denn natürlich, er wird noch auf einen Kaffee eingeladen. In diesem Fall wartet er, bis sein Date eingeschlafen ist, und geht sicher, dass es auch gut zugedeckt ist, bevor er nach Hause fährt.

Natürlich war Sarah heute nicht wirklich sein Date, zumindest nicht so richtig. Allerdings dennoch genug, um sich um ihr Wohlergehen zu sorgen.

Als er sie draußen in Tränen aufgelöst vorgefunden hat, hat er sie instinktiv einfach nur an sich gezogen, um sie zu trösten. Was hätte er auch sonst tun sollen? Er kannte ja nicht einmal den Grund für ihre Tränen.

Und dann … ja dann war sie in seinen Armen. So nah, dass er ihre Wärme spüren konnte. Den Duft ihres teuren Parfüms nach Rosen und Mandeln einatmen konnte. Wenn er vorher bereits von ihr angetan gewesen war, ist es spätestens jetzt gänzlich um ihn geschehen. Vorsichtig hat er versucht, seine unteren Körperregionen ein bisschen von ihr abzuwenden, damit sie nicht merkt, dass er eine ziemlich beachtliche Erektion bekommen hatte. Das erschien ihm ziemlich unpassend, fast schon pervers. Da liegt eine Frau weinend in seinen Armen und er bekommt einen Ständer. Aber dagegen machen konnte er natürlich auch nicht wirklich etwas.

Irgendwann hat sie ihn angesehen, die Wangen noch tränennass. Als er die letzten Tränen weggewischt hat, hat sich ihr Mund geöffnet, ein kleines Stückchen nur, doch es hat genügt, um ihn völlig um den Verstand zu bringen.

Und dann der Kuss.

Er hat schon einige Frauen in seinem Leben geküsst, aber selten so eine Intensität wie mit Sarah erlebt.

Kopfschüttelnd schaut er ihr nach, während sie im Taxi verschwindet.

Er hätte sich wirklich ihre Telefonnummer geben lassen sollen!

+++

Als ich außer Sichtweite bin, wandert meine Hand ungläubig zu meinen Lippen. Es ist, als könne ich Erics Kuss immer noch spüren. Lächelnd ziehe ich meine Finger wieder weg.

Seufzend lasse ich meine Hände auf meine Oberschenkel sinken und schüttle über mich selbst den Kopf.

Ich habe keine Ahnung, was in mich gefahren ist, dass ich mich von einem völlig Fremden habe küssen lassen.

Aber, zum Teufel noch mal, es hat sich verdammt gut angefühlt!

Leise lachend sinke ich zurück in die Polster und höre erst wieder auf zu kichern, als ich bemerke, dass der Taxifahrer mich irritiert im Rückspiegel beobachtet.

Kapitel 8

Die halbe Nacht lang liege ich im Bett und kann nicht schlafen, weil die Gedanken an den Kuss mit Eric nicht aus meinem Kopf verschwinden wollen. Stattdessen stellen sie ganz andere Dinge mit meinem Körper an. Trotz der Kühle der Nacht wird mir furchtbar heiß und ich strample die Decke weg, während ich dem monotonen Geräusch des Regens draußen lausche.

Selbst als es mir irgendwann endlich gelingt einzuschlafen, träume ich von Eric. Ich träume von dem muskulösen, männlichen Körper, den ich unter seiner Kleidung spüren konnte. Jedoch ist dieser in meinem Traum völlig nackt.

Ich träume von seinen Küssen. Allerdings finden diese in meinem Traum an deutlich tiefer liegenden Körperregionen statt.

Ich träume davon, wie mich zwei verschiedenfarbige Augen mustern, meinen Blick fixieren und sich langsam schließen, während er in mich eindringt, und erwache irgendwann absolut desorientiert von meinem eigenen Stöhnen.

Da es draußen mittlerweile beginnt hell zu werden, entscheide ich mich aufzustehen. An Schlaf ist ohnehin nicht mehr zu denken.

Nach dem Aufstehen bin ich immer noch völlig neben der Spur.

Mein Körper ist furchtbar überreizt; ich habe das Gefühl, das warme Wasser der Dusche kaum auf meiner Haut ertragen zu können. Das Frühstück, begleitet von dem enervierenden Schweigen Rachels sowie dem nervenaufreibenden Geseufze meines Vaters, erscheint mir heute unerträglich.

Später verzichte ich auf ein Mittagessen und mache stattdessen einen langen Spaziergang durch den Wald, der hinter der Villa meines Vaters beginnt.

Es hat zum Glück aufgehört zu regnen. Der Wald duftet nach süßlich vermoderndem nassem Laub, nach Moos und Herbst. Nach dem vielen Regen fühlt sich die Luft jetzt klar an, wie gereinigt, und ich atme tief ein und aus. In der Stille des Waldes beruhigen sich auch meine aufgescheuchten Gedanken nach und nach wieder.

Meine Güte … das war nicht mehr als ein Kuss.

Vermutlich hat der Stress der letzten Wochen dafür gesorgt, dass es mich so sehr aus der Bahn geworfen hat. Und vielleicht auch, weil es so lange her ist, dass ich das letzte Mal einen Mann geküsst habe. Da können durcheinandergeratende Hormone die seltsamsten Dinge mit einem anstellen.

Als ich schließlich zurückkehre, geht es mir deutlich besser. Dennoch habe ich heute nicht die Nerven, mir einen schweigenden Sonntag mit Rachel und meinem Vater anzutun. Das Schweigen, das Nebeneinanderherleben, gegen das ich mich so machtlos fühle, ist heute schlicht mehr, als ich ertragen kann. Auch wenn sich dabei erneut das schlechte Gewissen in mir regt, dass ich die beiden den Nachmittag einfach so ihrem Schicksal überlasse, setze ich mich ins Auto und fahre stundenlang ziellos in der Gegend herum. Unterwegs halte ich an, um ein Stückchen spazieren zu gehen, zwischendurch esse ich Pfannkuchen in einem kleinen Diner.

Es ist bereits früher Abend, als ich wieder auf den Hof vor der Haustür meines Vaters parke.

Aus dem Schornstein dringt weißer Rauch und ich vermute, dass Editha gerade den Tee am brennenden Kamin serviert. Drei der Menschen, die mir in meinem Leben mit am nächsten stehen, befinden sich in dem Haus unmittelbar vor mir. Und ich kann mich nicht entsinnen, mich je so einsam gefühlt zu haben, wie in diesem Moment.

Statt auszusteigen, greife ich zum Telefon und rufe mit zittrigen Fingern meinen Bruder an. Er ist nicht da, doch seine Verlobte Cherry, die eine gute Freundin von mir ist, erzählt mir aufgeregt über die Hochzeitsvorbereitungen der beiden. Ich höre ihr geduldig zu, irgendwie beruhigt es meine aufgewühlten Nerven, eine fröhliche, vertraute Stimme zu hören. Aber nach einer Weile hält sie inne.

„Geht es dir gut, Sarah?“ Sie klingt plötzlich besorgter, als mir lieb ist. „Du bist so still. Ist alles in Ordnung bei euch? Bei dir?“

Keine Ahnung, wo die Tränen wieder herkommen, doch plötzlich sind sie erneut da. Als hätte es nicht gereicht, dass ich gestern Abend schon geheult hätte, in den Armen eines Unbekannten.

„Ich habe gestern einen völlig fremden Typen geküsst!“ Meine Zähne graben sich umgehend schmerzhaft in meine Unterlippe. Ich wollte das gar nicht sagen, aber anscheinend musste es raus.

Einen Moment schweigt Cherry irritiert.

„War es so schlimm? Hat er dir irgendwas angetan, Sarah?“ Die Sorge in ihrer Stimme ist deutlich zu hören.

„Nein, es war so schön …“, flüstere ich kopfschüttelnd.

Dann fängt Cherry an zu lachen und ich stimme mit ein.

„Du bist ein ganz böses Mädchen, Sarah Wellington! Ganz, ganz böse ...“ Ihre Stimme klingt wie Cinderellas böse Stiefmutter und ich muss noch mehr lachen.

„Wirst du ihn wiedersehen?“, fragt sie mich, nachdem wir uns beide soweit beruhigt haben, dass wir wieder in der Lage sind zu sprechen.

„Ich glaube nicht. Ich habe seine Nummer nicht und außerdem ... kann ich einen Mann gerade so gar nicht gebrauchen. Schließlich bin ich wegen Dad und Rachel hier und nicht meinetwegen.“

„Ach Sarah!“, seufzt Cherry. „Wer kann Männer schon so wirklich gebrauchen? Aber wenn sie einen küssen, dann vergisst man diesen Umstand zum Glück ziemlich nachhaltig.“

Da hat sie allerdings recht.

Nachdem wir uns verabschiedet haben, schließe ich die Haustür auf. Der Geruch nach Tee, Kindheit und warmem Apfelkuchen kommt mir entgegen und ich kann zum ersten Mal an diesem Tag wieder lächeln.

Für manche Menschen ist nichts zu tun das Größte überhaupt. Sie können sich nichts Schöneres vorstellen, als tagelang beinahe regungslos vor dem Fernseher zu liegen, oder vielleicht auch irgendwo am Strand, sich zu entspannen, shoppen zu gehen, keine Aufgaben zu haben, keine wirkliche Verantwortung zu tragen.

Mich hingegen treibt es in den Wahnsinn.

Natürlich gehöre ich zu denjenigen, die mit dem sprichwörtlichen goldenen Löffel im Mund geboren worden sind. Mein Vater hat Geld wie Heu, nicht umsonst kann er sich eine eigene Eishockeymannschaft leisten. Und meine Mutter hat durchaus ein Talent dafür, reiche Männer auf sich aufmerksam zu machen. Ich habe nie Geldsorgen gehabt; das Gegenteil war der Fall: Mein Bruder und ich sind in erheblichem Wohlstand aufgewachsen.

Theoretisch hätte ich mich in der Schule nie sonderlich anstrengend müssen, auch ohne Schulabschluss hätte ich mit Sicherheit nie am Hungertuch nagen müssen und immer ein gutes Leben führen können. Ganz die Tochter stinkreicher Eltern eben.

Aber untätig herumzusitzen ist für mich mit die schlimmste Folter, die man mir antun kann. Ich brauche eine Beschäftigung. Ich brauche eine Aufgabe, in die ich mich verbeißen kann, die meinem Tagesablauf irgendeinen Sinn gibt und, auch wenn das furchtbar theatralisch klingt, meinem Leben einen Sinn gibt.

Diesem Umstand habe ich zu verdanken, dass ich eine hervorragende Schülerin gewesen bin und einen ebenso hervorragenden Studienabschluss in der Tasche habe. Auch wenn Theaterpädagogin für den ein oder anderen vielleicht kein ernst zu nehmender Beruf sein mag, habe ich Psychologie studiert und mich durch jede Menge Aufbaustudiengänge gequält … Außerdem habe ich Geld. Eigenes Geld, und recht viel davon. Ich bin ziemlich geschickt darin, es anzulegen und mir gehören mittlerweile mehrere lukrativ vermietete Immobilien in Boston und New York. Wenn ich wollte, müsste ich niemals mehr arbeiten gehen. Zumindest nicht, um Geld zu verdienen.

Das Problem ist aber wie gesagt, dass ich genau das möchte. Ich vermisse meinen alten Job entsetzlich. Ich vermisse die Arbeit mit den Jugendlichen, die in den letzten Jahren zu einem Teil meines Lebens geworden sind. Dass mir das weggenommen wurde und ich nichts dagegen tun kann, fühlt sich auch ein bisschen so an, als wäre jemand, der mir nah gestanden hat, gestorben. Manchmal habe ich das Gefühl, in eine Depression abzurutschen, weil mir dieser Teil meines Lebens so sehr fehlt. Ich brauche jemanden oder etwas, das meine Zeit und mich in Anspruch nimmt.

Und genau da liegt das Problem.

Rachel will mich nicht, mein Vater braucht mich nicht und sonst habe ich nichts. Weder in Midway noch in Boston. Und auch sonst nirgendwo.

Ein Zustand, der mich beinahe verrückt werden lässt.

Den halben Tag streife ich im Haus umher und ich befürchte langsam, dass ich die arme Editha damit in den Wahnsinn treibe. Mehrfach hat sie versucht, mich aus ihrer Küche zu schmeißen, aber ich habe mich nicht verdrängen lassen.

Ich backe Apfelkuchen, Kekse und Zimtschnecken, Muffins und Cupcakes, genug um ganze Armeen damit zu versorgen. Es war schon immer so: Mein Bruder hat gekocht, ich habe gebacken. Manchmal lenkt mich das ab und macht mich glücklich, aber momentan funktioniert es nicht.

Am Ende der Woche bin ich regelrecht verzweifelt. Ich denke darüber nach, nach Boston zurückzufliegen. Das Problem liegt jedoch darin, dass ich dort auch nicht wirklich mehr zu tun habe, weil es meine Stelle dort nicht mehr gibt und wohl auch nie mehr geben wird. Den Städten fehlt schlicht das Geld. An einer Privatschule mit Kindern zu arbeiten, die mich eigentlich gar nicht wirklich brauchen – dazu fehlt mir die Lust, weil ich die Notwendigkeit nicht erkennen kann. Hier habe ich wenigstens ein Alibi, um nichts zu tun.

Allerdings könnte ich in Boston immerhin die Berge von Kuchen & Co. bei Cherry und Grayson abliefern, die eine Einrichtung für Kinder aus sozial schwachen Familien haben. Wie bei Kindern meistens üblich, finden süße Sachen dort reißenden Absatz.

Als mein Blick über die Berge von Gebäck in der Küche schweift, bringt mich das auf eine Idee.

Kurz entschlossen packe ich alles ein und verfrachte es unter Edithas ungläubigem Stirnrunzeln in mein Auto. Oder vielmehr in Daddys Auto. Er hat mehrere davon in der Garage stehen und meinte, es sei überflüssig, dass ich mir einen Mietwagen nehme, solange ich hier sei. Er selbst kann mit seinem gebrochenen Bein ohnehin noch nicht wieder selbst fahren und nutzt seine Limousine und einen Chauffeur.

Ich verabschiede mich noch von Editha, ansonsten ist das Haus leer. Mein Vater arbeitet, Rachel ist in der Schule.

Anschließend fahre ich zur hiesigen Suppenküche.

Da der Kofferraum ziemlich vollgepackt ist, gehe ich hinein, um Hilfe zu suchen. Die freundliche, jedoch ziemlich skeptische Frau mit den grauen Afrolocken mustert mich zunächst ziemlich verwirrt, bis sie versteht, was ich eigentlich von ihr möchte. Dann trommelt sie binnen Sekunden mehrere Leute zusammen und eh ich mich versehe, ist mein Auto auch schon leergeräumt. Ich wundere mich darüber, dass sie gar keine komplizierten Vorschriften für Lebensmittel beachten muss, aber vermutlich sind sie froh über jede Spende, die sie bekommen können. Zusätzlich ist mein Vater kein Unbekannter in dieser Stadt und solche Dinge vereinfachen ebenfalls vieles.

Ich folge den fleißigen Trägern wie selbstverständlich ins Innere und trage dabei das letzte Tablett voller Cupcakes. Ich kenne viele solche Einrichtungen, sowohl aus New York, wo ich eine Zeit gewohnt habe als auch aus Boston, und hier sieht es aus, wie es bei so etwas meistens aussieht: zweckmäßig, sauber und eine Spur von ungemütlich. Graue Fliesen, abgenutzte Holztische sowie Kunststoffstühle mit einem Metallrahmen stehen zu kleinen Einheiten gruppiert in einem großen Raum herum. Es riecht nach Scheuermilch, Desinfektionsmittel und gebratenen Zwiebeln. Irgendwer hat gelbe Blumenvasen mit Kunstblumen darauf verteilt, vermutlich ein Versuch, alles etwas einladender zu gestalten, der aber nicht wirklich gelungen ist.

Dennoch atme ich tief durch und fühle mich auf einmal wohler, als ich mich die ganze Zeit seit meiner Ankunft in Midway gefühlt habe. Ich lasse mich nicht lange bitten, als es gegen Mittag beginnt voll zu werden, binde mir eine Schürze um und unterstütze die anderen dabei, Essen zu verteilen. In meinen Augen gibt es nichts Schöneres, als mit anderen Menschen zu arbeiten. Natürlich könnte ich mich auch weiterhin mit meinen Immobiliengeschäften beschäftigen, aber das erfüllt mich einfach nicht. Es gibt Menschen, die Hilfe brauchen und ich bin in der luxuriösen Position, helfen zu können. Ich muss mir keine Gedanken darüber machen, ob ich meine Miete bezahlen kann, wenn ich es tue. Warum sollte ich es also nicht tun? Vor allem dann, wenn ich es gerne mache, wenn es mich erfüllt und mir das Gefühl gibt, im Leben eine Aufgabe zu haben.

Beim Abendessen mit meinem Vater und Rachel bin ich deutlich entspannter als sonst. Weder Dads Telefoniererei noch Rachels beharrliches Schweigen stören mich heute. Oder zumindest stören sie mich nicht im selben Maße wie sonst.

„Hattest du einen schönen Tag in der Schule, Rachel?“ Auch wenn ich die Antwort schon kenne, ist es ja doch zumindest mal einen Versuch wert, diesbezüglich nachzufragen. Als beinahe umgehend ein „Hmpf“ zurückkommt, muss ich fast ein wenig schmunzeln, während ich eine Gabel voll Salat in meinen Mund schiebe.

„Und du, Dad? Hattest du heute einen erfolgreichen und schönen Tag?“

Mein Vater schaut geistesabwesend von seinem Smartphone hoch und ich verspüre den Drang es ihm wegzunehmen, wie man es bei pubertären Kindern machen würde, die sogar beim Essen mit der Familie nicht von ihren technischen Spielzeugen lassen können. Aber jetzt legt er es zum Glück von selbst zur Seite.

„Danke, es war alles in Ordnung, Liebling.“ Kurz runzelt er die Stirn, weil er Rachel beobachtet, die ihren halbleeren Teller von sich schiebt und eine Entschuldigung murmelnd vom Tisch verschwindet. Seufzend blickt er ihr einen Moment hinterher, bevor er seine Aufmerksamkeit mir zuwendet. „Und wie war dein Tag, Liebling?"

Diesmal bin ich diejenige, die die Stirn runzelt.

„Mein Tag war ebenfalls in Ordnung, Dad. Ich habe heute in der Suppenküche geholfen ..." Bevor ich noch dazu komme, seine Aufmerksamkeit wieder auf Rachel zu lenken, die sie eindeutig nötiger hätte als ich, klingelt wieder sein Telefon. Ich lege meine Hand auf seine, um ihn davon abzuhalten, den Anruf anzunehmen.

„Wir müssen mal reden, Dad!" Zu meinem Erstaunen lässt er das Telefon tatsächlich weiterklingeln und schaut mich stattdessen erwartungsvoll an. Ich hole tief Luft, ich weiß eigentlich gar nicht so richtig, wo ich anfangen soll. „Hast du dir Rachel mal angesehen? Sie wird immer dünner und stiller. Und du, du stürzt dich nur in deine Arbeit. Ihr redet nicht mehr miteinander ..."

„Rachel ist im Moment in einem Alter, in dem sie ohnehin nicht viel reden will", unterbricht mich mein Vater, bevor er das Hühnchen auf seinem Teller in kleine Stücke zerteilt.

„Das kann durchaus sein, aber das bedeutet nicht, dass du nicht mit ihr reden könntest! Du telefonierst bei jeder gemeinsamen Mahlzeit. Ihr lebt nur noch aneinander vorbei. Sie hat schon ihre Mutter verloren, lass sie nicht auch noch keinen Vater mehr haben!"

Jetzt habe ich es gesagt, und als ich in Dads Gesicht blicke, habe ich einen Kloß im Hals. Während er sonst meistens verschlossen und fast schon emotionslos wirkt, ist seine Mimik nun plötzlich verändert. Als hätte er eine Fassade fallen lassen, hinter der er sich versteckt. Er wirkt weicher, verletzlicher und ich kann die Trauer in seinen Augen so deutlich sehen, dass ich gegen meine eigenen Tränen anblinzeln muss.

„Es ist so schwer, Sarah. Ich vermisse Christina jede einzelne Sekunde. Und immer wieder denke ich, wenn ich gefahren wäre, wenn ich auf den verdammten Champagner verzichtet hätte und selbst gefahren wäre … dann wäre das alles nicht passiert. Dann würde Christina noch leben und ich hätte meiner Tochter nicht die Mutter genommen. Dann wäre ich an ihrer Stelle gestorben, oder vielleicht wäre uns auch gar nichts passiert. Ich weiß nicht, was ich machen soll, um damit umzugehen. Manchmal habe ich das Gefühl, verrückt werden zu müssen. Die Arbeit hält mich davon ab. Sie vermittelt mir den Eindruck von Normalität und lenkt mich wenigstens ein bisschen ab. Ich will Rachel nicht merken lassen, wie schwer es für mich ist. Sie hat wirklich genug mit sich selbst und ihrer eigenen Trauer zu kämpfen. Sie braucht Stabilität und Ruhe!“

Meine Hand ruht immer noch auf seiner und ich drücke sie kurz.

„Es gibt da ein Sprichwort, Daddy: Geteiltes Leid ist halbes Leid. Meinst du nicht, es verletzt Rachel, wenn sie das Gefühl hat, dass du nicht um ihre Mutter trauerst und einfach weitermachst, als wäre sie nie gewesen? Und sogar ihren Geburtstag vergisst.“

Seufzend zieht mein Vater seine Hand unter meiner weg und fährt sich damit durchs Gesicht.

„Ich habe Christinas Geburtstag nicht vergessen. Allerdings glaube ich nicht, dass es gut ist, wenn man solche Tage auch noch besonders hervorhebt. Es ist auch so schwer genug, schmerzhaft genug, vor allem für Rachel. Sie braucht Ruhe und Normalität und nichts, das ihre gerade verheilenden Wunden aufreißt. Ich kann mir nicht vorstellen, dass ihr das weiterhilft, schließlich würde es doch noch mehr wehtun."

„Ich denke schon, dass es ihr helfen würde, Daddy. Manchmal müssen Dinge erst wehtun, bevor sie wieder gut werden können."

Dann klingelt wieder sein verdammtes Telefon.

„Ich muss da drangehen, Sarah. Aber ich werde darüber nachdenken!" Anschließend verlässt er mit seinem Telefon am Ohr den Raum, und als er wiederkommt, unterhält er sich mit mir über meinen Tag in der Suppenküche. Bevor ich das Thema wieder auf Rachel lenken kann, teilt er mir mit, dass er heute Abend noch einen Termin hat, und verlässt das Esszimmer, um sich umzuziehen.

Kopfschüttelnd und besorgt bleibe ich alleine zurück und höre auf das Ticken der Standuhr, bis es in meinem Ohren so laut zu dröhnen scheint, dass ich davon Kopfschmerzen bekomme.

Ich liebe meinen Vater. Weiß Gott, das tue ich wirklich. Aber in diesem Moment – da könnte ich ihn erwürgen. Da ich jedoch bei dem Gedanken, dass Rachel dann eine Vollwaise wäre, gleich wieder milder gestimmt bin, hat er noch mal Glück gehabt. Als ich gestern in unserem Gespräch über die Suppenküche erwähnte, ich würde dringend eine Aufgabe benötigen, habe ich bestimmt nicht gemeint, mich um seine Eishockeymannschaft kümmern zu wollen.

Ich bin mit Sportveranstaltungen und Sportlern groß geworden. Die Footballkarriere meines Bruders hat dafür gesorgt. Und aus Erfahrung weiß ich, dass zwar nicht jeder erfolgreiche Sportler ein Dumpfschädel sein muss. Allerdings bedeutet das auch nicht, dass jeder von ihnen eine Intelligenzbestie ist und gerade bei den Footballspielern habe ich schon wirklich haarsträubende Dialoge und Begebenheiten erlebt. Ich kann mir kaum vorstellen, dass dies beim Eishockey viel besser ist.

Wenn ich heute auf etwas keine Lust habe, dann sind es stotternde Neunzehnjährige, die zu selten eine Frau sehen. Oder – noch viel schlimmer – die älteren Spieler, die meinen, jede Frau würde nur darauf warten, dass sie ihr endlich die Ehre erweisen, mit ihr ins Bett zu gehen.

Jedes Mal, wenn ich meinen Bruder früher begleitet habe, bin ich so unendlich oft blöd angebaggert worden, dass ich es irgendwann gar nicht mehr bemerkt habe. Und dabei ging es selten um mich, sondern vielmehr darum, dass die Jungs sich irgendetwas beweisen wollten. Wahrscheinlich galt es als besonders cool, die Schwester eines Teamkameraden ins Bett zu bekommen.

Hoffentlich haben sie vor der Tochter des Mannes, der ihre unanständig hohen Löhne bezahlt, ein bisschen mehr Respekt. Nach sinnlosen Flirts, hohlen Komplimenten und dreisten Baggereien steht mir beim besten Willen nicht der Sinn.

Wenn mein Vater nicht starke Schmerzen gehabt und deshalb noch einmal zum Arzt gemusst hätte, hätte ich bestimmt abgelehnt, seine heutige Aufgabe für ihn zu übernehmen.

Ich weiß, wie viel Arbeit und Geld in so einer Mannschaft steckt. Mein Vater zahlt die Gehälter, das Stadion, im Prinzip alles, was es zu bezahlen gibt. Dafür bekommt er Geld für Werbeeinnahmen sowie für die Eintrittskarten. Leider sind die Einnahmen jedoch stark abhängig davon, wie beliebt die Mannschaft gerade ist. Und da die Icefoxes momentan ständig verlieren, sieht das nicht sonderlich gut aus. Alles in allem ist das ein sehr teures und aufwendiges Hobby. Man muss schon ziemlich vernarrt in diesen Sport sein und eindeutig zu viel Geld haben, um auf die Idee zu kommen, sich eine eigene Mannschaft zuzulegen.

Da ich gestern versprochen habe, heute wieder in die Suppenküche zu kommen, backe ich noch blechweise Zimtschnecken und liefere sie dort ab, bevor ich zur Eishalle fahre.

Es ist fast Mittag, als ich meinen Wagen auf dem Parkplatz meines Vaters vor der Eishockeyhalle abstelle. Seufzend schalte ich den Motor ab und schnappe mir die Mappe mit den Bonusschecks vom Beifahrersitz. Die sind noch für die letzte, deutlich erfolgreichere Saison und Dad hofft, dass sie eine Motivationsspritze für die Mannschaft darstellen könnten, sich ein bisschen mehr anzustrengen. Eigentlich hätte es die Schecks schon viel früher geben sollen, aber durch Christinas Tod hat sich alles etwas verzögert. Ich bin gespannt, ob das Belohnungsprinzip auch hier erfolgreich sein wird – die Jungs bekommen meines Wissens auch so bereits mehr als genug Kohle. Allerdings wirken solcherlei Motivationen ja oft besser als die Androhungen von Strafen und mein Vater ist lange genug im Geschäft, um zu wissen, was er tut.

Seit zwei Tagen hat es unablässig geregnet, aber gerade kommt die Sonne zum Vorschein und zaubert goldgelbe Lichtreflexe auf den nassen, grauen Straßenbelag. Ich bin von diesem Anblick so fasziniert, dass ich die Pfütze übersehe, die sich direkt vor meinem Auto befindet und sie erst bemerke, als es zu spät ist.

Kalt und nass schwappt das Wasser in meinen rechten Schuh, der nun bei jedem Schritt ein leise schmatzendes Geräusch von sich gibt, begleitet vom Klappern der hohen Absätze. Als ich im Gebäude angekommen bin, habe ich am ganzen Körper eine Gänsehaut. Ich sehne mich nach einer heißen Badewanne und einer großen Kanne Tee mit Keksen. Der an die Eishalle angesiedelte Bürokomplex ist grau, trist und ungemütlich, außerdem zieht es und ich friere ohnehin schon.

Unruhig stehe ich vor der schweren Glastür und warte darauf, dass der Türsteher mir öffnet. Zum Glück hat mein Vater mich bereits angekündigt und es verläuft alles reibungslos.

„Hallo, Ms Wellington. Sie sind ja eine halbe Ewigkeit nicht mehr hier gewesen!“ Mr. Fulmers Gesicht verzieht sich zu einem Lächeln, das die Haut um seine Augen und um seinen Mund in unzählige kleine Falten legt. „Gut sehen Sie aus! Wie immer." Er drückt kurz meine Hand und ich erwidere sein Lächeln, während mir gleich ein bisschen wärmer ums Herz wird. Kurz unterhalte ich mich mit ihm über das Rheuma seiner Frau und die ersten Zähne seines Enkelkindes, bevor ich mich verabschiede; ich bin ohnehin ziemlich spät dran.

Dads Büro ist zu meiner großen Erleichterung gut beheizt, auch wenn es ansonsten noch genauso steril ist, wie ich es in Erinnerung hatte. Ein großer schwarzer Schreibtisch, Regale voller grauer Aktenordner, an den Wänden gerahmte Bilder mit vermutlich historischen Szenen irgendwelcher Eishockeyspiele, von denen ich keine Ahnung habe.

Ich schäle mich aus meinem schwarzen Trenchcoat und hänge ihn über die Heizung, anschließend schlüpfe ich aus meinen nassen High Heels und stelle sie dazu.

Dann beschäftige ich mich mit Warten. Brav und geduldig warte ich, dass jeder der Spieler seinen Bonusscheck bei mir abholen kommt. Natürlich – wie sollte es an einem Tag wie diesem auch anders sein – haben sie ausgerechnet heute anscheinend alle Verspätung.

Eine geschlagene Dreiviertelstunde vergeht, in der ich mich mit irgendwelchen Spielen auf meinem Smartphone beschäftige, von deren Existenz ich vorher nicht einmal etwas geahnt habe. Endlich klopft es an der Tür, die anschließend auffliegt, ohne dass ich jemanden hereingebeten hätte.

Stirnrunzelnd richte ich mich in dem unbequemen Chefsessel meines Vaters auf, der eindeutig für einen Menschen mit anderen Körperproportionen gemacht wurde. Mir tut der Rücken weh.

„Devon!“ Tatsächlich freue ich mich, ein bekanntes Gesicht zu sehen. Devon Frenley ist seit beinahe fünfzehn Jahren der Goalie der Icefoxes, wir sind uns zwangsläufig bereits mehrfach begegnet. Früher, als Rachel noch kleiner war und Christina sie nicht alleine zu Hause lassen oder einem Babysitter anvertrauen wollte, habe ich meinen Vater des Öfteren zu Veranstaltungen begleitet, wenn ich in Midway gewesen bin. In den letzten Jahren hat Christina das aber wieder gerne übernommen, so wie es sein sollte.

Jetzt kann sie das nicht mehr. Nie mehr …

Ich versuche, die in mir aufsteigende Traurigkeit so gut es nur geht zu verdrängen. Hier ist sie gerade fehl am Platze. Stattdessen konzentriere ich mich auf Devon und den Blick aus seinen samtig grauen Augen. Er ist wirklich eine Augenweide, aber irgendwie hat es zwischen uns nie geknistert. Was ihn nicht davon abhält, immer überaus charmant zu sein.

„Sarah!“ Mit einem Lächeln, das vermutlich schon die Herzen vieler Frauen gebrochen hat, reicht er mir die Hand über den Schreibtisch hinweg. „Hätte ich gewusst, dass du heute da bist und nicht dein alter Herr, hätte ich dem Coach gesagt, dass er aufhören soll, uns zusammenzuscheißen, weil ich es eilig habe.“

„Schlechte Stimmung im Team?“, frage ich, während ich unauffällig meine durch seinen starken Händedruck malträtierte Finger unter dem Tisch ausschüttle.

„Schlecht ist gar kein Ausdruck. Aber du hast ja wahrscheinlich selbst mitbekommen, dass es im Moment nicht so richtig rund läuft. Letzte Woche war das Stadion kaum zu dreiviertel besetzt. Die Leute haben keinen Bock, uns ständig beim Verlieren zuzusehen. Und wir haben keinen Bock, ständig zu verlieren. Besonders der Coach nicht, er hat wohl langsam Angst um seinen Hals." Mit der flachen Hand fährt er sich über den Nacken, hoch bis zum Ansatz seines kastanienbraunen Haares. Es wirkt ein wenig so, als hätte er auch um seinen eigenen Hals Angst.

Vermutlich zu Recht – der Coach ist meistens der Erste, der gehen muss, wenn es so schlecht läuft wie im Moment. Der Torhüter ist oft der nächste … Obwohl Devon sich diesbezüglich eigentlich keine Sorgen machen dürfte. Soweit ich informiert bin, ist seine Gesamtstatistik, was gehaltene Pucks angeht, immer noch hervorragend, nur eben in dieser Saison nicht. Aber natürlich wird er auch nicht gerade jünger.

Wir unterhalten uns noch ein bisschen über die letzten Spiele, bevor er sich verabschiedet. Draußen höre ich ihn noch ein paar Worte mit jemandem wechseln, bevor sich die Tür erneut öffnet. Auch dieses mal ohne vorheriges Klopfen. Mein Vater scheint seine Leute wirklich nicht sonderlich gut im Griff zu haben.

„Hallo Chef!", tönt eine dröhnende, tiefe Stimme von der Tür her. Dann werde ich von einem Paar Augen fixiert, bei denen das eine grün und das andere blau ist.

„Eric …" Mein Herz setzt einen Moment aus, um gleich darauf doppelt so schnell weiterzuschlagen. Das ist Eric! Hier! Ich starre ihn an, als wäre er eines der sieben Weltwunder.

Ein paar Sekunden verharrt er in seiner Bewegung, das Lächeln auf seinem Gesicht erstarrt. Im Raum herrscht absolute Stille, die einzig von ein paar vorbeifahrenden Autos draußen unterbrochen wird.

Im selben Moment scheint sich Eric wieder gefangen zu haben, das Lächeln, das eben noch freundlich professionell war, wird nun eine Spur von anzüglich. Lässig schlendert er auf den Schreibtisch zu.

Verdammte Scheiße, Eric ist nicht einfach irgendein Eric. Sondern er ist Eric McLeod, der Trainer der Mannschaft meines Vaters! Ich sollte mir wirklich ab und an mal ein paar Bilder im Internet ansehen.

„Sarah!“ Noch ein paar Schritte in meine Richtung. „Als es hieß, ich solle mir meinen Bonus abholen, hätte ich nie geahnt, dass es sich dabei um etwas anderes als Geld handeln könnte.“ Bei jedem anderen wäre diese Äußerung peinlich und würde beinahe an sexuelle Belästigung grenzen. Eric allerdings schafft es, dabei so vergnügt zu erscheinen, dass ich diejenige bin, die ihn gerne ein bisschen belästigen würde.

„Ihr Scheck liegt hier, Mr. McLeod, tut mir leid, Sie enttäuschen zu müssen.“

Ich bilde mir ein, in seinem Gesicht tatsächlich so etwas wie Enttäuschung aufflackern zu sehen, aber das ist garantiert nichts weiter als Einbildung.

„Ach? Jetzt bin ich auf einmal Mr. McLeod? Bei unserem letzten Treffen hast du mich erst Arschloch und später Jesus genannt.“ Er stützt sich mit den Händen auf dem Stuhl ab, der dem Schreibtisch gegenübersteht.

„Ich habe dich nie Arschloch genannt!“ Daran würde ich mich erinnern, solche verbalen Ausfälle kommen bei mir nämlich überaus selten vor. Ich merke, wie ich unruhig an der Schreibtischauflage knibble, und lege meine Hände schnell flach auf das glatte Holz daneben, um meine Nervosität zu verbergen.

„Das stimmt – allerdings kannst du nicht abstreiten, dass du es gedacht hast!“ Auch wenn meine Formulierung wohl eher in Richtung *eingebildeter Volltrottel* ging, ist der grobe Sinn wohl derselbe und ich lächle verlegen, weil er mich erwischt hat.

„Du bist übrigens sehr hübsch, wenn du errötest.“ Während seine Zähne weiß aufblitzen, werde ich durch seine Worte noch ein bisschen verlegener. „Ganz im Ernst. Aber das habe ich ja schon festgestellt.“ Mit einer beiläufigen Bewegung streicht er sich eine widerspenstige Haarsträhne aus seiner Stirn und ich möchte nichts lieber tun, als ihm ebenfalls durchs Haar zu streichen. Mehrfach muss ich schlucken, bevor mir meine Stimme endlich gehorcht. Entschlossen richte ich mich auf und entdecke auch meinen Stolz wieder.

„Was wird das hier eigentlich?“ Forschend schaue ich ihn an, woraufhin er den Kopf schief legt und leise lacht.

„Was glaubst du denn, was es wird?“ Seine Augen glitzern verwegen.

„Flirtest du mit mir, Eric?“

Warum verdammt klingt meine Stimme bloß so hoch und unsicher?

„Genau das tue ich. Vielleicht sollte ich etwas eindeutiger werden? Dann müsstest du diese Frage gar nicht erst stellen.“ Er bewegt sich mit raubkatzenartiger Anmut über den Schreibtisch auf mich zu und ich bin froh, dass die massive Platte so breit ist.

Dummerweise ist Eric ziemlich groß, und als er sich mit beiden Händen auf dem dunklen Holz abstützt, um sich zu mir vorzubeugen, ist er mir auf einmal viel zu nah.

Oder nicht nah genug?

Ich kann meine Augen nicht von seinem Mund abwenden. Diese Narbe ist einfach zu sexy, und als ich seine Zunge hervorkommen sehe, mit der er sich kurz über die Unterlippe leckt, öffne ich unwillkürlich meine Lippen ein Stückchen. Mit Sicherheit weiß er ganz genau, was er da tut. Statt zu reagieren und mich beispielsweise mit dem Schreibtischstuhl nach hinten rollen zu lassen, erstarre ich. Wahrscheinlich wäre es alles viel leichter, wenn ich nicht genau wüsste, wie sich seine Lippen auf meinen anfühlen. Ich fühle mich nämlich ziemlich grandios. Prickelnd. Sexy. Umwerfend. Gleichzeitig allerdings wie ein Reh im Scheinwerferlicht, das die Bedrohung erkennt, jedoch unfähig ist, ihr auszuweichen. Kerle wie er können unmöglich gut für Frauen wie mich sein.

„Du duftest hervorragend. Nach Zimtzucker. Und Kuchen." Während mein Blick wie festgenagelt an seinem Mund klebt, murmle ich etwas von den Zimtschnecken, die ich heute gebacken habe, bin mir jedoch nicht sicher, ob er mir überhaupt zuhört.

Wie in Zeitlupe nähern sich seine Lippen den meinen. Ich kann meinen eigenen Puls, schnell und heftig, an meinem Hals spüren, und in meinem Bauch tanzen ganze Heerscharen von Schmetterlingen Ringelreihen. Mit angehaltenem Atem schaue ich ihn an.

Das Geräusch der sich öffnenden Tür verarbeitet mein momentan völlig überlastetes Gehirn erst, als Eric sich plötzlich zurückzieht.

„Raus hier!" Sein Brüllen lässt mich zusammenzucken. „Könnt ihr Idioten nicht anklopfen?" Auf seiner Stirn taucht eine steile Falte auf.

Kann er selbst doch auch nicht!

„Sorry, Coach!“ Die gemurmelte Antwort von der Tür zeugt von einem schlechten Gewissen, dann wird die Tür wieder geschlossen.

Als Eric sich erneut mir zuwendet, ist das Lächeln auf sein Gesicht zurückgekehrt, trotzdem ist der magische Moment zwischen uns vorbei.

„Ich will heute mit dir zu Abend essen.“ Seine Stimme ist fest und bestimmt. Das ist keine Frage, keine Bitte, auch keine Einladung. Es ist einfach eine Feststellung. Ich sollte auf diese Dreistigkeit irgendetwas Schlagfertiges erwidern, aber mein Gehirn wird gerade einzig von meinen wild umherschwirrenden Hormonen gesteuert und ist zu solchen intellektuellen Leistungen nicht fähig. Eric scheint so etwas zu erahnen und nutzt die Situation schamlos aus. Er reißt einen Zettel von einem Notizblock auf dem Schreibtisch ab und schiebt ihn mir zusammen mit einem Kugelschreiber aus seiner Brusttasche hin. „Schreib mir deine Telefonnummer auf. Dann sage ich dir wann und wo.“

„Warum sollte ich das tun?“ Das ist zwar nicht schlagfertig, aber immerhin eine berechtigte Frage. Ein bisschen mehr Freundlichkeit könnte er für meinen Geschmack nämlich wirklich an den Tag legen.

Er lächelt mich an, plötzlich irgendwie verschmitzt und sehr charmant.

„Warum solltest du es *nicht* tun?“ Auch das ist eine berechtigte Frage. Ich betrachte kurz seine großen Hände mit den wohlgeformten Fingern, die jetzt unruhig auf die Tischplatte klopfen.

„Zum Beispiel, weil ich nicht irgendeiner deiner Jungs bin, die blind Befehle von dir annehmen.“ Vielleicht ist das ein bisschen schnippisch, aber ich finde, so ein Mindestmaß an Höflichkeit habe ich durchaus verdient.

Wieder lächelt er, noch charmanter als vorher und ich bin froh, dass ich sitze, denn meine Knie werden auf einmal ziemlich weich.

„Sarah, meine Liebe. Darf ich dich heute Abend zum Essen einladen?"

Jetzt lächle ich ebenfalls.

„Na bitte. Geht doch", murmle ich schmunzelnd, und notiere ihm meine Handynummer auf einem kleinen Haftzettel.

„Herzlichen Dank." Er greift nach dem für ihn bestimmten Umschlag sowie nach meiner Nummer und verlässt den Raum, während ich ihm perplex hinterherschaue. In der Tür dreht er sich noch einmal um.

„Ich freue mich auf heute Abend, Sarah!" Dann schließt er die Tür hinter sich.

Ich grinse so breit, dass meine Wangen wehtun.

Ich habe ein Date. Mit einem sexy Eishockeytrainer!

Ich kann es kaum glauben. Vielleicht sind flirtende Sportler gar nicht so schlimm, wie ich gedacht habe.

Allerdings gilt das eindeutig nicht für alle. Denn kaum, dass Eric zur Tür heraus ist, kommen nach und nach ein Spieler nach dem nächsten herein, um ihre Bonusschecks abzuholen. Jeder von ihnen begutachtet mich ausgiebig, die meisten von ihnen beginnen dämlich zu grinsen. Ich bin mir nicht sicher, ob sie mich nur so anstarren, einfach weil ich eine Frau bin. Ob sie mich anstarren, weil ich die Tochter vom Chef bin und sie mich vorher noch nie gesehen haben. Oder weil irgendwer mitbekommen hat, dass zwischen Eric und mir vorhin mehr war als die bloße Übergabe eines Schecks.

Woran es auch liegen mag, es sorgt dafür, dass ich die nächste Stunde mit einem hochroten Kopf verbringe. Mit

Erleichterung überreiche ich schließlich den letzten Umschlag. Nachdem ich endlich alleine im Büro bin, bleibe ich noch ein paar Minuten sitzen, lasse meinen Kopf in den Nacken sinken und schließe die Augen. Als ich sie wieder öffne, muss ich laut lachen.

Ich habe heute Abend ein Date, verdammt noch mal! Mit dem Typen, der seit zwei Wochen in meinen Träumen auftaucht!

Kopfschüttelnd greife ich nach meinen Schuhen, die mittlerweile zum Glück getrocknet sind, schnappe mir meinen Mantel und verlasse fast schon fluchtartig das Gebäude.

Nachdem er das Büro verlassen hat, hat Eric so gute Laune, dass ihn nicht einmal Shepards dummes Grinsen ernsthaft verärgern kann.

Den gesamten Weg nach Hause bekommt er sein eigenes, ebenfalls ziemlich dummes Grinsen nämlich nicht aus seinem Gesicht.

Zu Hause stellt er seinen Cadillac Escalade in der geräumigen Doppelgarage ab und läuft über die Verbindungstür ins Haus.

„Hi Dad!" Travis lümmelt sich auf dem großen, dunkelbraunen Ecksofa herum und spielt irgendeinen Mist mit seiner Gamebox. Zum ersten Mal bereut er, dass er so einen riesigen Fernseher gekauft hat, denn als sein Sohn irgendeinem Zombie den Kopf abschießt, hat er einen Moment lang Sorge, dass das tatsächlich Blutspritzer auf seinem neuen hellen Teppich geben könnte, der den dunklen Holzfußboden schmückt. Und wer weiß schon, ob man Zombieblut je wieder herausbekommt!

Du bist schlimmer als jede alte Hausfrau, McLeod!

„Dad?" Die Stimme seines Sohnes, der die Bedienung für seine Gamebox kurz hat sinken lassen, reißt ihn aus seinen Gedanken.

„Ja?"

„Kann ich heute bei Max übernachten?" Er schaut ihn dabei so arglos an, als könne er kein Wässerchen trüben. Einen Moment zögert Eric. Travis Kumpel Max ist nicht gerade ein Kind von Traurigkeit und er ist sich nie ganz sicher, ob die beiden nicht einfach nur riesigen Blödsinn verzapfen, wenn sie zusammen sind.

Andererseits würde es heute Abend natürlich mehr als perfekt passen, wenn sein Sohn nicht zu Hause wäre.

+++

Als ich die Adresse, die Eric mir gegeben hat, in mein Navi eingebe, bin ich ein bisschen erstaunt, dass es soweit außerhalb liegt.

Erst als ich in ein Wohngebiet abbiege und vor einem hübschen Haus mit einem hohen Zaun anhalte, begreife ich, dass er mich nicht in ein Restaurant, sondern bei sich zu Hause zum Essen eingeladen hat.

Zögerlich stelle ich den Motor meines Autos ab. Ich bin mir ehrlich nicht sicher, ob ich den Umstand, gleich in die sprichwörtliche Höhle des Löwen eingeladen worden zu sein, wahnsinnig individuell oder doch furchtbar dreist finden soll.

Auf der einen Seite ist es wirklich netter, als in ein anonymes Restaurant zu gehen. Zumal ich aus Erfahrung durch meinen Bruder weiß, wie so etwas, wenn man wie Eric im Fokus des öffentlichen Interesses steht, oft aussehen kann. Man wird, wenn es dumm läuft, von der Presse und von penetranten Fans belagert, Ruhe und Romantik kommen beim besten Willen nicht auf.

Andererseits hebt der ewig nörgelnde Teil von mir gleich kritisch den Finger in die Höhe. Ist es ihm unangenehm, sich mit mir in der Öffentlichkeit blicken zu lassen? Und zusätzlich ist sein Esszimmer oder seine Küche sowie jeder andere Teil seines Hauses, in dem wir heute essen könnten, deutlich näher an seinem Schlafzimmer, als es jedes Restaurant wäre.

Vielleicht will er ja auch nur mal die Tochter des Chefs flachlegen.

Ich bin selbst ein bisschen erschrocken über meine schlechten Gedanken. Allerdings bin ich vielleicht auch nicht der Typ Frau, der heutzutage als schön gilt. Im vorletzten Jahrhundert hätte ich schon eher ins Schönheitsideal gepasst. Auch heutzutage gibt es einige Männer, die auf Kurven stehen, aber trotzdem habe ich mir bereits mehr als einmal in meinem Leben anhören müssen, dass ich viel zu dick sei. Und da drängt sich mir der Gedanke auf … Ich meine, die Mannschaft meines Vaters steht im Moment nicht gerade gut da. Sie hat in den letzten Wochen mehr Spiele verloren als gewonnen. Meistens fällt so etwas auf den Trainer zurück. Ein sehr berechnender Mensch könnte sich durchaus überlegen, ob es sich nicht positiv auf die Sicherheit seines Arbeitsplatzes auswirken könnte, wenn man in solchen Zeiten etwas mit der Tochter des Chefs anfängt.

Oder bin ich da ein bisschen schizophren? Vermutlich habe ich seit früher Jugend so wirkungsvoll von meiner Mutter eingeimpft bekommen, wie unattraktiv ich bin, dass ich manchmal selbst daran glaube. Und Eric hat mich schließlich auch schon auf einen Kaffee eingeladen, als er noch gar nicht wissen konnte, wer ich bin. Und er hat mich nicht nur einfach auf einen Kaffee eingeladen, er hat mich sogar mehr oder weniger dazu gezwungen, etwas mit ihm Trinken zu gehen.

Außerdem traue ich ihm so viel Berechnung eigentlich gar nicht zu. Natürlich kenne ich ihn kaum, aber normalerweise kann ich solche Dinge wirklich gut einschätzen.

Während sich meine Gedanken weiterhin überschlagen und Selbstzweifel, Argwohn und Beschwichtigungen sich einander in meinem Kopf abwechseln, hat es wieder zu regnen begonnen. Die nassen Tropfen rinnen an meiner Windschutzscheibe herunter. Ich schaue ihnen nach und habe mich immer noch nicht entschieden, ob ich nun aussteige und hineingehe oder umdrehe und heimfahre.

Das Prasseln des Regens nimmt zu, genau wie meine Skepsis. Ich bin gerade dabei, den Anlasser zu drücken, um meinen Wagen wieder zu starten, als ich ein anderes Geräusch höre. Jemand klopft an meine Tür. Erschrocken wende ich meinen Blick von den an der Windschutzscheibe herunterrinnenden Tropfen ab und schaue stattdessen in Erics lächelndes Gesicht. In seiner Hand hält er einen großen hellgrauen Regenschirm.

Jetzt noch die Flucht zu ergreifen wäre selbst mir zu albern, also setze ich ebenfalls ein Lächeln auf und öffne vorsichtig die Tür, um sie Eric nicht vor den Kopf zu knallen.

„Ich habe dich draußen stehen sehen und wusste nicht, ob du einen Schirm mithast. Deshalb dachte ich, ich hole dich ab, damit du trocken bleibst."

In seinen Augen blitzt es fröhlich und ich überspiele meine Verlegenheit, indem ich auf dem Beifahrersitz nach meiner Handtasche angle.

Ob er wohl geahnt hat, dass ich überlege, wieder zu verschwinden und mich deshalb abgeholt hat?

Zumindest kann ich in seinem Gesicht nichts Diesbezügliches erkennen, als ich mich bei ihm unterhake und ins Haus geleiten lasse.

„Du bist ja barfuß …", stelle ich schmunzelnd fest, als wir durch die Haustüre getreten sind und er auf dem hellen Holzfußboden nasse Spuren hinterlässt.

Verlegen wischt er seine nassen Füße an der hellblauen Jeans ab, die er trägt.

„Ich wollte dich lieber nicht so lange draußen stehen lassen. Bevor du es dir hinterher noch einmal anders überlegst und wieder verschwindest …“

Also hat er es doch geahnt!

Ich spüre, wie mir die Röte in die Wangen steigt, und sage einfach nichts.

„Jedenfalls … freue ich mich, dass du jetzt hier bist, Sarah!“ Er spricht meinen Namen auf eine Art und Weise aus, dass ich davon eine Gänsehaut bekomme. Wenn es mir nicht zu peinlich wäre, würde ich ihn glatt darum bitten, ihn noch einmal zu sagen. „Möchtest du vielleicht deinen Mantel ausziehen?“ Lächelnd macht er einen Schritt auf mich zu und ich beeile mich, mich selbst des betreffenden Kleidungsstücks zu entledigen. Aus Erfahrung weiß ich, was seine Berührungen mit mir anstellen und ich möchte gerne noch ein Weilchen einen klaren Kopf bewahren.

Während Eric meinen Mantel über einen Sessel legt, schaue ich mich verstohlen um. Das Haus hat keinen Flur, wir stehen direkt mitten im Wohnzimmer, das erstaunlich bodenständig wirkt. Ich hatte irgendwie Chrom und schwarzes Leder statt Holz und Erdtöne erwartet, bin allerdings durchaus positiv überrascht.

Ein dunkelbraunes Sofa mit einem Quilt über der Rückenlehne, ein heller, sehr weich erscheinender Teppich, ein großer Fernseher, eine Holztreppe, die in die obere Etage führt und ein wunderschön gedeckter Holztisch, auf dem jede Menge Kerzen brennen.

„Setz dich doch!“ Eric macht eine einladende Geste in Richtung des Tischs und ich trete zögerlich näher. „Und keine Angst – das Essen habe ich liefern lassen.“ Ich erwidere sein Lächeln, während ich mich langsam auf den Stuhl setze, den er mir zurückgezogen hat.

+++

Das Essen scheint heute nach gar nichts zu schmecken. Was mit Sicherheit nicht am Essen liegt, sondern an Sarahs Outfit, das ihn ständig ablenkt.

Da er vorhin den Kamin angezündet hat, hat sie die lange, flauschige Strickjacke ausgezogen und über ihre Stuhllehne gehängt. Jetzt trägt sie nur noch ein Shirt mit halblangen Ärmeln aus irgendeinem weißen Satinstoff, der verlockend auf ihrer Haut schimmert. Das an sich würde vermutlich schon völlig genügen, um seine Aufmerksamkeit zu fesseln. Aber zusätzlich rutscht das verdammte Shirt ständig von ihrer linken Schulter herunter. Seidiger Stoff, der auf cremig weich erscheinender Haut immer tiefer und tiefer rutscht und sich jedem von Sarahs Versuchen widersetzt, ihn wieder an Ort und Stelle zu bringen. Er kann seinen Blick nicht davon abwenden und in seinem Kopf tauchen Bilder auf, die ihn an völlig andere Dinge als ans Essen denken lassen. Bilder von seidigen Bettlaken, die auf Sarahs nackter Haut tiefer und tiefer gleiten, eine Schulter entblößen, gefolgt von einem Schlüsselbein, dem Ansatz einer Brust …

Auch der Schluck Wein kann nicht helfen, die Bilder aus seinem Kopf zu vertreiben. Und schon gar nicht, um etwas gegen die zunehmende Enge in seiner Hose auszurichten. Die ganze Zeit kann er nur darüber nachdenken, wie es sich anfühlt, diese Frau zu küssen. Und wie es sich wohl erst anfühlen mag, sie zu streicheln. Überall. Beginnend bei ihren Brüsten und dann …

Das kann ein langer, harter Abend werden. In vielerlei Hinsicht hart …

Schnell trinkt er noch einen weiteren Schluck Wein. Er schmeckt ebenfalls nach nichts, genau wie das Essen.

+++

„Das Essen schmeckt köstlich." Es gibt Rinderfilet mit Fächerkartoffeln und Gemüse; alles schmeckt wirklich ausgezeichnet.

Dennoch bin ich zu angespannt, um meinen Teller leer zu essen und lege das Besteck zur Seite.

Eric zuckt lächelnd mit den Schultern und schwenkt sein Weinglas in der Hand. Als er es wieder abstellt, beginnen die Kerzen auf dem Tisch leicht zu flackern.

„Geld ausgeben kann ich. Kochen leider nicht. Da ich davon ausgegangen bin, dass du die Nacht eher ungern mit einer Lebensmittelvergiftung im Krankenhaus verbringen möchtest, habe ich alles bestellt und liefern lassen. Oder hast du eine Schwäche für Ärzte?"

Fasziniert beobachte ich seine schönen Hände mit den kräftigen, langen Fingern, die jetzt wieder nach dem Besteck greifen. Ich stelle mir vor, wie sie sich wohl auf meinem Körper anfühlen würden. Auf meinem Bauch, auf meinem Rücken, an meinem Po … Erst als ich spüre, dass mir die Röte ins Gesicht steigt, wird mir bewusst, dass ich wohl irgendetwas auf seine Frage antworten müsste. Dennoch kann ich den Blick nicht von seinen Händen lassen. Bei einem Mann mit solchen Pranken kann sich selbst eine Frau wie ich wie eine zarte, zerbrechliche Elfe fühlen. Sportler haben eben doch etwas für sich.

„Nein, Ärzte interessieren mich nicht. Ich habe es eher mit Sportlern." Erst als ich selbst höre, was ich da gerade gesagt habe, wird mir der Inhalt meiner Worte klar und ich laufe noch ein bisschen dunkler an.

Verdammt.

Ich sollte mich wirklich besser konzentrieren.

Erics Lachen löst etwas in mir aus, das sich in meinem Bauch festsetzt und von dort überallhin in meinen Körper ausstrahlt. Er legt das Besteck weg und greift nach meiner linken Hand, streicht sanft über meine Fingerknöchel und das Kribbeln in meinem Bauch verstärkt sich noch. Um ein Haar stoße ich das Weinglas um, das neben meinem Teller steht.

Als ich zu ihm aufblicke, sind seine Augen ganz dunkel und um seinen Mund spielt ein nahezu diabolisches Lächeln.

„Dann falle ich also in Ihr Beuteschema, Ms Wellington? Das freut mich sehr zu hören." Seine Stimme ist noch einen kleinen Hauch heiserer als sonst und ich muss mich zweimal räuspern, bevor ich antworten kann.

„Ich denke, es sollte keine Neuigkeit für dich sein, dass viele Frauen Sportler mögen." Ich ringe darum, die Situation irgendwie zu retten, ohne mich gänzlich zu blamieren, während seine Hand zu meiner zurückkehrt. Doch wenn wir schon beim Thema Beuteschema sind, habe eindeutig ich selbst den Eindruck, momentan die Beute zu sein.

„Das kann ich nicht beurteilen", antwortet er in aller Bescheidenheit. „Aber im Moment ist die einzige Frau, die ich will, diejenige, die mir gegenübersitzt."

Das Kribbeln in meinem Bauch fühlt sich mittlerweile an, als würde ich unter Starkstrom stehen und es ist genauso erregend wie unangenehm. Da ich nicht weiß, was ich darauf erwidern soll, schweige ich einfach, aber mein Blick scheint Bände zu sprechen.

„Du glaubst mir nicht?“ Seine Augenbrauen wandern in die Höhe, während er einen großen Schluck Wein nimmt.

Unbehaglich rutsche ich auf meinem Stuhl hin und her, der mir auf einmal furchtbar hart und unbequem erscheint. Was soll ich dazu jetzt sagen?

Ich will ihm weder auf die Nase binden, dass ich mich manchmal gerne leiden mag und dann wieder als entsetzlich dick empfinde und es irgendwie nicht in meinen Kopf will, dass ausgerechnet ein Kerl wie Eric sich für mich interessiert. Dass ich darüber nachgedacht habe, ob er mich wohl nur will, weil ich die Tochter vom Chef bin, das will ich ihm schon gar nicht erzählen. Ich trinke noch einen Schluck Wein. Ich habe das Gefühl, jedes bisschen Alkohol gut gebrauchen zu können, vielleicht hilft es ja, dass ich ein bisschen lockerer werde.

Du klingst gerade wie diejenigen, die ein ernst zu nehmendes Problem mit Alkohol haben.

„Ich bin nicht unbedingt der Typ von Frau, auf den Männer heutzutage abfahren.“ Das klingt ein bisschen hohl und immer noch sehr danach, als hätte ich ein Minderwertigkeitsproblem, allerdings es ist nun mal die Wahrheit. Das Minderwertigkeitsproblem ebenso. An manchen Tagen lässt es mich kalt. Aber an anderen ist es so, als würde ich die nörgelnde Stimme meiner Mutter, die mir sagt, ich sei zu dick, deutlich in meinem Kopf hören. Schnell nippe ich erneut an meinem Wein.

Eric langt über den Tisch, nimmt mir mein Glas aus der Hand und stellt es mit soviel Nachdruck zurück auf den Tisch, sodass die rubinrote Flüssigkeit beinahe über den Rand schwappt.

„Was genau meinst du damit, Sarah?“ Sein Blick ist durchdringend und ich straffe meine Körperhaltung.

„Ich bin nicht gerade schlank, Eric.“ Natürlich weiß er das längst selbst, aber er hat schließlich nachgefragt.

Amüsiert zuckt er mit den Schultern.

„Ich bin nicht gerade klein“, erwidert er und ich muss lachen.

„Ich sehe nicht unbedingt aus wie ein Model“, starte ich einen weiteren Versuch und Eric zuckt erneut mit den Schultern, während er grinsend mein Dekolleté taxiert.

„Zum Glück!“ Nachdem er seine Augen wieder losreißen kann, tritt wieder dieser schelmische Ausdruck auf sein Gesicht. „Aber wenn du angeben willst: Meine Brust ist auch nicht zu verachten.“ Abwechselnd lässt er den rechten und den linken Brustmuskel zucken und ich muss laut lachen.

„Mein Po ist deutlich runder, als es der Norm entspricht.“ Keine Ahnung, warum ich ihm das alles erzähle. Mein Gegenüber legt den Kopf leicht schief.

„Ist das deiner Meinung nach ein Minus- oder ein Pluspunkt? Aber wo wir schon dabei sind: Mein rechtes Ei ist größer als mein linkes und ein Teil meiner Zähne sind nicht mehr meine eigenen.“

Ich muss so sehr lachen, dass ich mich fast an meinem Wein verschlucke, den ich mir zwischenzeitlich zurückerobert habe.

„Oh, in diesem Fall sollte ich vielleicht besser ganz schnell gehen“, erwidere ich immer noch lachend und Eric greift über den Tisch und hält meine Hand fest.

„Untersteh dich, Sarah!“ Er zieht meine Hand an seinen Mund und küsst die empfindliche Haut an der Innenseite meines Handgelenks. Dann wird er wieder ernst. „Ich erzähle dir mal was, Sarah. Normalerweise gibt es eine Art ungeschriebenes Gesetz, was Umkleidekabinen und Duschräume betrifft. Alles, was man sich da erzählt, bleibt auch da. Aber da ich davon ausgehe, dass es unter uns bleibt, werde ich es ausnahmsweise mal brechen.“ Erics Augen fixieren mich; er verschränkt die Arme vor der Brust und lehnt sich nach hinten, bis er nur noch auf den hinteren beiden Stuhlbeinen balanciert. Verlegen weiche ich seinem Blick aus.

„Nachdem du heute die Bonusschecks für deinen Vater verteilt hast, haben die Jungs den Rest des Tages von nichts anderem mehr gesprochen als von dir. Ich erspare dir lieber die schmutzigen Details, die sind nicht für die Ohren einer Dame bestimmt.“ Schmunzelnd bringt er seinen Stuhl zurück in die Waagerechte. „Ich kann dir allerdings verraten, dass jeder von ihnen eine Menge darum gegeben hätte, dich flachzulegen.“ Bevor ich etwas erwidern kann, hebt er abwehrend die Hand. „Und – nein, das lag nicht daran, dass du die Tochter des Mannes bist, der jeden Monat ihre Schecks ausstellt. Sondern daran, dass du eine verdammt sexy Frau bist. Ich habe keine Ahnung, wer euch Frauen immer weiß machen will, Männer würden auf dürre Hungerhaken stehen. Ich jedenfalls bevorzuge eindeutig ein paar weibliche Kurven.“ Langsam und mit einer Anmut, die man so einem großen und muskulösen Mann eigentlich gar nicht zutrauen würde, kommt er um den Tisch herum auf mich zu.

Mein Mund wird trocken und das Kribbeln verlagert sich von meinem Bauch in tiefere Regionen, während Eric sich wie in Zeitlupe auf mich zubewegt. Nervös schlage ich die Beine übereinander. Kurz vor mir bleibt er schließlich stehen.

„Und was mich angeht, meine liebe Sarah …“ Seine Hand streckt sich mir entgegen und ich habe sie bereits ergriffen, ehe ich diese Entscheidung überhaupt bewusst getroffen habe. „Ich habe keine Ahnung, ob ich jede Frau haben könnte. Natürlich habe ich ab und an Dates. Aber du kannst mir glauben, dass ich sehr wählerisch bin. Und ich sage es dir gerne noch einmal …“ Mit einem Ruck zieht er mich hoch und ich lande mit wild klopfendem Herzen in seinen Armen. „Die einzige Frau, an der ich gerade ernsthaftes Interesse habe, bist du, Sarah Wellington.“

Er betrachtet meinen Mund, lange und ausgiebig.

„Du bist schön, Sarah. Du bist eine wunderschöne Frau. Dein Mund …“ Sein Daumen streicht sanft über den Schwung meiner Oberlippe und ich öffne ihn wie von selbst. Wie zur Belohnung schenkt er mir ein träges Lächeln. „Ich träume seit Wochen davon, dich noch einmal zu küssen.“ Er haucht mir einen Kuss auf meine Lippe, der fast schüchtern wirkt, und schafft es dennoch, dass sich mein ganzer Körper auf einmal anfühlt, als würde ich lichterloh in Flammen stehen. Ich will ihn wieder küssen und ich will noch viel mehr. Ich will all das jetzt und sofort und auf der Stelle. Aber er scheint das kaum zu bemerken. Mit einer Seelenruhe, die Ihresgleichen sucht, streichelt er weiter über mein Gesicht.

„Ich kann mich nicht erinnern, schon einmal einem Menschen begegnet zu sein, der so ein perfektes Gesicht hat, wie du … diese Wangenknochen …“ Erneut fährt er erst mit seinem Daumen darüber, bevor er zarte Küsse folgen lässt. „Und die Kontur deines Kinns …“ Auch hier folgen auf ein erforschendes Streicheln kleine, sanfte, Küsse. „Oh, und dein Hals, Sarah! Wie kann man nur so einen schönen Hals und so zarte Haut haben?“ Als er meinen

Hals zu küssen beginnt, kann ich ein leises Aufkeuchen nicht zurückhalten. Obwohl seine Berührung bloß so gerade zu erahnen ist, ist sie dabei seltsam intensiv.

Eric ist meine Erregung anscheinend nicht entgangen, denn er drängt sich näher an mich heran, während er scharf die Luft einzieht. Eine Sekunde lang hält er mich so eng an sich gedrückt, dass ich spüren kann, dass es ihm offenkundig auch nicht viel besser ergeht als mir, denn seine Erektion presst sich hart gegen meinen Bauch. Doch beinahe sofort hat er die Fassung wieder gewonnen und schiebt mich ein Stück von sich weg. Er setzt seine Forschungsreise über meinen Körper fort. Über meine Schlüsselbeine, über die weiche Haut darunter, Küsse folgen auf Berührungen. Als er sanft meine Brüste umfasst, fällt mein Kopf in den Nacken und ich schließe die Augen.

„Eric ..." Meine Stimme klingt seltsam fremd und ich bin mir selbst nicht sicher, ob ich ihn nun bitten will, weiterzumachen oder aufzuhören.

„Hör einfach mal für einen Augenblick auf zu denken, Sarah. Und genieße nur den Augenblick." Der federleichte Druck seiner Hände verstärkt sich, seine Daumen reiben über meine auf einmal überempfindlich gewordenen Brustwarzen, die sich ihm entgegenrecken. Und tatsächlich gelingt es mir, mich für einen Moment fallen zu lassen.

Dann fühle ich seinen Atem an meinen Lippen, bevor ich seinen Kuss spüre. Mit unerträglicher Sanftheit küsst er mich, spielt mit meinem Mund, kitzelt mich mit seiner Zunge, bis ich fest davon überzeugt bin, das keine Sekunde länger mehr ertragen zu können.

Ich dränge mich ihm entgegen, kralle meine Finger in sein Haar und ziehe ihn zu mir, um ihn fest und mit aller Leidenschaft zu küssen. Mit einem rauen Lachen gibt er mir nach, umfasst mich fester, und als er mich jetzt küsst, kratzen die Bartstoppeln an seinem Kinn über meins. Seine Zunge dringt tief in meinen Mund ein. Er küsst mich, bis ich atemlos, aufgelöst und willenlos bin. Bis ich zu denken aufhöre und schwören könnte, dass meine Füße nicht mehr länger auf dem Boden stehen. In meinen Ohren beginnt irgendetwas zu klingeln und ich befürchte ernsthaft, ich könnte vielleicht ohnmächtig werden. Dann hört das Klingeln auf. Um gleich darauf neu zu beginnen.

„Scheiße!“ Fluchend macht sich Eric von mir los. „Bitte entschuldige, ich befürchte, das ist wichtig.“

Verdutzt sehe ich ihn an. Erst als er in Richtung des Telefons geht, wird mir auf einmal klar, dass das Klingeln in meinen Ohren kein Symptom meiner Erregung war, sondern viel simplere Ursachen hatte.

Fast ein wenig beschämt setze ich mich zurück auf meinen Stuhl und wische mir verstohlen über den Mund. Ich bin gleichzeitig enttäuscht und erleichtert über diese Unterbrechung, denn eigentlich ging es mir fast ein bisschen zu schnell.

„Travis, was gibt's?“ Eric klingt erstaunlich ruhig. Ich hingegen habe Schwierigkeiten, meine zitternden Hände unter Kontrolle zu bringen. „Ist was passiert?“ Einen Moment folgt Schweigen, während er seinem Gesprächspartner am Telefon zuhört. „In Ordnung. Ja, ich komme dich abholen … Bis gleich.“

Seufzend legt er auf. Bevor er mich wieder ansieht, reibt er sich mit beiden Händen durch das Gesicht.

„Das war mein Sohn“, sagt er, aber ich habe mir schon gedacht, wer es ist, da ich weiß, dass der Coach der Foxes einen Sohn hat. „Er wollte heute eigentlich bei einem Freund übernachten, der allerdings kotzt sich seit einer

Stunde die Seele aus dem Leib. Er hat wohl gestern Fisch gegessen …"

„Oh!", antworte ich, was man wirklich nicht als sonderlich geistreich bezeichnen kann. „Das verstehe ich natürlich." Ich bemühe mich, dass man mir weder meine Enttäuschung noch meine Erleichterung anmerkt und ich hoffe, es gelingt mir.

„Es tut mit leid, Sarah." Eric verzieht sein Gesicht zu einem schiefen Grinsen. „Als Travis damals zur Welt gekommen ist, war mir nicht klar, dass er mein Sexualleben auch noch beeinträchtigen wird, wenn er mal sechzehn ist."

Ich muss lachen. „Kinder sind eben eine Lebensaufgabe. Und du musst dich nicht entschuldigen." Ich stelle mich auf die Zehenspitzen und gebe ihm einen keuschen Kuss. „Ich danke dir für den schönen Abend, Eric." Ich will in Richtung Haustür gehen, aber er hält mich fest und küsst mich erneut. Und er macht es richtig. Er macht alles dabei richtig. So richtig, dass ich am ganzen Körper eine Gänsehaut bekomme.

„Du solltest jetzt gehen." Entschlossen löst er seine Lippen von den meinen und schiebt mich in Richtung Haustür. „Ansonsten muss Travis bis morgen warten und ich befürchte, das wird ihm nicht gefallen."

Nur einen kurzen Augenblick später sitze ich wieder in meinem Auto vor dem Haus. Obwohl ich nicht mehr als ein Glas Wein getrunken habe, fühle ich mich wie berauscht. Wahrscheinlich sollte ich besser ein Taxi nehmen, statt noch zu fahren, aber auf der Strecke herrscht nicht viel Verkehr und ich habe keine Lust, zu Hause irgendwelche Erklärungen abgeben zu müssen.

Da ich mir sicher bin, dass mein Rauschzustand ohnehin nicht von Alkohol, sondern von Erics Küssen stammt, starte ich den Motor.

+++

Fluchend schaut er Sarahs Wagen nach, während sie davonfährt und von der Dunkelheit verschluckt wird.

Er hatte geahnt, dass es nicht leicht sein würde, die Verantwortung für einen Teenager zu übernehmen. Dass es ein solches Desaster werden würde – damit hatte er nun wirklich nicht gerechnet. Tatsächlich schämt er sich ein bisschen dafür, dass sein Sohn immer öfter völlig außer Rand und Band gerät und er es nicht schafft, ihm Herr zu werden.

Und auch heute war es natürlich nicht Travis Freund, der sich gerade irgendwo die Seele aus dem Leib kotzt, sondern sein Sohn selbst. Sein Sohn, der gestern mit an Sicherheit grenzender Wahrscheinlichkeit nichts Falsches gegessen, sondern heute das Falsche getrunken hat. Nämlich mal wieder Alkohol und davon zu viel.

Die Ader an Erics Schläfe beginnt unangenehm zu pochen, als er in sein Auto steigt und die Tür hinter sich zuknallt. Seine Stimmung schwankt zwischen Sorge, Wut und dem Gefühl des Versagens hin und her.

Morgen wird er Travis zu dessen Großeltern bringen. Vielleicht kann die strenge Hand seines Vaters in Kombination mit einer Menge frischer Luft ja etwas bewirken.

+++

Ich nehme ein Glas Milch und ein paar Kekse mit auf mein Zimmer. Normalerweise hasse ich es, mit ungeputzten Zähnen ins Bett zu gehen, doch heute mache ich eine Ausnahme, die ebenso für Krümel im Bett gilt.

Bett.

Obwohl dieses Wort so simpel ist, schlagen meine Gedanken Kapriolen, genau wie die Schmetterlinge in meinem Bauch.

Mit Eric ins Bett.

Hätte ich mich darauf wirklich eingelassen, obwohl wir uns noch gar nicht richtig kennen? Eigentlich bin ich deutlich zurückhaltender, andererseits sehe ich aber auch nichts Verwerfliches dabei. Wir sind beide jung und ungebunden und mein Herzschlag, der sich allein bei dem Gedanken an Eric ungesund beschleunigt, scheint diese Frage für mich zu beantworten.

Dieser Mann macht mich einfach verrückt.

Erst, als es in meinem Kopf wieder zu klingeln beginnt, wird mir bewusst, dass ich eingeschlafen bin und dass das Klingeln erneut von einem Telefon stammt. Es ist wie ein Déjà-vu, in diesem Fall von meinem Handy.

Schlaftrunken greife ich danach und nehme den Anruf an, ohne dass ich mir aus der Nummer einen Reim machen könnte.

„Hallo?“ Durch den Schlaf ist meine Stimme heiserer als sonst.

„Hi!“

Ich brauche einen Moment, bis ich begreife, dass es sich bei dem nächtlichen Anrufer um Eric handelt.

„Eric …“, murmle ich. „Alles in Ordnung mit dir?“

Er holt tief Luft und lacht dann leise.

„Ich kann nicht schlafen, Sarah.“ Erneut dieses sonore Lachen, das amüsiert und ungläubig klingt. „Willst du auch wissen, warum ich nicht schlafen kann?“ Seine Stimme rutscht eine halbe Oktave tiefer und mir läuft ein angenehmer Schauer den Rücken herunter.

„Warum denn?“, flüstere ich.

„Weil ich nur an dich denken kann. An deine Haut, an deinen Duft … an deine Brüste. Du hast tolle Brüste, Sarah. Und sie passen so hervorragend in meine Hände …“

Jetzt lache ich, ebenso leise und ein bisschen verlegen.

„Das finde ich auch. Also, das mit deinen Händen.“ Schnell beiße ich mir auf die Unterlippe, um zu vermeiden, dass ich wie ein alberner Teenager zu kichern anfange. Anscheinend hatte ich in der Vergangenheit immer mit den falschen Kerlen Sex. Solcherlei Gespräche bin ich nicht gewohnt und ich fühle mich etwas unsicher – obwohl ich zugeben muss, dass es mir gefällt. Das Kribbeln in meinem Bauch ist zurück und ich setze mich ein wenig auf.

„Liegst du im Bett?“

„Ja.“ Mein dummes Hirn ist offenkundig momentan nicht dazu in der Lage, geistreichere Antworten zu formulieren. Keine Ahnung, was mit mir los ist, warum Eric mich so verunsichert. Eigentlich bin ich wirklich nicht leicht aus der Ruhe zu bringen, aber dieser Mann macht etwas mit mir, das ich mir selbst nicht erklären kann.

Eric räuspert sich.

„Stellst du dir gerade vor, wie ich deine Brüste berühre?“

Das Kribbeln verstärkt sich wieder.

„Ja …"

„Und sind deine Nippel hart, Sarah?"

„Ja!" Ja, oh Gott, ja, das sind sie. Und das allein von dem Gedanken an Erics Hände.

„Gut." Er klingt sehr zufrieden. „Ich bin auch hart, Sarah. Nur für dich."

Jetzt bin ich nicht mehr in der Lage, noch irgendetwas zu sagen und schnappe stattdessen hörbar nach Luft, was Eric mit einem zufriedenen Lachen quittiert.

„Ich wollte bloß, dass du weißt, dass ich mich sehr auf unser nächstes Treffen freue. Sehr sogar."

„Ich mich auch." Ich klinge nicht sonderlich geistreich, aber ihn scheint das nicht zu stören.

„Gut", antwortet er. „Da ja heute erst Freitag ist, würde ich vorschlagen, ich hole dich morgen ab. Solange du noch nichts Besseres vorhast. Zieh dir warme und bequeme Sachen an. Und pack eine Zahnbürste ein. Ich bin gegen Mittag bei dir."

„Okay. Bis morgen, Eric." Wow, das war beinahe ein kompletter Satz.

„Bis morgen, Sarah. Schlaf noch gut!"

Anschließend legt er auf und natürlich ist für mich an Schlaf kaum noch zu denken.

Den halben Morgen bin ich damit beschäftigt, meinen Kleiderschrank zu checken und mich zig Mal umzuziehen. Die größte Herausforderung stellen die Schuhe dar. Ich habe überhaupt keine, die man in die Kategorie „warm und bequem" einordnen könnte. Seufzend schiebe ich meine königsblauen Peeptoes zur Seite, die auf alle Fälle weder das eine noch das andere sind. Dann nehme ich sie wieder in die Hand und werfe sie in meine kleine Reisetasche. Vielleicht habe ich ja heute Abend Gelegenheit, sie zu tragen.

Schließlich setze ich mich in mein Auto und fahre zum nächstbesten Schuhgeschäft, wo ich ein paar braune Schnürstiefeletten mit dicker Sohle und flachen Absätzen erstehe, die ein wenig an Wanderschuhe erinnern. Im Laden nebenan kaufe ich außerdem einen braunen, wasserabweisenden Parka, der meiner Figur schmeichelt und mit dem hellbraunen Kunstfell an der Kapuze wirklich kuschelig wirkt.

Zufrieden fahre ich nach Hause zurück und lege mir unterwegs eine Geschichte zurecht, warum ich heute woanders übernachten werde. Denn anders kann er seine Bemerkung mit der Zahnbürste ja wohl kaum gemeint haben.

Eine Nacht mit Eric!

Als ich an einem großen Drugstore vorbeikomme, bremse ich so abrupt ab, dass der Typ hinter mir empört auf die Hupe drückt.

Unbeeindruckt biege ich auf den Parkplatz ab. Soll er doch die empfohlenen Sicherheitsabstände einhalten, muss er sich anschließend auch nicht aufregen.

Im Drugstore kaufe ich eine Packung Kondome und hoffe, dass nicht ausgerechnet in diesem Moment Editha oder Lilly hier aufkreuzen, um mir anschließend unangenehme Fragen zu stellen. Ohne auf die Beschreibung auf der Packung zu achten, bezahle ich schnell und verlasse den Laden.

Erst, als ich schon wieder im Auto sitze, fällt mir auf, dass ich nicht nur eine Packung mit zwanzig Stück erwischt habe, sondern auch noch die in extragroß. Umtauschen will ich sie trotzdem nicht, ich weiß ganz sicher, das sowohl

Lilly als auch Editha ebenfalls hier einkaufen und das Risiko ist mir einfach zu hoch.

Bis es Mittag ist und Eric mich abholt, bin ich ein nervliches Wrack.

Editha runzelt mehrfach die Stirn, als sie mich mit meiner kleinen Reisetasche auf dem Flur stehen und aus dem Fenster schauen sieht.

„Ich will nicht, dass Lilly meinetwegen extra aussteigen muss", erwidere ich auf ihren fragenden Blick und sie nickt mit einem Lächeln, bei dem ich mir beinahe sicher bin, dass sie mir kein Wort glaubt.

Ich habe erzählt, ich würde mich mit Lilly treffen und das Wochenende in den Bergen verbringen, weil sie sich mal eine kleine Auszeit gönnen möchte.

Ich will nicht, dass meine Familie von Eric weiß. Zum einen geht es niemanden etwas an. Ich bin eine erwachsene Frau und es ist ja nicht unbedingt üblich, dass man mit über dreißig noch alle über jedes Treffen informiert, zu dem man sich verabredet.

Zum anderen bin ich mir nicht ganz sicher, wie mein Vater reagieren wird, wenn ich mich ausgerechnet mit dem Coach seines Eishockeyteams treffe. Theoretisch fällt mir zwar nichts ein, das dagegen sprechen würde, aber man kann es ja nie so genau wissen.

Als ich am Ende der Einfahrt ein Auto entdecke, stürze ich, einen schnellen Abschiedsgruß murmelnd, aus dem Haus und gehe schnell auf den schwarzen Wagen zu, von dem ich vermute, dass es Erics ist.

Sobald er mich aus dem Haus kommen sieht, hält er an, spätestens das Eingangstor hätte ihn ohnehin gestoppt.

Er öffnet mir die Tür von innen und ich bin über unser beider Incognitogehabe gleichzeitig erleichtert und amüsiert.

Ich werfe meine kleine Reisetasche auf die Rückbank und klettere mit klopfendem Herzen auf den Beifahrersitz. Der Wagen riecht nach Leder und Erics frisch-herbem Aftershave.

„Hi!“ Eric sieht mich mit einem absolut umwerfenden Lächeln an, greift nach meiner Hand und küsst meine Fingerknöchel.

„Hi!“, erwidere ich.

„Die Tochter meines Chefs vor seinem Haus heimlich einzusammeln, erinnert mich irgendwie an Highschoolzeiten, als ich mich mal verbotenerweise mit der Tochter meines Mathelehrers getroffen hatte.“ Er grinst breit, wirkt dabei aber nicht wirklich entspannt und sein Blick schweift zur Haustür. So, als würde er erwarten, dass mein Vater jeden Moment keuleschwingend herauskommen würde. So, als würden wir etwas Verbotenes tun. Ein wenig zu eilig gibt er Gas und fährt los.

Auf einmal fühle ich mich merkwürdig befangen und Eric scheint es nicht anders zu ergehen. Die nächsten fünf

Minuten herrscht verlegenes Schweigen zwischen uns. Die Zeit vergeht wie im Schneckentempo und ich frage mich, ob es wirklich eine gute Entscheidung war, diesem Treffen zuzustimmen. Wenn sich jetzt herausstellt, dass wir uns doch überhaupt nicht verstehen, wird dieser Ausflug quälend lang werden. Und da ich nicht mit meinem Auto hier bin, sondern bezüglich der Mobilität ganz und gar von Eric abhängig, habe ich nicht einmal die Chance, unauffällig zu entkommen, wenn es zwischen uns wider Erwarten doch nicht passen sollte.

Unbehaglich zupfe ich an den Ärmeln meiner Jacke herum, während Eric den Blinker setzt und in ein Stück Feldweg abbiegt, um dort anzuhalten.

„Sind wir schon da?“ Irritiert sehe ich mich um, ich kann nicht wirklich verstehen, was wir hier wollen.

„Nein.“ Er schiebt seinen Sitz ein Stück nach hinten und schiebt sich eine blonde Locke aus der Stirn. Anschließend löst er erst meinen und dann seinen Sicherheitsgurt. „Aber ich habe dich noch gar nicht richtig begrüßt.“ Ehe ich mich versehe, küsst er mich auf diese unvergleichliche Art, mit der er mich gestern schon geküsst hat. Langsam, träge und dennoch mit spürbarem Hunger nach mehr. Gleichzeitig fahren seine Hände unter meinen grob gestrickten Pulli, suchen und finden die Rundungen meiner Brüste, um sie mit leichtem Druck zu umfassen.

Mit geübten Fingern knöpft er meine weiche Bluse auf und schiebt die Körbchen meines BHs nach unten. Als seine Daumen über die nackten Spitzen meiner Brüste streicheln, beiße ich ihm um ein Haar in die Lippe und stöhne leise auf.

„Sie sind ja tatsächlich steif.“ Mit einem beinahe selbstgefälligen Lächeln zwickt er vorsichtig zu und ich zucke zusammen, nicht vor Schmerz, sondern vor Erregung, die mich wie eine heiße Welle überrollt. „Ich bin auch steif, Sarah“, flüstert er in mein Ohr und sein Atem streift die empfindliche Haut meiner Ohrmuschel. „Ich brauche nur an dich zu denken … aber ich denke, wir fahren jetzt erst mal, um den Rest kümmern wir uns später.“ In seinen Augen taucht ein übermütiges Funkeln auf, als er erst mich und dann sich wieder anschnallt und anschließend den Motor startet.

Völlig entgeistert starre ich ihn an. Als ich endlich klar genug denken kann, fange ich an zu lachen.

„Du bist wirklich ein Dreckskerl, weißt du das?“ Immer noch ungläubig schüttle ich lachend den Kopf. Ich habe es noch nie erlebt, dass mich ein Mann so sehr aus dem Konzept bringt.

Eric lacht ebenfalls.

„Ich habe schon Schlimmeres zu hören bekommen … Allerdings nehme ich es mir wohl nie ausreichend zu Herzen, um es zu ändern.“ Er entblößt seine schönen weißen Zähne, während er mir einen kurzen Seitenblick zuwirft, um dann wieder auf die Straße zu sehen. „Außerdem ist Vorfreude ja bekanntlich die schönste Freude.“

Wohl wahr.

Dennoch, oder gerade deswegen, lege ich meine Hand auf seinen Oberschenkel, ganz nah an der deutlich sichtbaren Beule in seiner Jeans, und jedes Mal, wenn er um eine Kurve fährt, rutsche ich wie zufällig ein bisschen höher. Dieses Spiel können auch zwei spielen! Allerdings bleibe ich zurückhaltend, schließlich soll er sich ja noch aufs Fahren konzentrieren können.

Manchmal reagiert er mit einem heftigeren Einziehen der Luft, doch meine Hand bleibt die gesamte Fahrt über dort, wo sie ist.

Nach circa zwei Stunden Fahrt hält Eric an. Die Gegend ist jetzt deutlich bergiger geworden, aber ich bin leider so schlecht in Geografie, dass ich nicht genau weiß, wo wir hier sind. Weil mir das ein wenig peinlich ist, will ich lieber auch nicht weiter nachfragen.

Es ist ein schöner, klarer Tag. Als wir aus dem Auto steigen, riecht es nach Sonne und Herbstwald und mir wird bewusst, dass ich viel zu warm angezogen bin. Während ich noch damit beschäftigt bin, meinen Pullover sowie meine Jacke auszuziehen, nehme ich aus dem Augenwinkel wahr, dass Eric einen großen Trekkingrucksack aus dem Kofferraum seines Wagens holt, anschließend erkenne ich, dass er meine Reisetasche in der Hand hält.

Dass er gerade dabei ist, den kompletten Inhalt aus meiner Tasche in seinen Rucksack umzuräumen, bemerke ich erst, als es zu spät ist. Während ich fassungslos zusehe, was er dort macht, hat er erst meinen gewagten Spitzen-BH in der Hand und anschließend findet er das Päckchen mit Kondomen. Bevor ich irgendwie reagieren kann, hält er sie bereits grinsend in die Höhe.

„Zwanzig Kondome in XXL, Sarah?“ Seine Stimme ist die reine Herausforderung. „Du scheinst mich gut zu kennen – und einiges vorzuhaben.“ Süffisant packt er sie in seinen Rucksack und ich spüre, wie ich so rot werde, dass jede Tomate neben mir blass aussehen würde. Keine Ahnung, warum mir das eigentlich so peinlich ist, schließlich sind wir ja beide in eindeutiger Absicht hier.

Ich atme einmal tief durch, dann finde ich zum Glück doch noch meine Sprache wieder. So lässig wie ich nur kann zucke ich mit den Schultern.

„Man weiß ja nie, wer einem bei so einem Ausflug alles über den Weg laufen könnte. Ich bin eben gerne auf alles vorbereitet ...“

Zufrieden registriere ich, wie Erics Grinsen verschwindet, während er die Kondome einpackt. Danach kommt er auf mich zu.

„Heute Abend, Sarah …“, flüstert er in mein Ohr, „… werde ich dir beweisen, dass du nach niemand anderem, der über deinen Weg laufen könnte, Ausschau zu halten brauchst.“

An meinem Körper breitet sich die wohlige Gänsehaut aus, die mir mittlerweile so vertraut geworden ist.

Kapitel 14

Unsere Hiking-Tour ist anstrengend, jedoch wunderschön.

Wie selbstverständlich nimmt Eric meine Hand. Zwischendrin bleibt er immer mal stehen und erklärt mir irgendwelche Dinge, weist mich auf diverse Naturphänomene hin und zeigt mir seltene Pflanzen, ohne dabei je oberlehrerhaft zu wirken. Ganz im Gegenteil. Er hat eher etwas von einem vergnügten kleinen Jungen auf einem Schulausflug und ist so niedlich, wie es ein knapp zwei Meter großer und geschätzte hundert Kilo schwerer Mann nur sein kann. Und obwohl ich gerne und viel Zeit in der Natur verbringe, habe ich von Flora und Fauna tatsächlich wenig Ahnung.

„Schau mal, eine Eiche." Er hebt ein Blatt vom Boden auf und reicht es mir und ich lächle, auch wenn ich eine Eiche gerade noch selbst erkannt hätte.

„Wusstest du, dass die europäischen Eichen anders aussehen? Sie haben gerundete Blätter. Aber die amerikanische Eiche ist genügsamer und auf manchen Böden verdrängt sie die europäische." Einen Moment blickt er nachdenklich auf das Blatt in meinen Händen. „Allerdings gibt es wohl schlimmere Katastrophen, die Menschen mit dem Import von fremden Arten in dafür nicht vorhergesehene Ökosysteme angerichtet haben." Lächelnd lässt er das Blatt fallen, um stattdessen erneut meine Hand in seine zu nehmen.

„Woher weißt du solche Dinge eigentlich?"

Zufrieden wendet er mir sein Gesicht zu.

„Ich war früher oft mit meinem Vater hier. Er ist Gärtner. Meine Eltern hatten nicht viel Geld. Bowling, Kino, Essengehen, all die Dinge, die bei den meisten anderen an meiner Schule als selbstverständlicher Wochenendausflug galten, waren bei uns aus finanziellen Gründen nur ausnahmsweise mal drin. Aber ein bisschen Proviant und ein Zelt mit passenden Schlafsäcken vom Flohmarkt – das konnten wir uns leisten und so sind wir, wenn das Wetter es zugelassen hat, sehr oft hier draußen gewesen. Ich kenne diese Gegend wie meine Westentasche."

Beim Weitergehen betrachte ich sein maskulines Profil, das kräftige Kinn, die dichten blonden Haare, die in der Sonne golden glänzen. Ich selbst bin völlig anders aufgewachsen, meine Familie hatte immer viel Geld. Erst später habe ich erkannt, dass das nicht die Norm ist und habe gesehen, wie schwierig es ist, mit wenig Geld auskommen zu müssen.

„War es schwer für dich, als Kind auf solche Dinge wie Bowling und Kino verzichten zu müssen?"

Für einen kurzen Moment huscht ein Schatten über Erics unbekümmerte Miene, dann lächelt er sofort wieder.

„Manchmal war es schon schwer. Kinder sind nicht gerade rücksichtsvoll untereinander. Die meisten Kids in meiner Schule kamen aus finanziell sehr stabilen Verhältnissen. Und ich glaube, der Umstand, dass mir andere erbarmungslos unter die Nase gerieben haben, dass ich bestimmte Dinge nicht haben kann, war manchmal schlimmer, als sie nur einfach nicht haben zu können.

Ansonsten … ich hatte eine wirklich schöne Kindheit. Meine Eltern haben immer Zeit für mich gehabt. Die Ausflüge hierher zum Beispiel: Wenn ich heute darüber nachdenke, waren sie viel besser, als zum Bowling oder ins Kino zu gehen.“ Er lächelt, noch völlig in seinen Kindheitserinnerungen gefangen. „Und du, Sarah? Was hast du gerne gemacht, als du noch ein Kind warst?“

Über diese Frage muss ich tatsächlich einen Moment nachdenken.

„Meine Tante hatte ein kleines Farmhaus an einem See. Dort durfte ich mit meinem Bruder manchmal hin. Allerdings hat sich meine Mutter mit ihrer Schwester nie sonderlich verstanden. Die beiden waren sehr unterschiedlich und meine Tante war fast zwanzig Jahre älter als meine Mutter. Aber vielleicht hat es meinem Bruder und mir gerade deshalb so gut dort gefallen.“ Mein Blick wandert über die wunderschöne Landschaft und über die Bäume, die sich bereits herbstlich verfärbt haben und überall rötlich, gelb und braun leuchten.

„Das klingt, als hättest du kein sonderlich gutes Verhältnis zu deiner Mutter?“ Er drückt meine Hand ein bisschen, so, als würde er die Antwort schon kennen und wolle mich trösten.

„Ich weiß nicht, ob das die richtige Bezeichnung ist. Wir haben eher … überhaupt kein Verhältnis zueinander. Wir sehen uns zweimal im Jahr, vielleicht dreimal, zu ihrem Geburtstag oder zu dem jährlichen Dinner, das sie gibt. Und das war‘s.“ Der kleine Weg wird immer steiler und ich komme ein bisschen außer Atem, als ich weiter erzähle. „Allerdings ist es für uns alle angenehmer so, ich weiß ohnehin nie, worüber ich mit ihr reden soll.“

„Hört sich nicht gerade nach einer tollen Kindheit an …“ Eric hat seine Hand zwischen meinen Schulterblättern platziert und schiebt mich das letzte Stück des Wegs hoch.

„Meine Kindheit war ziemlich durchwachsen. Manchmal war ich glücklich, manchmal war ich es nicht. Aber ich habe einen tollen großen Bruder, den ich sehr liebe." Bei dem Gedanken an Grayson muss ich lächeln.

„Der große Grayson White ...", murmelt Eric nachdenklich und ich muss lachen.

„So etwas in der Art sagen die meisten, wenn das Gespräch auf meinen Bruder kommt. Doch er ist nicht als Footballspieler zur Welt gekommen. Und privat rennt er auch nicht immer mit einem Football unterm Arm und einem Heldengesicht herum. Auch nicht zu Zeiten, als er noch ein Profi war."

„Ach so?" Gut gelaunt zwängt er sich auf dem schmalen Weg an mir vorbei und zwinkert mir zu. „Und ich dachte immer, alle Sportler wären in ihrem Privatleben genauso, wie sie sich beruflich in der Öffentlichkeit präsentieren. Weißt du ... bei mir zumindest ist das so. Ich finde, ich bin auch privat ein wirklich toller Hecht ..."

Lachend laufe ich beinahe in ihn hinein, weil er abrupt vor mir stehen bleibt. Ich stolpere über meine eigenen Füße.

„Hoppla!" Eric fängt mich im letzten Moment auf, um mich dann einen Augenblick länger festzuhalten, als es eigentlich nötig gewesen wäre. Ich kann einfach nicht widerstehen und küsse ihn, und nachdem meine Lippen erst einmal auf seinen liegen, fällt mein Kuss viel heftiger aus, als ich es eigentlich geplant hatte. Mit meiner Zungenspitze fahre ich über die kleine Narbe an seiner Unterlippe, knabbere und sauge an seinem Mund, bis sich Eric räuspert und nach Luft schnappt.

„Später, Sarah. Fest versprochen." Entschlossen schiebt er mich ein kleines Stückchen vorwärts. „Ich bin hier, weil ich dir etwas zeigen möchte. Komm, es ist nicht mehr weit. Nur ein paar Meter noch. Und wenn wir jetzt nicht aufhören, uns zu küssen, garantiere ich dir, dass wir nicht mehr im Hellen ankommen werden."

+++

Seine arme Sarah wirkt ein wenig erschöpft. Manchmal vergisst Eric, dass nicht jeder Mensch ein Sportfreak ist, so wie er selbst.

Nachdenklich bleibt er einen Moment stehen, um auf sie zu warten.

Während er die Schönheit der ihm so vertrauten Landschaft betrachtet, seufzt er tief.

Vielleicht war er vorhin nicht ganz ehrlich zu ihr. Seine Kindheit war … schwierig. Obwohl seine Eltern so ziemlich alles getan haben, damit es ihm an nichts mangelt, ist Armut dennoch ein Makel, der einem immer anhaftet. Für erschreckend viele Menschen ist arm zu sein gleichbedeutend mit ungebildet, asozial und meistens auch noch kriminell zu sein.

Als seine Mutter mit ihm schwanger wurde, war sie gerade erst siebzehn. Was für viele einen weiteren Punkt auf der „Asozial & Co." – Skala ausmacht. Um für ihr Kind da sein zu können, musste sie die Schule abbrechen. Mit Sicherheit hätte sie sich eine andere Zukunft für sich selbst gewünscht, aber sie hat die Dinge hingenommen, wie sie eben waren, und versucht, das Beste daraus zu machen. Nach Erics Geburt hat sein Vater zunächst eine Ausbildung als Gärtner gemacht, aber durch einen dummen Unfall hat er sich die Schulter mehrfach gebrochen und konnte nie mehr richtig arbeiten. Weil seine Familie jedoch Geld brauchte, haben seine Eltern sich mit Gelegenheitsjob über Wasser gehalten.

In manchen Monaten ging das gut, in anderen gab es zum Ende des Monats nichts mehr zu essen als Toastbrot mit Mayonnaise.

Eric hat es gehasst. Und sich entsetzlich dafür geschämt. Als er in das Alter kam, in dem ihm bewusst wurde, dass sie ärmer waren als andere, hat er es stets versucht zu verheimlichen.

Und als er älter wurde … Er hat eine Menge Dinge gemacht, auf die er im Nachhinein alles andere als stolz ist. Eine Menge Dinge, die er lieber nicht erzählen will und mit denen er heute nichts mehr zu tun habe möchte. Natürlich lag es nicht einzig daran, dass sie arm gewesen sind. Das ist schließlich kein Grund, nicht ebenso moralisch und ethisch zu handeln, wie jeder andere Mensch auch. Das Gefühl, dazugehören zu wollen, kann allerdings sehr machtvoll sein … Und das Gefühl, dass man mit fünfzehn nahezu unsterblich ist, einem nichts passieren kann und man ohnehin schon total erwachsen ist … Das sind Faktoren, die dummes Verhalten durchaus begünstigen können.

Mit einem kleinen Kopfschütteln vertreibt er die trüben Gedanken aus seinem Kopf und konzentriert sich stattdessen auf Sarah. In goldenes Sonnenlicht getaucht und entzückend erhitzt hat sie ihn jetzt fast erreicht.

+++

Ich stolpere hinter ihm her und verfluche sowohl ihn als auch mich selbst dafür, dass ich mich auf diesen Ausflug eingelassen habe. Langsam spüre ich die Erschöpfung, ich muss zugeben, dass ich meine Fitnessstunden in den letzten Monaten ziemlich habe schleifen lassen. Bei bequemen Schuhen und warmer Kleidung hätten eigentlich schon alle Alarmglocken in mir schrillen müssen. Ich gehe gerne mal ein bisschen spazieren. Aber das hier klang von Anfang an nach zu viel Bewegung, und zwar nach solcher, die nicht unbedingt nach meinem Geschmack sein würde.

Dafür hast du doch die Kondome eingepackt …

Ich schüttle über mich selbst den Kopf. Keine Ahnung, was Eric mit mir angestellt hat, dass ich seit gestern Abend nur noch an das eine denke. Hoffentlich lohnt es sich später wenigstens.

Als er sein Tempo noch ein bisschen anzieht, gerate ich weiter außer Atem und ausnahmsweise auf andere Gedanken, weil ich mich ziemlich anstrengen muss, um mit ihm Schritt zu halten. Und dabei trägt er den großen Rucksack und ich habe überhaupt kein Gepäck mit.

Du solltest es eigentlich besser wissen, Sarah. Niemals solche Ausflüge mit einem Sportler machen …

Es ist ja nicht so, als würde ich bei jeder kleinen Anstrengung gleich zu heulen anfangen und aufgeben. Aber Wanderausflüge mit Profisportlern zu machen, ist einfach so eine Sache für sich. In meinem Kopf tauchen Erinnerungen an einen Wanderausflug als Zwölfjährige mit meinem Bruder auf. Er vorneweg, ich hinterher. Das jähe Ende dieses Ausfluges bestand darin, dass ich weinend irgendwo sitzen geblieben bin.

Klar, mittlerweile bin ich älter und deutlich härter im Nehmen, dennoch hätte ich es besser wissen sollen. Der Mann vor mir trainiert vermutlich annähernd jeden Tag. Und ich trainiere … na ja, so gut wie nie.

Mache niemals solche Ausflüge mit einem Sportler!

Aber manche Menschen sterben offenkundig genauso doof, wie sie zur Welt gekommen sind und ich scheine eindeutig in diese Kategorie zu fallen.

Erics „nur noch ein paar Meter“ erweisen sich als geschätzte zweitausend davon, die obendrein ziemlich steil bergauf gehen. Als er endlich stehen bleibt, bin ich noch mehr außer Atem.

„Schau mal …“ Ich erahne, dass er auf irgendetwas zeigt, muss mich allerdings erst an seinem breiten Rücken vorbeischieben, bis ich es auch erkennen kann.

Einen Moment bin ich völlig sprachlos. Vor uns eröffnet sich der Blick auf die umliegenden Berge und das Tal dazwischen. Der Herbst hat mit aller Macht eingesetzt und zeigt sich in den faszinierendsten Farben des Indian Summers. Kaskaden goldener Blätter wechseln sich mit tiefem Rot und leuchtendem Orange ab, während die Sonne alles in ein beinahe märchenhaftes Licht taucht.

„Und? Hat sich der Spaziergang gelohnt? Übrigens ist es hier vor allem die besagte amerikanische Roteiche, die die Wälder im Herbst so zum Leuchten bringt.“ Eric schlingt seine Arme von hinten um meine Taille.

„Es ist wunderschön, Eric!“ Ich kann mich gar nicht von der Schönheit der bunten Wälder losreißen und Eric steht einfach hinter mir und lässt mich die Aussicht eine Weile genießen.

Als wir am endgültigen Ziel unseres Ausflugs ankommen, tun mir die Füße weh und ich habe entsetzlichen Hunger. Trotzdem war dies bisher eines der schönsten Dates, das ich je hatte. Was natürlich auch zu großen Teilen an Eric liegt.

Die kleine Pension, die er für uns ausgesucht hat, bietet ebenfalls eine wunderschöne Aussicht auf die umliegenden Wälder, aber so überwältigend wie die von heute Nachmittag ist sie hier nicht. Allerdings ist es auch schon fast dunkel.

Dafür gibt es einen anderen, nicht zu verachtenden Vorteil: Es duftet nach Essen.

Während wir am Empfang kurz warten müssen, knurrt mein Magen so laut, dass ich mir einen amüsierten Blick von Eric einhandele.

„Sobald wir den Zimmerschlüssel haben, bringen wir nur schnell unsere Sachen hoch und gehen essen."

Ich räuspere mich neben ihm. „Um ehrlich zu sein, würde ich mich vorher gerne noch ein bisschen frisch machen und mir etwas anderes anziehen ..."

Erstaunt mustert er mich von oben bis unten.

„Warum denn? Du siehst doch toll aus!"

Lachend verdrehe ich die Augen.

„Du weißt schon, dass Frauen da mitunter etwas andere Ansprüche haben als Männer?" Hinter dem Empfangstresen taucht endlich jemand auf, um uns zu begrüßen.

„Anscheinend habe ich mich längere Zeit nicht mehr damit auseinandergesetzt." Mit einem Lächeln, das eigentlich noch mir gilt, wendet er sich der Dame am Empfang zu. Ich kann erkennen, wie sie nach Luft schnappt, bevor sie rot anläuft und dann zu strahlen beginnt, als gälte es, einen Wettbewerb zu gewinnen.

Nachdem Eric sich vorgestellt hat, wird sie noch eifriger, auch wenn ich das kaum für möglich gehalten hätte und ich muss gestehen, dass mir das so gar nicht gefällt. Sie ist hübsch, schlank und blond und noch einiges andere, das ich eben nicht bin.

Nach vielen „Sehr gern, Mr. McLeod!“ und „Wie Sie wünschen, Mr. McLeod“ bekommen wir endlich unseren Zimmerschlüssel. Zähneknirschend beobachte ich das Szenario. Dabei bin ich mir beinahe sicher, dass sie Mr. McLeod auch gerne noch bei ein paar Dingen behilflich gewesen wäre, die ganz eindeutig nicht in den Zuständigkeitsbereich einer Empfangs*dame* fallen. Ich fühle mich dabei wie eine eifersüchtige Furie, ein Gefühl, das mir vorher immer fremd gewesen ist. Lediglich Erics höflich distanziertes Auftreten ihr gegenüber hält mich davon ab, ihr die Augen auszukratzen. Als sie ihm schließlich auch noch wie zufällig über die Hand streicht und mit einem nervösen Kichern die Schlüssel überreicht, verliere ich dennoch fast die Beherrschung.

Was bildet diese doofe Zicke sich eigentlich ein?

Und dann passiert mir ein Fehler. Ein ziemlich fataler, der mir dennoch ab und an unterkommt. Ich beginne sie genauer zu betrachten – und leider unwillkürlich mit mir selbst zu vergleichen. Ich weiß, dass ich das bleiben lassen sollte, vor allem in Situationen wie diesen, in denen ich verschwitzt und unterzuckert bin. Vermutlich gibt es ohnehin kaum eine Frau, die sich ihrer tatsächlich vorhandenen oder eingebildeten Problemzonen nicht allzu bewusst ist.

Obendrein hatte ich eine Mutter, die nicht müde geworden ist, mich auf meine hinzuweisen. Und – verdammt noch mal – ich bin eben nicht gertenschlank. Aber manchmal wäre ich es gerne. Während ich ihre elfenhafte Silhouette, ihre babyblauen Augen und ihre perfekt sitzende, eng anliegende schwarze Hose betrachte, fühle ich mich auf einmal wie ein Elefant. Plump, unelegant und gänzlich unsexy. Ich wünsche dem blöden Empfangshuhn, das so offenkundig Gefallen an Eric gefunden hat, die Pest an den Hals. Oder zumindest einen hässlichen Hautausschlag. Manchmal bin ich ein entsetzlich schlechter Mensch, doch ich kann es nicht ändern.

„Kommst du, Sarah?“ Von meiner schlechten Stimmung nichts ahnend wendet sich Eric an mich und legt seine Hand um meine Taille. Ich folge ihm bereitwillig die Treppe nach oben und spüre während der ganzen Zeit die Blicke der Empfangstussi in unseren Rücken.

Unser Zimmer ist groß, geräumig und furchtbar gemütlich. Es gibt sogar einen offenen Kamin, in dem, gut geschützt hinter einem Gitter, ein kleines Feuer brennt, als wir den Raum betreten. Es riecht nach Holzfeuer und nach dem schweren Duft eines Straußes cremeweißer Rosen, der auf einem kleinen Tisch steht.

Nachdem Eric kurz im Bad verschwunden ist, haucht er mir einen Kuss in den Nacken.

„Ich lass dich allein, dann kannst du dich in Ruhe zurechtmachen. Soll ich uns schon etwas zu essen aussuchen und unten auf dich warten? Gibt es irgendetwas, dass du nicht magst oder verträgst?“

Ich verneine und mache mich in Ruhe fertig.

Eine Viertelstunde später gehe ich mit klopfenden Herzen nach unten.

+++

Als Sarah den Raum betritt, merkt er es vor allem daran, dass es in dem kleinen Restaurant kurz still wird. Es ist Samstag, das Lokal hat einen guten Ruf und alle Tische sind besetzt. Dennoch richten sich alle Augen auf die üppige, dunkelhaarige Schönheit, die gerade den Raum betritt. Auch wenn Eric sich nicht unbedingt für den geborenen Romantiker hält und auch kein Freund blumiger Vergleiche ist – sie sieht aus wie eine strahlende Göttin. Fruchtbarkeit, Schönheit, irgend so etwas. Sie trägt immer noch Jeans, aber ihre derben Wanderschuhe hat sie gegen kornblumenblaue Peeptoes getauscht, die ihre Zehennägel hervorblitzen lassen. Kurz fragt er sich, ob das für diese Jahreszeit nicht ein bisschen zu frisch ist, ist jedoch sofort von ihrem Dekolleté abgelenkt, dessen Ansatz unter einem Spitzentop hervorblitzt, das halb unter einer ebenfalls blauen Bluse herausschaut. Dann wandert sein Blick zurück zu diesen hübschen kleinen Füßen und den rotlackierten Zehennägeln. Bilder tauchen in seinem Kopf auf, von eben diesen Zehen, die sich ekstatisch in das Bettlaken krallen, während sie zuckend unter ihm kommt.

Verdammt.

Sie sieht aus wie eine fleischgewordene Männerfantasie, aus Jahrzehnten, in denen Frauen noch Frauen und nicht bloß dürre Kleiderständer sein durften. Und in diesen Männerfantasien geht es alles andere als züchtig zu.

Während sie sich mit diesem hinreißend schüchternen Lächeln zu ihm an den Tisch setzt und der Duft ihres Parfüms zu ihm herüberweht, wird seine Hose auf einmal viel zu eng. Es ist ihm ein Rätsel, wie er sich in ihrer Anwesenheit aufs Essen konzentrieren soll.

Das ist ihm bereits gestern nicht gelungen, aber heute hat er wirklich Hunger. Und außerdem Dinge mit ihr vor, für die er noch ein paar Energien brauchen wird.

„Ich habe schon für uns bestellt." Der Satz klingt so entsetzlich banal, wo er eigentlich völlig andere Dinge viel lieber zu ihr sagen würde.

Dinge, die ihr dieses atemlose, kleine Lachen entlocken, das sie gestern von sich gegeben hat, als er ihren Hals geküsst hat. Oder heute, als er im Auto seine Hände in ihren BH geschoben hat, um diese göttlichen Titten zu umfassen.

Verdammt!

Er sollte dringend an irgendetwas anderes denken. Bis dahin kann er nur hoffen, dass es keinen Grund gibt, aufzustehen. Denn in dem Fall würde jeder, der hinsieht, die überaus verräterische Beule in seiner Hose entdecken können. Sich räuspernd arrangiert er die Serviette unauffällig neu auf seinem Schoß.

Auf einmal hat er nur noch eines im Sinn: Dieses Abendessen so schnell wie möglich hinter sich zu bringen.

Am besten, er schaut Sarah so wenig wie möglich an. Vielleicht übersteht er den Abend so, ohne blaue Eier zu bekommen.

+++

Nervös stochere ich in meinem Essen herum.

Das Restaurant ist nicht sehr groß, aber gut besucht. Überall brennen Kerzen, die den kleinen Raum irgendwie märchenhaft wirken lassen. Ich würde es vermutlich wahnsinnig romantisch finden, wenn ich nur etwas ruhiger wäre.

Seit ich mich zu ihm an den Tisch gesetzt habe, verhält sich Eric irgendwie merkwürdig. Er redet kaum mit mir und scheint es zu vermeiden, mich anzusehen.

„Es ist schön hier! Danke für das tolle Date heute."

Als einzige Reaktion kommt von ihm ein merkwürdiges halbes Lächeln, darunter wirkt er irgendwie … nervös?

„Gern geschehen", murmelt er, bevor er weiter sein Essen in sich hineinschaufelt, als würde er einen Rekord aufstellen wollen. Und all das, ohne mich noch eines weiteren Blickes zu würdigen.

Lustlos stochere ich auf meinem Teller herum, schiebe das Kartoffelgratin zur Seite, zerlege meinen Lachs mit chirurgischer Gründlichkeit. Irgendwie ist mir der Appetit vergangen.

„Wünschen Sie noch etwas, Mr. McLeod? Ma'am?" Die Tussie von der Rezeption ist an unseren Tisch getreten, anscheinend ist sie Mädchen für alles.

„Nein, danke. Alles ist zu unserer vollsten Zufriedenheit."

Eric wartet meine Antwort nicht einmal ab, bevor er sie mit seinem umwerfendsten Lächeln davonschickt.

Komisch, bei ihr hat er keine Probleme, sie anzusehen.

Vielleicht will er sie viel lieber als mich, nun da er sie einmal entdeckt hat.

Das bösartige Flüstern in meinem Kopf lässt sich, nachdem es einmal aufgetreten ist, plötzlich nicht mehr überhören. Meine Augen gleiten über das weiße Tischtuch, das hübsche Geschirr, die Kerzen und die Gläser, die auf dem Tisch stehen, und suchen Erics Blick. Doch er lächelt nur fahrig. Nicht halb so charmant, wie für die andere Frau gerade eben, um dann weiter den bestellten Lachs zu essen und sich scheinbar ganz auf seinen Teller zu konzentrieren.

Mir ist der Appetit vergangen. Ich lege das Besteck auf meinen Teller und schiebe ihn von mir. Mein Magen scheint auf einmal ein einziger, eisiger Klumpen zu sein.

Ich hätte zu Hause bleiben sollen.

Kurz nippe ich an dem Glas Weiswein, das vor mir auf dem Tisch steht. Auch daran kann ich keinen Geschmack mehr finden.

„Hast du keinen Hunger, Sarah?“ Zum ersten Mal an diesem Abend scheint Eric mich überhaupt wahrzunehmen.

Müde lächle ich ihn an.

„Es war ein anstrengender Tag. Ich werde schlafen gehen.“ Als ich den Stuhl wegschiebe und aufstehe, schaut er mich endlich an. Wahrscheinlich ist er erleichtert, dass er mich gleich los sein wird.

Ich komme mir entsetzlich dumm vor. In meinen Augen brennen auf einmal Tränen. So schnell es geht, wende ich mich von ihm ab und versuche möglichst aufrecht und würdevoll den Raum zu verlassen.

Ich bin froh, als ich in das schummerige Licht des Flures trete und der Läufer dort meine Schritte dämpft, die mir vorher unendlich laut erschienen sind.

Erst jetzt fällt mir wieder ein, dass ich mir mit Eric ein Zimmer teile. Aber wenn ich ihm plötzlich so zuwider bin, wie es den Anschein hat, kann er bestimmt noch ein anderes auftreiben. Ansonsten werde ich ihm den Gefallen tun, mich einfach schlafend zu stellen, damit er nichts mehr mit mir zu tun haben muss.

Am Absatz der Treppe halte ich kurz inne, weil ich schwere Schritte hinter mir höre, gleich darauf eine Hand auf meiner Schulter spüre. Erschrocken fahre ich herum.

„Sarah?“ Trotz des diffusen Lichts sehe ich Erics unterschiedliche Augen, die seltsam besorgt wirken. „Alles in Ordnung mit dir?“

Was soll ich ihm darauf schon antworten? Dass es okay ist, wenn er mich nicht mehr will? Das wäre glatt gelogen und ich habe kein Interesse daran, heute Abend zur Gänze mein Gesicht zu verlieren.

„Alles okay. Ich bin nur auf einmal entsetzlich müde.“ Um meine Worte zu bekräftigen, gähne ich hinter vorgehaltener Hand und bin über die Qualität meines Schauspieltalents selbst ein wenig erstaunt.

Wirklich erstaunt bin ich allerdings, als Eric ein beinahe gequältes Geräusch von sich gibt, um mich anschließend an sich zu ziehen und zu küssen. Warm, fordernd und voller Leidenschaft spielt er mit mir und drängt sich an mich, bis meine Knie weich wie Gummi sind und mein Gehirn nur noch aus durcheinanderwirbelnden Hormonen zu bestehen scheint.

Den Moment, in dem ich verwundert nach Luft schnappe, nutzt er aus, um mich gegen die Wand des Treppenaufgangs hinter mir zu drücken, dann küsst er mich erneut.

„Müde? Bitte tu mir das nicht an, Prinzessin …“, flüstert er an meinen Lippen. „Ich warte den ganzen verdammten Abend nur darauf, dass ich endlich mit dir aufs Zimmer gehen kann. Mein Schwanz ist so hart, dass es schmerzt und jedes Mal, wenn ich dich angesehen habe, ist es noch schlimmer geworden. Bitte, wenn es irgendetwas gibt, damit ich dich noch ein Weilchen wachhalten kann …“ Er lacht ein gequältes Lachen, bevor er mich noch einmal küsst. „Ich mache mich gerade komplett zum Volltrottel, oder? Ich glaube, ich habe noch nie um Sex gebettelt, zumindest könnte ich mich nicht erinnern."

Ich lache auch. Vor Erleichterung und vor purem Glück.

„Die meisten Frauen mögen es, wenn ihr Männer euch so ein bisschen für uns zum Volltrottel macht."

Diesmal kann ich sein Lachen mehr spüren als hören, als tiefes Grollen in seiner Brust, während er mich langsam, aber zielgerichtet die Treppe hochschiebt.

„Das ist gut. Ich mache alles für dich, wenn du nur noch nicht einschläfst. Meinst du, dir würde das hier vielleicht auch gefallen?" Während er mich küsst und ich weiter rückwärts stolpere, umfasst er meine Hand an meinem Handgelenk. Keine Sekunde später fühle ich seine Erektion unter meiner Handfläche. Als ich sie durch den Stoff seiner Jeans hindurch umfasse und vorsichtig zudrücke, legt er den Kopf in den Nacken und stöhnt leise auf.

„Baby, du machst mich wahnsinnig. Du ahnst gar nicht, wie unendlich scharf ich auf dich bin."

Ich bekomme kaum noch mit, dass wir mittlerweile an unserem Zimmer angelangt sind und es Eric irgendwie gelungen ist, die Tür zu öffnen.

Als würde er ahnen, dass ich mich dabei wohler fühle, lässt er das Licht aus, sodass der Raum lediglich durch das Flackern des Kaminfeuers erhellt wird. Irgendwer muss in unserer Abwesenheit Holz nachgelegt haben.

„Ich will dich nackt sehen. Unbedingt will ich dich nackt sehen! Du raubst mir den Verstand. Ich habe … verdammt, ich habe weder gestern noch heute irgendetwas von dem Essen geschmeckt, weil ich immer nur an deine wunderschönen Titten denken konnte."

Seine Hand umfasst in genau diesem Moment eine meiner Brüste, während er die freie Hand um meine Taille schlingt und uns auf das Bett zieht. In meinem Bauch beginnt alles zu kribbeln und zu prickeln. Wie von selbst dränge ich mich ihm entgegen, presse mich an ihn, kreise mein Becken gegen seins, multipliziere meine Gier und potenziere sie mit seiner.

Seine Hand drängt sich unter meine Bluse. Ohne dass ich es bewusst mitbekomme, sind auf einmal alle Knöpfe offen und ich stütze mich leicht vom Bett hoch, damit er sie mir ausziehen kann.

Erics Lippen fühlen sich auf meiner Haut weich und fest zugleich an und hinterlassen eine Spur feuriger Erregung auf meinen Körper. Mit geschlossenen Augen lasse ich meinen Kopf in den Nacken fallen, strecke ihm meine Brüste entgegen. Die Wärme in meinem Bauch, das Ziehen zwischen meinen Beinen wird beinahe unerträglich. Ich will Linderung, ich will, dass er aufhört und ich will, dass er um alles in der Welt bloß weitermacht.

Seine Küsse und seine Berührungen rauben mir auch noch den letzten Funken Verstand.

„Ich will dich nackt sehen, Sarah“, raunt er in mein Ohr und ich bin schon viel zu willenlos, um ihm noch zu widersprechen.

Mit enervierender Langsamkeit öffnet er die Knöpfe an meiner Jeans und wartet geduldig ab, bis ich mein Becken angehoben habe, bevor er sie mir über Hüften und Beine streift, um sie dann achtlos auf den Boden zu werfen.

„Ich habe gehofft, dass du diese Wäsche heute Abend trägst, als ich sie in den Rucksack gepackt habe.“ Seine Stimme ist ein tiefes Schnurren, das meinen Körper zum Vibrieren bringt, und als er unvermittelt meine Brustwarze durch die Seide meines BHs hindurch mit seinen Lippen umfasst, komme ich um ein Haar zum Höhepunkt. Aber Eric scheint es zu erahnen. Mit einem Lachen, das deutlich mehr erregt als amüsiert klingt, lässt er von mir ab.

„Nicht so schnell, Sarah. Du willst mich doch bestimmt mitnehmen, oder?" Das Rascheln von Stoff dringt an mein Ohr, und als ich langsam die Augen öffne, sehe ich Eric, der gerade dabei ist, sich sein T-Shirt über den Kopf zu ziehen und die Sicht auf glatte Haut über perfekt definierten Muskeln freigibt.

Auf einmal bereue ich, dass es hier nicht heller ist, vielleicht hätte ich wirklich das Licht einschalten sollen, als ich mich dazu noch halbwegs in der Lage gefühlt habe.

Okay, das war, als ich das Zimmer vor dem Essen verlassen habe.

Auf seiner Brust ist ein Flaum von dunkelblondem Haar, das sich zu einem schmalen Streifen verjüngt, der in seiner Hose verschwindet. Wie gerne würde ich diesem Pfad jetzt mit meiner Zunge folgen, aber ich komme nicht dazu, ich komme überhaupt nicht mehr dazu, noch irgendetwas zu wollen, weil ich völlig gebannt seinen Händen folge, die gerade dabei sind, sich seine Jeans von den schmalen Hüften zu streifen. Weil er offenkundig praktisch veranlagt ist, nimmt er seine Boxershorts gleich mit und mein Blick bleibt wie gebannt an der mächtigen Erektion hängen, die darunter zum Vorschein kommt.

Was die XXL-Kondome und seine Größe angeht, hat er jedenfalls definitiv nicht gelogen … In seiner vollen Pracht steht er vor mir und ich weiß gar nicht, wo ich hinschauen soll. Oder vielmehr: wohin ich zuerst schauen soll.

Erst, als mir Erics Nacktheit bewusst wird, wird mir klar, dass ich ebenfalls nicht mehr viel anhabe. Alles, was meinen Körper noch bedeckt, ist ein Hauch von dunkelroter Spitze und Seide. Instinktiv versuche ich meinen Körper mit meinen Armen zu bedecken, aber Eric durchschaut mich sofort.

„Nicht, Sarah. Du bist so wunderschön …“ Er beugt sich über mich, und während er mich küsst, zieht er meine Arme zur Seite. „Ich will dich sehen können. Und dich anfassen können. Ich möchte jeden Zentimeter deines luxuriösen Körpers berühren und genießen dürfen. Erlaubst du mir das? Bitte?“

Nach seiner Bitte beißt er mir sanft in den Hals und ich bekomme am gesamten Körper eine Gänsehaut. Wer könnte da schon widerstehen? Ich lasse die Arme an meinen Seiten liegen und bewege sie erst wieder, als ich vollkommen nackt unter ihm liege, und auch dann nur noch, um sie um ihn zu schlingen. Ich weiß nicht, wann er sich das Kondom übergestreift hat, aber ich weiß, dass es das wundervollste Gefühl überhaupt ist, als er kurz darauf langsam in mich eindringt. Er fühlt sich groß an in mir. Er dehnt mich und erfüllt mich ganz und gar. Sein Daumen findet den empfindlichsten Punkt zwischen meinen Beinen. Ich brauche nicht viel, nur wenige seiner rhythmischen Stöße, bis die Welle der Erregung über mir zusammenschlägt und ich in süßen Krämpfen um ihn herum zum Höhepunkt komme, zu dem er mir umgehend folgt. Aus weiter Ferne nehme ich noch wahr, dass er meinen Namen stöhnt.

+++

Erstaunt streicht Eric über Sarahs Rücken und hört auf ihren Atem, der sich nur langsam wieder beruhigen will, genau wie seiner.

Als er jünger war, hatte er viel Sex, mit vielen verschiedenen Frauen. Erst in den letzten Jahren ist er sehr wählerisch geworden. Manchmal war der Sex langweilig, manchmal war er gut, seltener war er sehr gut. Aber Sex wie der, den er gerade mit Sarah hatte … Sex, bei dem er völlig die Kontrolle über sich selbst verloren hat, bei dem er das Gefühl hatte, sich aufzulösen, der zugleich animalisch, roh und unendlich innig war, so etwas hat er noch nie erlebt.

+++

Kapitel 16

Später, viel später, liegen wir eng umschlungen und erschöpft auf dem Bett.

„Du frierst ja …“. Fürsorglich zieht er die Bettdecke über unsere Körper und schiebt sich noch ein bisschen enger an mich, umschlingt meine Taille, während sich seine Brust gegen meinen Rücken drückt.

Keine Ahnung, wann ich mich das letzte Mal so geborgen gefühlt habe. Dieses Gefühl ist wundervoll, aber zugleich erschreckt es mich. Ich bin jetzt schon dabei, mich in Eric McLeod zu verlieben, ich kann es nicht abstreiten. Ganz abgesehen davon, dass er ein Angestellter meines Vaters ist, und zwar einer, den mein Vater nicht sonderlich gut leiden kann, weiß ich nicht, ob er mir wirklich gut tut. Ich kann diese Sorge nicht richtig begründen. Vielleicht bin ich auch nur durcheinander. In den letzten Wochen ist soviel passiert, mein Leben hat sich so sehr verändert, dass ich selbst kaum noch weiß, was eigentlich das Richtige für mich ist. Und Eric löst Gefühle in mir aus, die neu für mich sind. Ich habe mich noch nie bei einem Mann gleichzeitig so gut und so verunsichert gefühlt. Es ist, als käme eine völlig andere Sarah in mir zum Vorschein, wenn ich mit ihm zusammen bin, und das verwirrt mich zutiefst.

„Sarah?“ Sein Flüstern an meinem Haar reißt mich jäh aus meinen Gedanken.

„Ja?“ Ich spüre, wie er die Finger meiner rechten Hand nachfährt.

„Was war vorhin wirklich los mit dir? Du bist einfach abgehauen. Und dass du bloß müde warst, nehme ich dir nicht ab.“

Einen kurzen Moment erstarre ich in seinen Armen. Ich komme mir so dumm vor.

„Ich dachte …" Verdammt, was sage ich ihm denn jetzt? Am besten wohl die Wahrheit. „Ich dachte, du hast plötzlich kein Interesse mehr an mir. Du warst so abweisend, du hast vermieden mich anzuschauen und kaum mit mir gesprochen."

„Du dachtest, ich will dich nicht?" Er klingt beinahe entsetzt und ich nicke stumm. „Das kann doch nicht dein Ernst sein!" Energisch dreht er sich von mir weg und ich lande mit einem erstaunten Laut auf dem Rücken. „Als du mir am Flughafen das letzte vernünftige Auto weggeschnappt hast, hätte ich dich am liebsten übers Knie gelegt. Aber soll ich dir mal sagen, was mit mir passiert ist, während ich mir das genauer vorgestellt habe? Als ich mir meine Hände auf deinem Hintern vorgestellt habe?" Ohne meine Antwort abzuwarten, packt er meine Hand am Gelenk und platziert sie mitten auf seiner voll ausgeprägten Erektion. „Das hier ist passiert, Sarah. Und das passiert mir jedes Mal, wenn ich dich ansehe. Ach, was sag ich, wenn ich auch nur an dich denke …" Die letzten Worte kommen gepresst aus seinem Mund. Denn meine Hand hat sich wie von selbst um die samtweiche Haut seiner Erektion geschlossen und bewegt sich nun um den festen Kern herum auf und ab. „Du bringst mich um den Verstand", knurrt er, während ich mein Tempo beschleunige. Ich suche auf dem Nachttisch nach einem Kondom, um es ihm überzurollen, und sein Blick ist bereits verhangen vor Erregung. Als ich mich über ihm aufrichte, um ihn langsam in mich gleiten zu lassen, fasst er mich plötzlich an den Schultern und ist mit einem Ruck ganz in mir.

„Ich will dich, Frau, so sehr, dass mir seit Tagen die Eier wehtun.“ Sein Becken prallt gegen meins und ich gebe ein heiseres Stöhnen von mir. „Ich will dich.“ Er stößt zu. „Ich will dich!“ Und noch einmal. „Ich. Will. Dich.“

Und irgendwann, während ich laut auf ihm zu stöhnen beginne, hat er mich endlich überzeugt.

Die Nacht war wunderschön, allerdings viel zu kurz. Am nächsten Morgen weckt mich das Kitzeln der Sonnenstrahlen an meinen geschlossenen Augenlidern. Das Bett neben mir ist leer. Aus dem Badezimmer höre ich das Rauschen der Dusche und ich bin irgendwie ein bisschen enttäuscht, dass er ohne mich gegangen ist. Andererseits kann ich mich so noch einmal gemütlich im Bett herumdrehen, was auch etwas für sich hat. Das Bett riecht nach Eric, nach mir und nach Sex und ein zufriedenes Grinsen macht sich auf meinem Gesicht breit, während meine Gedanken zu gestern Nacht abschweifen.

„Guten Morgen, Prinzessin. Ich hoffe doch sehr, dass ich derjenige bin, der dir dieses Lächeln auf dein hübsches Gesicht zaubert?“

Ich habe Eric nicht hereinkommen hören und richte mich jetzt auf, um ihn besser betrachten zu können, während ich das Bettlaken um mich herumwickle. Er trägt nichts als ein Badehandtuch, das er um seine Hüften geschlungen hat und mein Lächeln wird gleich noch ein bisschen breiter.

„Du kennst bestimmt den Spruch mit dem Genießen und dem Schweigen, Eric? Ich sage nichts.“ Lachend stehe ich auf und versuche mich an ihm vorbeizustehlen, aber er ist schneller und hält mich fest.

„Ich gebe dir exakt drei Minuten alleine im Bad. Und dann, Prinzessin, komme ich nach und setze alles daran, dass sich dein Schweigen in Stöhnen verwandelt.“ Während er mir mit der flachen Hand einen sanften Klaps auf meinen Hintern gibt, beeile ich mich ins Bad zu kommen. Drei Minuten sind nicht wirklich viel, die muss ich nutzen.

Auf dem Weg zum Frühstückssaal greift Eric nach meiner Hand, legt sie auf seinen Unterarm, um sie anschließend, in einer besitzergreifenden Geste, mit seiner zu bedecken. Als ich fragend zu ihm hochschaue, grinst er breit.

„Ich schaffe gerne klare Verhältnisse. Es soll ruhig jeder wissen, dass du mir gehörst. Die anderen Kerle sollen dich nicht so anglotzen.“

Ich muss lachen.

„Und wie genau glotzen sie?“ Zufrieden registriere ich, dass er meine Hand noch ein bisschen fester hält.

„Als würden sie sich dich nackt vorstellen.“

„Ich glaube, die wenigsten würde mich gerne nackt sehen.“ Ich starte einen Versuch, ihm meine Hand zu entziehen, aber er lässt mich nicht.

„Stimmt, weil es sie in den Wahnsinn treiben würde, wenn sie dich anschließend nicht vögeln dürfen.“ Seine Augen funkeln, als er mich anlächelt und ich erröte ein bisschen.

„Du spinnst doch“, murmle ich leicht verlegen, kann allerdings nicht abstreiten, dass ich mich über seine Einschätzung furchtbar freue. Er lässt meine Hand nicht los, auch nicht, als wir schon längst am Tisch sitzen. Im Gegensatz zu gestern Abend hat er an diesem Morgen einzig und allein Augen für mich und selbst die Empfangstussi spart sich heute ihr ewiges „Mr. McLeod“ und bedient uns stattdessen beinahe schweigend.

Den gesamten Vormittag komme ich mir vor, als wären wir turtelnde Teenager. Wir können unsere Finger nicht voneinander lassen, knutschen herum, wann immer es nur geht und kichern albern über die Witze des anderen. Als wir gegen Mittag die Pension verlassen müssen, bin ich richtig wehmütig.

„Für den Abstieg nehmen wir einen anderen Weg, der ist deutlich kürzer. Aber dafür ist der Ausblick nicht so schön wie auf dem Hinweg.“ Eric schnallt sich den großen Rucksack um.

Ich bin für den kürzeren Abstieg wirklich dankbar, denn unsere Nacht ist nicht ganz spurlos an mir vorübergegangen und ich bin ein bisschen wund.

Gar nicht dankbar bin ich allerdings dafür, dass ein kürzerer Abstieg auch bedeutet, dass wir schneller im Auto sitzen und somit schneller voneinander Abschied nehmen müssen.

Gegen Nachmittag stehen wir wieder vor der Einfahrt des Hauses meines Vaters und genau wie gestern ist die Stimmung plötzlich seltsam befangen.

„Ich muss gleich noch zum Training …“ Es klingt ein wenig wie eine Entschuldigung und ich nicke.

„Wie hören voneinander, ich habe ja deine Nummer. Und du meine.“ Mit einem seltsamen Gefühl der Beklemmung wende ich mich der Autotür zu, um sie zu öffnen, aber Eric hält mich auf.

„Danke für den wundervollen Ausflug, Sarah!“ Sein Kuss ist süß und zart.

„Ich hab zu danken“, murmle ich gegen seine Lippen. Als ich schließlich aussteige, bin ich, trotz meiner weichen

Knie, fröhlich und beschwingt. Auf dem kurzen Weg Richtung Haus muss ich mich beinahe mit Gewalt dazu zwingen, nicht wie ein kleines Mädchen zu hüpfen.

Lediglich der tierische Muskelkater, der zur einen Hälfte vom Wandern kommt und zur anderen Hälfte auf Erics Konto geht, hält mich letztendlich davon ab.

Den Rest des Tages bewache ich mein Telefon, ständig in der Hoffnung, Eric könne sich vielleicht melden. Natürlich könnte ich mich auch bei ihm melden, aber es gibt nichts Schlimmeres als klammernde Frauen. Zumindest hatte ich bisher immer den Eindruck, das sei das Letzte, was Männer sich wünschen.

Gegen Abend werfe ich allerdings all meine Zurückhaltung über Board und rufe ihn trotzdem an, weil ich es schlicht nicht mehr aushalten kann. Als die Mailbox anspringt, lege ich auf. Ich weiß ohnehin nicht, was ich ihm eigentlich sagen will.

Danach zwinge ich Rachel, mit mir ins Kino zu gehen. Ihr tut es bestimmt gut, mal herauszukommen und ich habe die Ablenkung ebenfalls bitter nötig. Eigentlich wollte ich Lilly fragen. Im letzten Moment ist mir zum Glück noch aufgefallen, dass das vielleicht ein bisschen auffällig wäre, da sie mir schon als Alibi für meine Übernachtung mit Eric gedient hat.

Völlig unabhängig davon freue ich mich, etwas mit meiner Schwester zu unternehmen, auch wenn sie wie so oft nur schweigt. Dennoch kommt sie ohne zu murren mit.

Im Kino riecht es nach Popcorn und Hotdogs, sowie nach zu vielen Menschen, aber die Sitze sind bequem und Rachel und ich können in der vorletzten Reihe sitzen.

Im Zwielicht des Vorspanns betrachte ich sie nachdenklich von der Seite. Ihr zartes Profil, das mittlerweile deutlich erkennen lässt, was für eine schöne Frau sie einmal werden wird, die grünen Katzenaugen, die momentan je nach Licht mal braun und mal blau wirken. Man sieht ihr an, dass es ihr nicht gut geht. Sie ist so dünn geworden, dass die Kontur ihres Nasenbeins auffällig durch die blasse Haut hervorsticht. Seufzend lege ich meinen Arm um ihre schmalen Schultern. Einen Moment lang spüre ich, wie sie sich versteift, dann seufzt sie tief und lässt es kommentarlos geschehen. Beinahe so, als wäre ich eigentlich gar nicht da – doch zumindest stößt sie mich nicht weg.

Zumindest ist der Film so spannend, dass sie eine ganze Tüte Karamellpopcorn wie in Trance in sich hineinstopft und somit an diesem Abend vermutlich mehr Kalorien zu sich nimmt, als in den letzten drei Tagen zusammen.

Im Gegensatz zu Rachel habe ich gar keinen Appetit und auch der neuste James Bond Film kann mich nicht wirklich fesseln. Stattdessen starre ich ständig heimlich auf mein Handy, in der Hoffnung, dass Eric sich endlich meldet. Kurz spiele ich mit dem Gedanken, ihn einfach noch ein zweites Mal anzurufen. Aber mein Stolz und die Tatsache, dass ich gerade mitten im Kino sitze, halten mich glücklicherweise davon ab.

Als Rachel und ich später das Kino verlassen und die kühle, grell beleuchtete Tiefgarage betreten, geht's mir trotzdem besser.

„Es war schön, dass wir mal was zusammen unternommen haben, Rachel!", sage ich zu ihr, als wir im Auto sitzen und uns anschnallen.

„Hmpf!", erwidert sie, während ihr Sicherheitsgurt mit einem leisen Klicken einrastet. Aber ich erkenne deutlich die Andeutung eines kleinen Lächelns auf ihrem Gesicht. Für einen Augenblick lang bin ich so glücklich, dass ich mich beinahe mit Gewalt dazu zwingen muss, nicht laut die Songs mitzusingen, die gerade im Radio laufen. Einzig

Rachels Anwesenheit sorgt dafür, dass ich es bleiben lasse, dass ihr das nicht gefallen könnte.

Tatsächlich schaffe ich es, den gesamten Weg nach Hause nicht einmal auf mein Handy zu schauen und auch nur ungefähr zweihundert Mal an Eric zu denken – und die Fahrt dauert immerhin gut zwanzig Minuten.

+++

Es ist schon nach Mitternacht, als Eric laut fluchend die Eishalle verlässt. Das Licht der Scheinwerfermasten blendet ihn, sodass sich seine Augen zu engen Schlitzen verengen, während er mit großen Schritten über den riesigen Parkplatz eilt. Letzte Saison war eben dieser Parkplatz bei allen Heimspielen der Icefoxes voll besetzt. An einem spielfreien Wochenende ist er irgendwie geisterhaft leer und auch an den Spieltagen könnte er momentan deutlich voller sein.

Zähneknirschend lässt Eric seinen Blick über den leeren, kahlen Asphalt gleiten, der ihm heute Abend wie ein Sinnbild für sein Scheitern vorkommt.

Zum Glück ist Travis immer noch bei dessen Großeltern, wenigstens um den Jungen braucht er sich heute mal keine Sorgen zu machen.

Dafür macht er sich um alles andere Sorgen. Seine Mannschaft, seinen Job, seine Zukunft. Heute Abend lief nichts, aber auch gar nichts. Dieses Wochenende war spielfrei, doch am kommenden Samstag steht wieder eines bevor. Ein wichtiges. Sogar ein sehr wichtiges! Und wenn er sich überlegt, wie beschissen das Training heute gelaufen ist …

Eric ist mit seinem Latein wirklich am Ende. Er hat seine Jungs härter trainieren lassen, hat geschimpft, hat gelobt … nichts hilft. Irgendwie ist es momentan wie verhext. Im

Training klappt alles. Bis, so wie heute, wichtige Spiele bevorstehen. Dann erscheint es plötzlich, als hätten sie zwei linke Füße und zwei linke Hände gleich noch dazu. Sie verpatzen Pässe, Devon lässt Pucks durch, die locker zu halten gewesen wären, sie spielen, als wären sie die allerletzten dilettantischen Anfänger!

Eric ist lang genug im Business, um zu wissen, dass das Spiel am Samstag seine letzte Chance sein wird. Wenn die Icefoxes das erneut verlieren, wird er seine vertraglich gesicherte Abfindung bekommen und seinen Hut nehmen können, um anschließend bei irgendeiner Nachwuchsmannschaft Trainer zu werden – und auch das nur, wenn er Glück hat.

Als er in sein Auto steigt, stiehlt sich, trotz des beschissenen Trainings, ein Lächeln auf sein Gesicht. Das Innere des Wagens duftet zart, aber deutlich wahrnehmbar nach Sarahs Parfüm. Der Geruch alleine versöhnt ihn ein bisschen mit seiner Situation und auf dem Heimweg kann er dem Drang nicht widerstehen einen Umweg einzulegen und am Haus ihres Vaters vorbeizufahren.

Da es mittlerweile weit nach Mitternacht ist, ist alles bereits dunkel. Wenn er jetzt wüsste, welches Fenster zu ihrem Schlafzimmer führt, würde er vielleicht aussteigen, über den hohen Zaun klettern und kleine Steinchen dagegen werfen, bis sie öffnet, um ihn hereinzulassen.

Noch ein bisschen breiter lächelnd fährt er schließlich weiter.

Der Gedanke, dass er sie einfach auf dem Handy hätte anrufen können, kommt ihm erst, als er schon zu Hause ist und selbiges aus seiner Sporttasche räumt, um es auf der Kommode neben der Tür abzulegen. Manchmal ist er in solchen Dingen wohl ein bisschen oldschool.

+++

Erics Nachricht sehe ich erst am nächsten Morgen. Die kurze Nacht mit ihm in den Bergen sowie die körperliche Anstrengung haben letztendlich dafür gesorgt, dass ich geschlafen habe wie ein Murmeltier.

Dafür ist die kleine, blinkende Lampe an meinem Handy gleich das Erste, das ich beim Aufwachen wahrnehme.

Prinzessin,
bitte entschuldige, dass
ich mich nicht mehr gemeldet
habe. Ich musste noch arbeiten
und es ist ziemlich spät geworden.
Gehe jetzt schlafen und träume
von Dir.
Eric.

Unglaublich, dass er es schafft, mit einer simplen Textnachricht mein Herz dazu zu bringen, etwas schneller zu schlagen – aber er schafft es. Und ich muss gestehen: Es ist ziemlich schön, von ihm zu hören. Ich beginne drei Nachrichten an ihn, die ich dann sofort lösche, bis ich endlich eine zustande bringe, die ich auch verschicken kann.

Guten Morgen, Mr. McLeod.
Ich hoffe, Du hast gut geschlafen?
Ich habe wunderbar geschlafen –
ich glaube, die Nacht davor war
wohl ein bisschen kurz.
Wiederholen wir das bald?
Sarah

Obwohl ich relativ früh wach war und Eric anscheinend spät im Bett, habe ich mein Handy noch nicht ganz zur Seite gelegt, als es auch schon leise brummt.

Habe für heute leider
keinen Babysitter
und Travis ist momentan nicht
zu trauen. Würde Dich aber
gerne heute sehen.
Gehst Du mit mir Mittagsessen?

Natürlich mache ich nichts lieber als das und sage umgehend zu.

Vorher backe ich noch für die Suppenküche. Schon allein deshalb, weil es mir Freude bereitet und ich so das Gefühl habe, wenigstens irgendetwas Sinnvolles mit meinem Tag angefangen zu haben.

Ich backe mehrere Bleche voll Zimtschnecken, da diese besonders beliebt zu sein scheinen, und liefere sie so früh ab, dass ich anschließend noch genug Zeit habe, um mich mit Eric zu treffen. Es ist schließlich weit mehr als irgendein Hobby für mich. Ich bin eine Verantwortung eingegangen und innerhalb kürzester Zeit zu einem festen Bestandteil der Suppenküche geworden, die ohnehin jeden Cent zweimal umdrehen muss.

Als ich das letzte Mal da war, habe ich einen Brief von einem kleinen Mädchen bekommen, schief aus billigem Papier zusammengeklebt und mit Bildern von Blumen aus einer alten Zeitung dekoriert. Sie hat sich überschwänglich bedankt, dass es jetzt endlich auch etwas Süßes außer Pudding gibt, weil sie keinen Pudding mag. Vorher war das anscheinend der einzige Nachtisch, der zur Verfügung stand. Eigentlich würde ich dort gerne noch viel mehr mithelfen, leider kommt mir immer etwas dazwischen. Aber wenigstens backen möchte ich weiterhin. Schon allein, um das kleine Mädchen nicht zu enttäuschen.

Als ich auf dem Parkplatz vor dem Restaurant ankomme, in dem wir verabredet sind, wartet er schon auf mich und mit seinem besten Verführerlächeln schließt er mich in seine Arme.

„Du riechst wie immer hinreißend. Nach Zimtzucker. Ich liebe Zimtzucker!“ Seine Stimme klingt ein wenig belegt. „Ich könnte dich auf der Stelle anbeißen.“ Als er mir darauf tatsächlich in den Hals beißt, gebe ich unwillkürlich ein leises Keuchen von mir und mein Körper reagiert umgehend mit einem deutlichen Kribbeln.

„Eric …“

Während ich noch darüber nachdenke, ob mir es nicht etwas zu weit geht, mich in aller Öffentlichkeit anknabbern zu lassen, klingelt auf einmal mein Telefon.

Ich will den Anruf eigentlich gar nicht annehmen, aber einem Instinkt folgend befreie ich mich dann doch von Eric und suche mein Handy aus meiner Tasche hervor.

„Verdammt!“, murmle ich, und nehme gleichzeitig den Anruf entgegen.

Als ich eine halbe Minute später auflege, massiere ich mit meiner freien Hand seufzend meine Schläfe.

„Das war Rachels Schule. Sie haben meinen Vater nicht erreichen können; er hat heute noch einen Arzttermin. Rachel muss irgendwie in eine Prügelei verstrickt gewesen sein … Ich muss da sofort hin.“ Hektisch stopfe ich mein

Telefon in meine Handtasche zurück und suche zeitgleich nach meinen Autoschlüsseln.

Wir stehen immer noch vor dem Restaurant herum, in das wir eigentlich gehen wollten. Ein wenig sehnsüchtig schaue ich auf die großen Fenster, hinter denen man Tische mit weißen Tischdecken sowie brennende Kerzen erkennen kann. Ich kann mich nicht erinnern, je ein Date abgebrochen zu haben, bevor es überhaupt richtig begonnen hat. Während ich mich auf Zehenspitzen stelle, bin ich hin und hergerissen zwischen der Enttäuschung, dass aus meiner Verabredung mit Eric nun nichts geworden ist und der Sorge um Rachel. Ich hauche Eric einen schnellen Kuss auf die Lippen, aber er hält mich an den Oberarmen fest, bevor ich mich ihm entziehen kann.

„Ein Kuss, Sarah. Du kannst mich auf keinen Fall ohne einen richtigen Kuss gehen lassen. Soviel Zeit muss sein!"

Und dann küsst er mich. Er küsst mich so umwerfend, zart, leidenschaftlich, gefühl- und hingebungsvoll, dass er mich atemlos und mit weichen Knien zurücklässt, als er mich schließlich freigibt.

Anschließend streicht er mir zärtlich eine verirrte Haarsträhne aus dem Gesicht, bevor er mir einen kleinen, Kuss auf die Nase gibt.

„Und jetzt geh deine Schwester retten! Ich melde mich bei dir, Prinzessin." Sanft schiebt er mich in Richtung meines Wagens und hält mir die Fahrertür auf. Unsinnigerweise denke ich kurz darüber nach, wie praktisch doch die modernen Systeme sind, bei denen man den Schlüssel nicht mal mehr aus der Tasche nehmen muss, bevor ich mich anschnalle und mit einem Gefühl des tiefen Bedauerns vom Parkplatz des Restaurants fahre.

Ich sehe Rachel gleich, als ich das Sekretariat der Schule betrete. Sie sieht wüst aus. Ihr linkes Auge beginnt zuzuschwellen, trotz des Eisbeutels in ihrer Hand. Ihre Nase scheint geblutet zu haben und das hat in ihrem Gesicht rotbraune Schlieren hinterlassen, ihre Lippe ist aufgeplatzt. Vor der mintgrünen Wand hinter ihr wirkt ihre Haut merkwürdig blass und fahl.

Wenn der wilde, trotzige Ausdruck und ihre demonstrativ verschränkten Arme nicht wären, würde sie mitleiderregend wirken, aber ich muss zugeben, dass sie so eher etwas Furchteinflößendes hat.

Als sie mich entdeckt, wirft sie mir einen vernichtenden Blick zu, der mir das Blut in den Adern gefrieren lassen würde, wenn ich sie nicht so gut kennen würde. Denn trotz aller Wut erkenne ich in ihren Augen etwas aufflackern, das nach Sorge und Kummer aussieht.

Bedächtig mache ich ein paar Schritte auf sie zu, meine Absätze geben auf dem grau gemusterten Linoleumboden ein lautes Klappern von sich.

„Rachel …“ Ich lege sanft meine Hand auf ihre Schulter und sie zuckt zusammen, als hätte sie erwartet, dass ich sie schlagen würde.

Schweigend setze ich mich neben sie. Was soll ich auch sagen? Außerdem haben wir beide in den letzten Wochen im Schweigen wirklich viel Übung bekommen. Dann verschränke ich ebenfalls die Arme und warte, bis der Rektor mich hereinbittet.

Unter seinem strengen Blick fühle ich mich beinahe so, als wäre ich diejenige gewesen, die Blödsinn gebaut hat.

„Ms. Wellington?" Er setzt sich etwas aufrechter hin und ich merke, dass ich umgehend ebenfalls meine Rücken strecke, während ich zur Bestätigung nicke. „Bitte nehmen Sie doch Platz. Ich habe Sie ohne Ihre Schwester zu diesem Gespräch gebeten, weil ich gerne offen mit Ihnen sprechen möchte." Er deutet auf den unbequem, aber teuer wirkenden Holzstuhl vor seinem Schreibtisch. „Ich hatte eigentlich gehofft, Rachels Vater würde zu diesem Gespräch erscheinen." Er klingt sowohl ärgerlich als auch besorgt.

„Mein Vater ist zu einem Termin im Krankenhaus, sein Bein ist immer noch nicht wirklich verheilt." Meine Stimme klingt dünn und Hände klammern sich nervös in das weiche Leder meiner Handtasche. Warum bitte bin ich so angespannt? Schließlich kann er mir ja nichts. Und durch meine Arbeit war ich mehr als einmal in Situationen, in denen ich mich auch mit aufgebrachten Schulleitern auseinandersetzen musste. Das hat mir nie etwas ausgemacht. Für meine Schützlinge habe ich mich immer bereitwillig in jeden Kampf geschmissen – und meistens auch gewonnen, schließlich habe ich nicht ganz umsonst Psychologie studiert; das verschafft einem das eine oder andere Mal Vorteile, wenn es um Verhandlungen geht.

Aber das hier ist ohnehin etwas anderes. Es geht um meine eigene Schwester. Meine Familie. Und somit auch indirekt um mich. So gern ich die anderen Kinder auch hatte, sie standen mir weniger nahe, als Rachel es tut. Und das ändert einiges. Mir fehlt die nötige Distanz, um mich professionell verhalten zu können. Dazu kommt noch die nagende kleine Stimme in mir, die mir immer wieder mitteilt, dass ich ohnehin in allem versagt habe, weil mein Job weg ist. Vielleicht war auch früher schon alles falsch, was ich gemacht habe.

Ich atme ein, zwei Mal tief durch, dann lässt meine Anspannung etwas nach. An solche Situationen gewöhnt man sich vermutlich erst, wenn man selbst Kinder hat.

„Die Seele seiner Tochter scheint ebenfalls noch nicht verheilt." In seiner Stimme schwingt ein kaum verborgener Vorwurf mit und ich ärgere mich plötzlich.

„Sie ist fünfzehn Jahre alt, steckt mitten in der Pubertät und hat vor nicht einmal drei Monaten ihre Mutter verloren. Was erwarten Sie denn von ihr?" Zu meiner Freude klinge ich deutlich selbstbewusster, als ich mich fühle, vielleicht auch deshalb, weil ich mir das eben Gesagte seit Wochen selbst ständig ins Bewusstsein rufe. Außerdem ist meine Frage völlig berechtigt.

Mr. Smith nimmt seine Brille ab und reibt sich über die Augen.

„Mir ist durchaus bewusst, dass sich Rachel in einer sehr schweren Situation befindet. Dennoch kann ich nicht akzeptieren, dass sie Mitschüler krankenhausreif schlägt." Mit einer entschlossenen Geste setzt er seine Brille wieder auf.

„Krankenhausreif?" Ich wünsche mir plötzlich ebenfalls eine Brille, die ich aufsetzen könnte, stattdessen reiße ich erstaunt die Augen auf.

„In der Tat. Sie hat Jack Debbings die Nase gebrochen."

„Ach du heilige Scheiße!" Ich kann einen Fluch nicht unterdrücken, obwohl mir das sonst so gut wie nie passiert. Ich muss mich dringend zusammenreißen und mehr Abstand zu der ganzen Situation wahren, sonst rede ich mich noch um Kopf und Kragen. Umgehend ernte ich einen strafenden Blick von Rektor Smith, den ich so gut es geht ignoriere. „Ist Jack Debbings nicht der Kapitän der Footballmannschaft der Midway Highschool?“ Ich meine mich erinnern zu können, dass Rachel früher ein paar Mal über ihn gesprochen hat. Den soll sie krankenhausreif geschlagen haben?

Seufzend bestätigt der mürrische Mann mir gegenüber diese Vermutung mit einem kurzen Nicken.

„Rachel hat sich auf ihn geschmissen wie eine Furie!“

„Sie wollen mir ernsthaft erzählen, dass meine vielleicht fünfundvierzig Kilo schwere Schwester den Kapitän Ihrer Footballmannschaft verprügelt hat?“ In meiner Stimme schwingen Unglauben und Stolz mit, den der Rektor mit einem Stirnrunzeln zu registrieren scheint.

„Genau das hat sie getan. Und Sie sollten Ihre Schwester besser dazu bringen, dass sie sich entschuldigt. Ansonsten wird sie suspendiert.“ Er klopft mit der flachen Hand auf eine Akte, vermutlich Rachels, die vor ihm auf dem Tisch liegt.

Was für ein dämlicher Kasper!

Dann wird er etwas sanfter und klingt auf einmal pseudo-einfühlsam. „Hören Sie, ich weiß, dass sie eine schwere Zeit durchmacht. Aber solche Dinge kann und will ich nicht akzeptieren.“ Eindringlich sieht er mich an und irgendwie finde ich ihn gerade furchtbar unsympathisch.

„Haben Sie sie gefragt, warum sie es getan hat?“ Ich beuge mich ein bisschen vor, was ihn nervös zu machen scheint, denn er beginnt erneut an seiner Brille zu spielen, diesmal schiebt er sie auf die Stirn hoch. Ich gehe davon aus, dass er sie nicht gefragt hat. Ich weiß genau, wie manche Schulen hinter ihren erfolgreichen Sportlern stehen. Da werden Noten geschönt, schlechtes Betragen vertuscht …

Ich habe das bei meinem Bruder beziehungsweise seinen Teamkameraden oft genug miterlebt. Mal ganz abgesehen davon vermute ich, dass er aus Rachel ohnehin nichts herausbekommen hätte, was ich ihm natürlich lieber nicht erzähle. Ich bin mir sicher, dass irgendetwas vorgefallen sein muss, das sie bis zur Verzweiflung provoziert hat. Wo sollte sie auch sonst die Kraft dafür hergenommen haben, einem Typen, der die meiste Zeit damit verbringt, sich beim Sport mit anderen zu prügeln, die Nase zu brechen?

„Wenn einer meiner Schüler so angegriffen wird, dass er ins Krankenhaus muss, dann frage ich nicht mehr nach den Gründen. Was zu weit geht, geht zu weit, Ms. Wellington!"

Natürlich kann ich ihn theoretisch verstehen. Wenn ich mit dem armen Jack Debbings verwandt wäre, fände ich Rachels Verhalten wohl auch indiskutabel. Bin ich aber nicht. Außerdem weiß ich aus Erfahrung, dass die meisten Dinge, die Menschen tun oder lassen durchaus einen Grund haben. Und wenn sich jemand auf einen anderen Menschen stürzt, der anderthalb Köpfe größer ist als man selbst und vermutlich das Doppelte wiegt, dann gibt es dafür in der Regel einen verdammt guten Grund. Und ich bin nicht bereit, hier nachzugeben.

„Meine Schwester, korrigieren Sie mich bitte, wenn ich mich irre, ist noch niemals auffällig geworden. Ganz im Gegenteil, sie schreibt hervorragende Noten und gilt als überaus hilfsbereit. Habe ich recht? Oder haben Sie irgendetwas anderes in der Akte dort über sie stehen, Mr Smith?" Der Angesprochene sagt nichts, was ich einfach mal als Zustimmung werte. „Wissen Sie, dass man Menschen auf die unterschiedlichste Art und Weise Gewalt antun kann?" Er sagt immer noch nichts und glotzt nur blöde, was dazu führt, dass er in meiner Achtung immer weiter sinkt. Ohnehin werde ich langsam warm und rede mich in Rage. „Jemandem die Nase zu brechen erscheint gegen manche anderen Taktiken beinahe schon ehrenhaft. Meine Schwester ist ein sanftes, zurückhaltendes Wesen. Was glauben sie, was passiert sein muss, um sie zu so einer Reaktion zu treiben?“ Er sagt noch immer nichts, soll mir recht sein, ich bin gerade so gut in Fahrt. „Es ist sehr interessant, dass Sie es offenkundig nicht für nötig gehalten haben, dem auf den Grund zu gehen. Ich dachte immer, als Rektor hätte man eine Fürsorgepflicht für seine Schüler?“ Jetzt wird er rot und schnappt nach Luft; seine Finger wandern zu seiner Krawatte, um sie ein wenig zu lockern. „Sind Sie sich eigentlich darüber bewusst, dass es durchaus Schüler gibt, die sich aufgrund dessen, was andere ihnen so an den Kopf werfen, Leid antun? Worte können oft größeren Schaden anrichten, als körperliche Gewalt. Zumal, wenn es sich um einen Footballspieler handelt, der eigentlich einiges einstecken können sollte. Mal ganz abgesehen davon wirft es ohnehin kein sonderlich gutes Licht auf Ihren Starspieler, dass er sich von einem kleinen Mädchen hat verprügeln lassen …“ Zugegeben, jetzt bin ich vielleicht ein kleines bisschen unsachlich, aber was soll's. Hier geht es schließlich um meine Schwester und nicht darum, einen Preis in ehrbarem Verhalten zu gewinnen. Also schiebe ich gleich noch eine klitzekleine Drohung hinterher: „Sie sollten sich wirklich gut überlegen, wer den größeren Schaden davontragen wird, wenn Sie das Ganze an die große Glocke hängen und die Suspendierung meiner Schwester wirklich durchziehen wollen. Ich vermute mal, dass der Ruf Ihres Quarterbacks, und auch Ihr eigener, weit größeren Schaden davontragen könnten als der meiner Schwester. Die ohnehin in den letzten Wochen mehr durchgemacht hat, als es ein Kind jemals sollte. Schon allein das wäre eigentlich Grund genug, Mitgefühl zu zeigen, statt ihr das Leben noch schwerer zu machen, als es ohnehin schon ist. Es entsetzt mich doch immer wieder, aus was für simplen Gründen so wertvolle Verhaltensweisen wie Menschlichkeit und Einfühlungsvermögen mal eben hinter Prinzipien versteckt werden."

Gerne würde ich mich jetzt auf meinem Stuhl zurücksinken lassen, ich fühle mich in diesem Moment sowohl geistig als auch körperlich erschöpft, aber die Wut hält mich aufrecht, das Gefühl eines Kampfes, der noch nicht ganz gewonnen ist, sowie das viele Adrenalin in meinem Blut.

Rektor Smiths Gesichtsfarbe hat mittlerweile von rot zu weiß gewechselt, was mich mit Genugtuung erfüllt, die ich nur schwer verbergen kann.

„Wollen Sie mir drohen, Ms Wellington?" Die Frage an sich kann durchaus selbst ein bisschen wie eine Drohung klingen, aber seine Stimme ist gerade zu dünn, sodass sie ihre Wirkung verfehlt.

„Eine Drohung ist immer auch ein Akt der Gewalt, Mr. Smith. Und ebenso wie Rachel liegt mir ein solches Verhalten nicht im Blut." Okay, das ist gelogen, zumindest, was mich angeht. Denn ich bin durchaus bereit zu kämpfen, wenn es darauf ankommt. „Das einzige, was ich erreichen wollte, ist Ihnen eine andere Sicht auf die Geschehnisse zu verschaffen, sodass Sie die Möglichkeit haben, eventuell vorschnell geschlossene Entscheidungen noch einmal zu überdenken und zu korrigieren."

Als sich die Tür des Rektors wieder hinter mir schließt, bin ich mit dem Ausgang dieser Schlacht durchaus zufrieden. Rektor Smith hat mir versprochen, von einer Suspendierung abzusehen, solange meine Schwester nicht wieder durch schlechtes Benehmen auffallen sollte. Trotzdem ist die ganze angestaute Wut in meinem Bauch noch nicht verraucht.

Rachel sitzt noch immer in unveränderter Körperhaltung da. Ihre Miene wirkt, als wäre sie eine Angeklagte, die gleich einem Kriegsverbrechertribunal vorgeführt wird.

Einen schwachen Moment lang lehne ich mich mit geschlossenen Augen neben sie gegen diese unsäglich hässliche mintgrüne Wand. Dann seufze ich tief. Vielleicht habe ich eine Schlacht gewonnen, aber den Krieg noch lange nicht. Denn viel schwerwiegender als die Probleme mit Rektor Smith sind die mit Rachel. Und ich befürchte, dass meine Schwester auch weit schwerer zu knacken sein wird, als der aufgeblasene Gockel von Schulleiter. Aber wenn ich es jetzt nicht schaffe, durch ihre selbst errichteten inneren Mauern vorzudringen, dann wird es mir vielleicht nie gelingen. Denn gerade in diesem Moment fühle ich mich energiegeladener als in den ganze Wochen zuvor. Irgendwie ist mein Selbstvertrauen zu mir zurückgekehrt und ich will diese Chance auf keinen Fall ungenutzt verstreichen lassen.

„Komm, wir gehen." Ich strecke ihr die Hand entgegen, die sie wie erwartet nicht ergreift. Aber immerhin steht sie auf und trottet brav hinter mir her.

Wortlos verlassen wir das Schulgebäude und gehen zum Parkplatz, Rachel immer hinter mir her. Erst als wir in Reichweite meines Wagens kommen, den ich mit der Fernbedienung öffne, überholt sie mich. Mit einer demonstrativen Trotzigkeit, die nur Teenager an den Tag legen können, klettert sie auf den Beifahrersitz und schnallt sich an.

Mein Gemütszustand wandert von verärgert zu besorgt zu amüsiert, während wir die Fahrt weiterhin wie gewohnt verbringen: Rachel sagt kein Wort und ich schweige.

Kurz bevor wir zu Hause sind, biege ich rechts ab. Ich kann erkennen, dass Rachel einen Augenblick lang etwas verwirrt aussieht, aber sie schweigt weiterhin beharrlich.

Eine Viertelstunde später biegen wir in einen Waldweg ein. Ich stelle den Motor ab und steige aus. Es riecht gut hier, nach feuchtem Laub und nasser Erde, die ruhige Atmosphäre des Waldes steht in merkwürdigem Gegensatz zu meinem aufgewühlten Gemüt.

Als Rachel im Wagen sitzen bleibt, öffne ich die Beifahrertür, mit dem festen Vorsatz, sie zur Not mit Gewalt aus dem Wagen zerren zu müssen.

„Aussteigen!“, befehle ich ihr ziemlich barsch und sie ist so erstaunt, dass sie tatsächlich aussteigt. Sie schaut auf einmal so besorgt drein, dass ich ein Lachen unterdrücken muss.

„Keine Sorge, ich habe nicht vor, dich im Wald zu erschlagen und zu verbuddeln. Auch wenn mir zumindest danach wäre, deinen blauen Flecken noch ein paar hinzuzufügen. Und jetzt komm.“ Ohne mich nach ihr umzudrehen, gehe ich in den Wald hinein. Erst nachdem ich bestimmt schon eine Minute gegangen bin, höre ich ihre Schritte hinter mir.

„Was machen wir hier?“ Ich bin so überrascht ihre Stimme zu hören, dass ich einen Moment anhalte.

„Einen Spaziergang. Ich dachte, das wäre offenkundig!“

Immerhin redet sie mal!

Ohne zu zögern gehe ich weiter, tiefer in den Wald hinein, während Rachel hinter mir herstapft. Nach und nach komme ich außer Atem, aber es ist mir gleichgültig. Unter unseren Füßen raschelt das Laub, ich friere ein bisschen und mir tun in meinen hochhackigen Schuhen die Füße weh, für einen Spaziergang bin ich eindeutig falsch angezogen. Dennoch gehe ich immer weiter und weiter, einfach deshalb, weil ich nicht weiß, was ich sonst tun soll. Ich bin mit meinem Latein am Ende. Allerdings ist mir klar, dass Rachel reden muss. Es ist allerhöchste Zeit, dass sie sich wieder öffnet, für uns und für ihr Leben. Ich bin fest entschlossen, solange durch diesen Wald zu laufen, bis meine kleine Schwester ihren Widerstand endlich aufgibt. Und wenn es Tage dauern sollte. Ich bin schlicht nicht mehr bereit, ihr beim Leiden zuzusehen und immer nur abzuwarten.

Wir sind vielleicht eine Stunde unterwegs, als ich Rachels Stimme erneut höre.

„Ich habe keine Lust auf diesen Scheißspaziergang!“, schreit sie hinter mir. Langsam drehe ich mich zu ihr um, aber als ich in ihr Gesicht schaue, schürt das meine Wut von Neuem. Sie sieht immer noch so unglaublich trotzig aus und ich bin mit meiner Geduld völlig am Ende. Zusätzlich verspüre ich einen Hauch von Triumph, weil meine Strategie offenkundig gewirkt hat und Rachel endlich mal auf irgendetwas eine Reaktion zeigt.

„Und ich habe keine Lust mehr darauf, dass du nicht mit uns sprichst, Rachel! Darauf zuzusehen, wie du dich immer weiter in dich selbst zurückziehst und nicht an dich heran zu kommen. Darauf zuzusehen, wie du Scheiße baust und auf dem besten Weg bist, dein Leben zu zerstören, ohne irgendetwas dagegen tun zu können.“ Ihre Augen weiten sich, aber ich bin viel zu sehr in meinem Element, um jetzt aufzuhören. „Ich kann verstehen, dass du traurig bist, Rachel. Natürlich kann ich es nicht genauso fühlen wie du, das kann niemand. Aber ich verfüge über genug Empathie, um nachzuempfinden, wie schwer das für dich sein muss, wie weh das tun muss. Aber, verdammt noch mal, deine Mutter kommt nicht zurück davon, dass du dich einkapselst. Sie wird nicht lebendig dadurch, dass du schlechte Noten schreibst oder einen Schulverweis bekommst. Sie steht nicht wieder von den Toten auf, nur weil du es dir versagst, glücklich zu sein und weiter zu leben. Und ich meine richtig zu leben, nicht nur die Körperfunktionen aufrechtzuerhalten!" Ich mache eine kurze Pause, eigentlich bloß, um Luft zu holen, aber dann erkenne ich die Tränen in ihren Augen glitzern. Eine Einzelne löst sich, kullert über ihre zarte, eingefallene Wange, dann folgen weitere. Ein Schluchzer löst sich aus ihrer Kehle und ich kann nicht anders, als zu ihr zu gehen, um sie in die Arme zu nehmen. Abwehrend hebt sie die Hände, als sie mich näherkommen sieht, doch ich ignoriere sie. Ohne auf ihren Widerspruch einzugehen, lege ich die Arme um ihren schmächtigen Brustkorb, ziehe sie an mich und lasse sie nicht mehr los. Kommentarlos wiege ich sie hin und her. Was soll ich ihr auch sagen? Jetzt kann ich sie nur noch halten und ihr zeigen, dass ich für sie da bin. Ich bin da, um sie zu beschützen, sie aufzufangen und zu trösten und sie braucht die verdammten Mauern nicht, die sie um sich herum errichtet hat.

Es dauert lange, bis sie sich so sehr beruhigt hat, dass sie in der Lage ist, etwas zu sagen.

„Ich bin so wütend!", schluchzt sie irgendwann. „Ich habe diese dämlichen Abendveranstaltungen gehasst. Und wir haben uns vorher gestritten. Dann ist Mom weggefahren und nie mehr zurückgekommen. Sie hat mich einfach alleine gelassen. Für immer.“ Ihr Schluchzen nimmt zu und es schnürt mir wirklich das Herz ab, sie so verzweifelt zu erleben. Gleichzeitig bin ich unendlich erleichtert, weil sie sich endlich mal öffnet. Zum allerersten Mal, seit ich hier bin, redet sie mit mir. Und ohne es zu wissen, macht sie mir damit ein großes Geschenk. Sie gibt mir das Gefühl, doch nicht alles verkehrt zu machen, das Gefühl, doch etwas erreichen zu können.

Als Rachel weiterspricht, ist ihre Stimme kaum noch lauter als ein Flüstern.

„Ich fühle mich so schlecht deswegen. Sie ist tot und ich kann keine Liebe mehr für sie empfinden, nur noch diese unendliche Wut in mir … und auf jeden anderen. Vor allem auf Dad, weil er gar nicht richtig traurig zu sein scheint. Und … und weil Mommy seinetwegen abends weggefahren ist.“ Zitternd schmiegt sie sich enger in meine Umarmung und ich streichle sanft ihren bebenden Rücken und drücke einen Kuss auf ihren Scheitel. Sie riecht nach Zimtkaugummi und Apfelhaarshampoo, nach getrocknetem Blut und nach einem Teenager, der einen anstrengenden Tag hinter sich hat.

„Rachel … meine kleine, große Rachel. Es tut mir unendlich leid. Ich würde mir sehr wünschen, dir Trauer und Wut abnehmen zu können, aber das kann ich nicht. Aber weißt du was? Ich weiß ganz sicher, dass deine Wut völlig normal ist. Dass jeder so etwas irgendwann mal empfindet. Und ich finde, du hast alles Recht der Welt, wütend zu sein, weil das Leben dir so hart mitgespielt hat.“ Ich drücke sie noch einmal, bevor ich sie loslasse, um nach einem Taschentuch zu suchen. „Ich kann das alles verstehen, Rachel. Aber bitte rede mit uns. Mit deinem Dad, oder mit mir …

oder wenn du das nicht willst, mit irgendwem anderem. Wir machen uns solche Sorgen um dich!“

„Tut mir leid“, murmelt sie und putzt sich dann geräuschvoll die Nase. Ihre großen blauen Augen sind gerötet. Ihre kleine hübsche Nase ebenso. Sie wirkt unendlich jung und verletzlich, dass ich alles auf der Welt darum geben würde, damit sie nie mehr so weinen muss wie gerade eben. Ich würde sie gerne trösten und vor allen weiteren Gemeinheiten des Lebens beschützen, aber ich weiß, dass sie letztendlich beides aus eigener Kraft wird schaffen müssen. Ich kann ihr dabei nur zur Seite stehen, so gut es eben geht. Leben – das muss sie ganz alleine.

Und während ich dabei zusehe, wie ihre Tränen langsam trocknen, stelle ich fest, dass dasselbe auch für mich gilt, noch viel mehr als für Rachel. Denn ich bin erwachsen. Ich muss mein Leben selbst in die Hand nehmen, Ich muss im Hier und Jetzt leben und versuchen, das Beste daraus zu machen statt meinem Job nachzutrauern und mich selbst zu bemitleiden. Denn ich bin die einzige, die etwas ändern kann. Nur ich allein bin dafür verantwortlich, dass es mir gut geht. Und manchmal sind Veränderungen, auch wenn sie schmerzhaft sein mögen, eine Möglichkeit, wieder neu zu beginnen.

Auch der Rückweg verläuft schweigend, aber die Qualität der Wortlosigkeit zwischen uns hat sich verändert. Was vorher aus der Weigerung entstanden ist, sich dem anderen mitzuteilen ist nun einvernehmlich, weil für diesen Moment zwischen uns ein Verständnis herrscht, das keine weiteren Worte braucht.

Später, im Auto, spüre ich Rachels Blick auf mir.

„Sarah?“

„Ja?“

„Du hast vorhin gesagt, ich könne auch mit jemand anderem reden, wenn ich das will. Glaubst du, Daddy wäre einverstanden, wenn ich vielleicht zu einem Psychologen gehe?“

Vor lauter Freude fahre ich beinahe über eine rote Ampel. Niemals hätte ich mich getraut, ihr das vorzuschlagen, auch wenn es in meinen Augen wirklich der beste und vermutlich einzige Weg ist.

„Glaubst du, dass du einen brauchst?“, frage ich daher nur vorsichtig und halte meine Augen starr auf die Straße gerichtet. Aus dem Augenwinkel nehme ich wahr, dass sie mit der linken Schulter zuckt.

„Ich denke, wenn mir jemand, der wirklich Ahnung davon hat, sagen würde, dass es normal ist, wie ich empfinde … dann würde es mir vielleicht schon ein bisschen besser gehen. Jemand, der wirklich Ahnung hat und nicht mit mir verwandt ist, meine ich.“

Ich muss lächeln. Beinahe habe ich vergessen, was für ein tolles, einfühlsames Mädchen sie ist.

„Ich rede mit unserem Dad, okay? Ich kann mir nicht vorstellen, dass er etwas dagegen haben könnte.“

Später stehen uns allerdings noch weitere Kämpfe bevor, denn Dad lässt nicht locker, bis Rachel endlich erzählt, was zwischen ihr und Jack vorgefallen ist.

„Er hat bitte was gesagt?“ Die Augenbrauen meines Vaters ziehen sich so eng zusammen, dass sie sich beinahe berühren.

„Dass Mom sich bestimmt umgebracht hat, damit sie meine schlecht gelaunte Visage nicht mehr ertragen muss.“ Rachels Stimme ist kaum mehr als ein Flüstern, als sie noch einmal wiederholt, was wir eben auch schon verstanden hatten.

Einen Moment herrscht absolute Stille. Dann kracht Dads Faust mit solch einer Wucht auf den Esstisch, dass das Besteck in die Luft springt und mit einem unangenehmen Scheppern wieder zurück auf den Tisch fällt.

„Dieses Arschloch prügle ich windelweich, wenn ich ihn erwische!“ Wütend steht er vom Tisch auf und vergisst dabei seine Verletzung, die sich offenkundig umgehend schmerzhaft bemerkbar macht. Immer noch fluchend, aber deutlich vorsichtiger, lässt er sich wieder auf seinen Stuhl sinken.

„Das hat deine Tochter schon mit Bravour gemeistert. Besagter Knabe liegt mit einer gebrochenen Nase im Krankenhaus. Rektor Smith war stinksauer, aber ich habe es hinbekommen, dass er von einer Suspendierung absieht.“

Ich schaue auf meine kleine Schwester, die scheinbar voll und ganz damit beschäftigt ist, das durcheinandergeratene Besteck wieder korrekt neben ihrem Teller anzuordnen.

„Dieser hirnverbrannte Idiot …“ Mein Vater kann sich vor Wut kaum beherrschen. „Wenn er noch einmal solche Zicken macht, dann bleibst du zu Hause und bekommst einen Privatlehrer. Hast du gehört, Rachel?“

Erstaunt ruckt ihr Kopf nach oben.

„Ich möchte aber zur Schule gehen, Dad. Ich fühle mich sowieso schon wie eine Außenseiterin.“ Unter ihren Augen haben sich tiefe Ringe gebildet und ich kann nur erahnen, wie anstrengend dieser Tag für sie gewesen sein muss.

Auch unserem Vater scheint das aufzufallen, denn sind Blick wird gleich wieder weicher.

„In Ordnung, Liebes. Wenn es dir so lieber ist, dann soll es so sein. Aber trotzdem sollst du wissen, dass wir hinter dir stehen und es immer eine andere Möglichkeit gibt. Egal, was auch passiert."

In einer zärtlichen Geste legt er ihr seine große Hand auf ihre schmächtige Schulter und sie lehnt mit geschlossenen Augen ihr ausgemergeltes Gesichtchen dagegen.

Ich muss heftig gegen die Tränen ankämpfen. Dieser Tag gehört zweifellos zu den anstrengendsten, bewegendsten und schönsten in meinem Leben.

Kapitel 20

Noch völlig aufgewühlt von gestern komme ich zum Frühstück, als mein Vater gerade die Zeitung sinken lässt.

„Da ist ein Foto von dir. Zusammen mit Eric McLeod." Sein Blick ist durchdringend, als würde er versuchen, meine Gedanken zu lesen, während er sich mit der Hand durch sein grau meliertes Haar fährt.

„Ach, echt?" Ich versuche, so gelassen wie möglich zu bleiben und mir die Zeitung zu angeln, bevor ich in irgendeiner Form Stellung dazu beziehe. Ich bin mir nicht ganz sicher, was passieren wird, wenn mein Vater herausfindet, dass ich mit dem Coach seiner Mannschaft schlafe. Was seine Töchter angeht, ist er nicht sonderlich rational und soweit ich weiß, ist das Verhältnis zwischen ihm und Eric eher als gespannt zu bezeichnen. Wirklich sympathisch waren sich die beiden noch nie, die vielen verpatzten Spiele in dieser Saison machen es auch nicht gerade besser.

Im Übrigen gehört mein Vater zu den Vätern, denen nie jemand gut genug für seine Tochter sein kann. Die einzigen beiden Exfreunde, die ich ihm jemals vorgestellt habe, träumen vermutlich heute noch von dieser Begegnung. Und zwar nicht auf die angenehme Art.

Aber ich kenne seinen Killerblick zum Glück lange genug, um mich davon nicht verunsichern zu lassen. So entspannt lächelnd, wie ich es in dieser Situation nur kann, nehme ich die Zeitung hoch und betrachte das Bild von Eric und mir.

Es ist ein gelungenes Bild, das muss ich zugeben. Wir stehen auf dem Parkplatz vor dem Restaurant. Und das alles unmittelbar, nachdem ich den Anruf von Rachels Schule bekommen habe. Wir sind kurz davor uns zu verabschieden und er hat mich schon wieder losgelassen. Lediglich seine Hand ruht noch auf meinem Oberarm. Wir sehen durchaus vertraut miteinander aus, allerdings es ist längst nicht so schlimm, wie es sein könnte. Bloß ein paar Sekunden früher und sie hätten uns in einer weitaus intimeren Situation abgelichtet.

Ich bin froh, dass ich mein Gesicht hinter der Zeitung verstecken kann, denn die Erleichterung über das vergleichsweise harmlose Foto hätte ich mit Sicherheit nicht vor meinem Vater verbergen können.

Pech im Spiel – Glück in der Liebe

Versucht der vom Pech verfolgte Coach der Midway Icefoxes jetzt sein Glück bei der hübschen Tochter des Besitzers?

Danach folgt ein bisschen Blabla, gespickt mit Spielständen und Statistiken. Mir drängt sich ernsthaft die Frage auf, ob der Sportredakteur der hiesigen Zeitung sein Glück wohl auch besser woanders suchen sollte. Wenn er es tatsächlich nötig hat, so lahme, nichtssagende Artikel zu veröffentlichen, spricht das eigentlich für sich. Aber mir soll es in diesem Fall wirklich recht sein.

Mein Herzschlag ist fast schon wieder im Normbereich, als ich die Zeitung jetzt langsam sinken lasse.

„Ach Dad!“ So gelangweilt wie ich nur kann falte ich die Zeitung zusammen und gebe sie ihm zurück. „Was die immer alles so schreiben. Ich habe Eric McLeod zufällig in der Stadt getroffen! Wir haben uns bloß kurz unterhalten.“

Am skeptischen Gesichtsausdruck meines Vaters kann ich erkennen, dass ich ihn nicht restlos überzeugen konnte.

Dessen ungeachtet legt er die Zeitung zur Seite, und als Rachel zwei Minuten später das Esszimmer betritt, schaltet er sogar sein Handy auf lautlos.

Der Rest des Morgens fühlt sich fast wie ein ganz normales Familienfrühstück an. Doch der mörderische Blick meines Vaters, als er mich zusammen mit Eric in der Zeitung entdeckt hat, lässt mich einfach nicht los.

Ich bin mir sicher, dass ich seine Zweifel nicht restlos zerstreuen konnte. Wenn er herausfinden sollte, dass an dem Artikel doch etwas Wahres dran ist, wird er Eric die Hölle heiß machen.

Später, als ich Rachel zur Schule fahre, bestätigt sich meine Befürchtung. Ich habe sie gerade vor dem Koloss von Schulgebäude herausgelassen, als ich eine Nachricht von Eric bekomme.

Guten Morgen, Prinzessin!
Dein alter Herr scheint wirklich
ein sehr gewissenhafter Zeitungs-
leser zu sein. Und er war nicht
unbedingt amüsiert darüber…
Er hat mit einer
ziemlich schmerzhaften
Behandlung meiner Kronjuwelen
gedroht, wenn er herausfindet,
dass da etwas dran sein sollte.
Und mit sofortiger Kündigung.

Oh verdammt! Ich hatte es ja schon befürchtet. Natürlich weiß ich, dass mein Vater viel zu vernünftig ist, um solche Drohungen in die Tat umzusetzen, solange er keine hieb- und stichfesten Beweise hat. Und dass er soweit gehen würde, Eric tatsächlich körperlich zu attackieren, wage ich ohnehin stark zu bezweifeln. Dennoch haben wir ein ernsthaftes Problem. Mein Vater kann sehr eigen sein, störrisch, um es mal weniger nett auszudrücken. Man sollte ihn keinesfalls unterschätzen.

Normalerweise wäre es mir bis zu einem gewissen Grad egal, was er von meinen Männerbekanntschaften hält. Natürlich lege ich Wert auf seine Meinung, doch ich bin schon lange erwachsen und stehe auf eigenen Beinen und muss letztendlich selbst entscheiden, wer zu mir passt und wer nicht. Aber in diesem Fall ist Eric wirklich unmittelbar betroffen. Wenn er meinetwegen seinen Job verlieren würde ... Das würde ich mir nie verzeihen. Und ich bin mir auch nicht ganz sicher, ob es Eric tun würde. Ich denke, ich kenne das Gefühlsleben von Sportlern gut genug, um zu wissen, dass solche Jobs meistens mehr sind als eben nur ein simpler Job. Wenn ich da an meinen Bruder denke … Er ist beinahe draufgegangen, als er nicht mehr Football spielen konnte. Er hat sich wochenlang betrunken und Trübsal geblasen, bis er schließlich Cherry getroffen hat, die ihm noch ein paar andere Dinge aufzeigen konnte, die das Leben lebenswert machen.

Zu einer Karriere als Profi gehören, neben Talent und Disziplin, meiner Erfahrung nach auch immer eine ordentliche Portion von Wahnsinn und Herzblut. Das gilt für aktive Spieler genauso wie für die Trainer.

Mit einem mulmigen Gefühl im Bauch tippe ich schließlich eine Antwort.

Oh verdammt!
Das tut mir so leid.

Mein Vater ist bei so etwas
manchmal etwas überfürsorglich.
Ich rede mit ihm!

Ich weiß gar nicht genau, wie ich mit der Situation umgehen soll, und sinke mit einem verzweifelten Stöhnen tiefer in meinen Sitz. Am liebsten würde ich jetzt zu meinem Vater fahren, der vermutlich in diesem Moment mit grimmiger Miene beim Training zuschaut, um ihm vor versammelter Mannschaft ordentlich die Meinung zu geigen. Mit geschlossenen Augen lasse ich meinen Kopf nach vorne sinken und schrecke dann zusammen, weil ich mit meinem Quadratschädel auf die Hupe gekommen bin.

Zeit, zu fahren!

Ich bin ja froh, dass das Leben endlich weitergeht, nachdem es wochenlang irgendwie stillzustehen schien. Aber muss dann immer gleich alles auf einmal kommen?

Auf dem Rückweg schweifen meine Gedanken ständig von Eric zu meinem Vater. Ich muss Eric da irgendwie beschützen und unsere Beziehung geheim halten.

Als ich an einer Ampel die große Werbung für zu verkaufende Wohnungen in einem Haus hier in der Stadt entdecke, bin ich der Lösung schon einen Schritt näher. Das wäre die perfekte Lösung. Ich wäre immer noch in der Nähe, könnte mich um Rachel kümmern und sie morgens abholen und zur Schule fahren, aber ich hätte deutlich mehr Privatsphäre als vorher.

Ich habe wieder einen Sinn und eine Aufgabe in meinem Leben gefunden und fühle mich zum ersten Mal wie ein wichtiger Teil meiner Familie hier. Eine eigene Wohnung wäre ein weiterer, ein wichtiger Schritt in die Richtung, die ich eingeschlagen habe.

„Weißt du etwas über die neu gebauten Wohnungen in der Willmorstreet?", frage ich Editha, als ich zurück bin. Irgendwie bin ich auf einmal ganz aufgeregt; die Idee, mir eine Wohnung in Midway zu kaufen gefällt mir von Minute zu Minute besser.

„Die sollen sehr schön sein, *guapa*. Überlegst du, längerfristig hierzubleiben?" Das Lächeln, das sich auf ihrem Gesicht ausbreitet, macht mir klar, dass sie sich darüber freuen würde, auch wenn sie konzentriert die Arbeitsplatte in der Küche wischt.

„Zumindest noch eine Weile, bis es Rachel wieder besser geht. Außerdem sind Immobilien gute Geldanlagen."

Midway ist zwar keine große Stadt, dafür sind die Immobilienpreise hier meines Wissens nach seit Jahren recht stabil. Das Risiko für mich ist also wirklich eher gering. Zunächst will ich ohnehin noch in der Stadt bleiben, und wenn ich es nicht mehr will, kann ich die Wohnung bestimmt entweder vermieten oder wieder verkaufen.

„Du solltest mal mit deinem Vater darüber reden. Ich glaube, er kennt den Makler, der für den Verkauf zuständig ist." Mittlerweile traktiert sie mit ihrem Lappen die Spüle und wirkt dabei, als würde all das eigentlich gar keine Arbeit machen.

„Ich frage ihn gleich heute Abend", antworte ich, und gebe zeitgleich den Namen der Immobilienfirma in mein Handy ein, um zu schauen, ob ich online schon etwas herausfinden kann.

„Heute Abend kommt er erst spät. Er hat noch ein geschäftliches Abendessen …" Mit dem Putzlappen in der

Hand dreht sie sich zu mir um. „Aber im Moment ist er im Stadion, um beim Training anwesend zu sein. Besuch ihn doch einfach dort! Soweit ich weiß, sind die Wohnungen in der Willmorstreet ziemlich begehrt. Und dein Vater regt sich im Moment ständig so auf, wenn er beim Training dabei ist … ein bisschen Ablenkung würde ihm ganz gut tun!“ Aufmunternd nickt sie mir zu, bevor sie sich wieder der Spüle widmet.

Nachdenklich lasse ich mein Handy sinken. Vielleicht wäre das wirklich nicht die schlechteste Idee. Die Lage der Wohnungen ist wirklich super, das wäre optimal für mich. Außerdem … könnte ich Eric sehen und gleichzeitig meinen Vater davon überzeugen, dass da gar nichts zwischen uns ist.

Fünf Minuten später sitze ich wieder im Auto.

Erst als ich auf dem Parkplatz stehe, symbolischerweise zwischen dem Wagen meines Vaters und Erics, wird mir bewusst, dass die Idee vielleicht doch nicht so genial war, wie sie mir vorhin in der Küche erschienen ist.

Aber jetzt bin ich einmal da, jetzt ziehe ich die Sache auch durch.

Mr. Fulmer begrüßt mich wie jedes Mal mit einem warmherzigen Lächeln, nachdem er mich entdeckt hat.

„Ihr Vater ist in der Eishalle und schaut beim Training zu, Ms. Wellington. Er wird sich bestimmt freuen, Sie zu sehen!“ Immer noch lächelnd deutet er einen kleinen Diener an und ich bedanke mich lachend bei ihm, bevor ich weitergehe.

Den Tunnel, der das Verwaltungsgebäude mit der Eishalle verbindet, habe ich bereits unzählige Male durchquert. Schon als Kind hat mein Vater mich hierher mitgenommen und ich weiß eigentlich gar nicht so genau, warum ich später nur noch so wenig Interesse am Eishockey hatte.

Es riecht, wie es immer gerochen hat: ein bisschen wie in einer Turnhalle. Nach einer Mischung aus Linoleum, abgestandener Luft und nach dem Geruch des Putzmittels, der aus der Abstellkammer dringt.

Meine Absätze machen in der Stille des Tunnels einen furchtbaren Lärm, während ich im hellen Licht der Neonröhren die Türen zu den Umkleidekabinen und zu dem kleinen Besprechungsraum hinter mir lasse.

Ich entdecke meinen Vater sofort, als ich die Eishalle betrete. Er steht mit dem Rücken zu mir und betrachtet das Geschehen vor ihm. Es herrscht konzentrierte Stille, die einzig durch das Zischen von Schlittschuhkufen auf dem Eis, sowie dem Geräusch von Eishockeyschlägern unterbrochen wird, die wahlweise auf das Eis, auf den Puck oder gegeneinander treffen.

An Spieltagen herrscht hier rege Betriebsamkeit, doch jetzt sind sowohl die Sitz- als auch die Stehplätze leer, ebenso die Lounge, die mein Vater für Ehrengäste hat bauen lassen. Er selbst zieht es vor, die Spiele in einem für alle anderen abgesperrten Bereich am Rand des Spielfeldrandes zu verfolgen.

Obwohl ich ihn nur von hinten sehe, kann ich erkennen, dass seine Körperhaltung angespannt ist, die dunkelgraue Jacke seines Maßanzuges legt sich eng an seine Schultern.

Er bemerkt mich erst, als ich direkt neben ihm stehe und ihm die Hand auf einen seiner vor der Brust verschränkten Arme lege.

„Hallo, Daddy!“

„Sarah!“ Sein vorher so strenger Gesichtsausdruck wird deutlich weicher, als er mich erkennt. „Was verschafft mir die Ehre deines Besuchs?“ Er umarmt mich, bevor er seinen Kopf wieder in Richtung der Eisfläche dreht. Ich kenne ihn aber lang genug, um zu wissen, dass er mir dennoch zuhört – und auf eine Antwort wartet.

„Ich dachte, ich komme mal wieder vorbei. Ich bin seit Ewigkeiten nicht mehr in der Eishalle gewesen.“ Einen Moment halte ich die Luft an, weil ich in diesem Moment Eric am Rand des Spielfeldes entdecke und ich muss mich zusammenreißen, um nicht zu lächeln und ihm zuzuwinken. Mit Gewalt lenke ich meine Aufmerksamkeit zurück auf meinen Vater. „Außerdem habe ich heute eine Anzeige für Wohnungen in der Willmorstreet entdeckt. Editha meinte, du würdest da eventuell Genaueres wissen …“ Um bloß nicht zu Eric zu schauen, konzentriere ich mich auf einen eingerissenen Daumennagel an meiner rechten Hand. Ich sollte dringend mal zur Maniküre.

Der Blick meines Vaters wandert kurz zu mir.

„Du willst dir eine Wohnung in Midway kaufen?“ Er klingt ein wenig erstaunt und ich zucke mit den Schultern.

„Das wäre doch eine gute Lösung. Mir gefällt es bei Euch, allerdings ich bin eindeutig zu alt, um noch bei meinem Daddy zu wohnen.“ Ich schenke ihm ein kleines Augenzwinkern. „Ich möchte Rachel aber auch noch nicht alleine lassen. Und dich auch nicht. Und auf diese Art könnte ich in eurer Nähe bleiben. Ich könnte Rachel zur Schule fahren, mit euch zu Abend essen und trotzdem hätte ich wieder mein eigenes Reich.“

„Ich habe genug Wohnungen in Midway, von denen du eine haben könntest – du bräuchtest dir keine zu kaufen.“

„Das weiß ich, Daddy. Und das ist ein sehr liebes Angebot von dir. Aber wenn ich von eigener Wohnung spreche, dann meine ich auch eine eigene. Du weißt, dass es mir wichtig ist, auf eigenen Füßen zu stehen … Und so hoch können die Kosten wohl kaum sein. Und wenn ich es hier mal leid sein sollte, kann ich sie vielleicht sogar mit Gewinn wieder verkaufen."

Sein leises, tiefes Lachen erklingt.

„Da könntest du recht haben, Sarah Wellington." Der Blick, den er mir zuwirft, ist voller Wärme. „Du bist eben ganz meine Tochter." Deutlich höre ich den Stolz in seiner Stimme mitschwingen. „Wenn du willst und noch einen Moment Zeit hast, mache ich gleich mal ein paar Anrufe. Ich bin mir sicher, dass du dir die Wohnungen noch heute anschauen kannst."

„Danke, Daddy." Ich drehe mich zu ihm und hauche ihm einen Kuss auf die Wange, was ihn erneut zum Lächeln bringt.

„Gern geschehen, mein Schatz. Ich freue mich sehr, wenn du noch eine Weile bei uns bleiben wirst."

In diesem Moment sehe ich wieder Eric, der in Schlittschuhen über das Eis flitzt und irgendwelche Anweisungen brüllt. Er hat mich noch nicht gesehen und trotzdem lässt allein sein Anblick mein Herz schon ein bisschen schneller schlagen.

„Ich freue mich auch, Dad", höre ich mich selbst murmeln. „Ich freue mich auch."

Es dauert noch eine ganze Weile, bis Eric entdeckt, dass ich da bin. Mein Vater hat der Eisfläche gerade den Rücken zugekehrt, um zu telefonieren, als Eric mitten auf dem Eis innehält und mich anstarrt. Einen Moment scheint er völlig fassungslos, dann macht sich das fetteste Grinsen auf seinem Gesicht breit, das ich je bei ihm gesehen habe. Offenkundig muss es eine sehr angenehme Überraschung für ihn sein, mich hier zu sehen. Nachdem Eric bemerkt, dass mein Vater abgelenkt ist, legt er sich die Hand aufs Herz und verbeugt sich kurz in meine Richtung; wie ein edler Ritter, der um seine Angebetete wirbt. Die Spieler sind gerade alle auf eine Übung konzentriert, die er kurz vorher angesagt hat, aber es scheint ihm auch egal zu sein, wenn einer von ihnen etwas mitbekommen sollte. Lachend winke ich ihm zu, während er selbst, plötzlich viel besser gelaunt als vorher, weiterhin Anweisungen erteilt.

Ebenfalls bestens gelaunt schaue ich den Icefoxes vergnügt beim Training zu. Eric ist voll in seinem Element; mal gibt er vom Rand des Feldes gut gelaunt Hinweise, dann gleitet er wieder über die Eisfläche. Zwischendrin lacht er mit irgendwem, der harsche Ton von vorhin ist fast ganz verschwunden und es macht tatsächlich Spaß, beim Training zuzusehen.

Als mein Vater schließlich abermals neben mir steht, schaut er ebenfalls eine ganze Weile wie gebannt auf seine trainierenden Spieler.

„Irgendwie sind sie viel besser, seit du da bist." Er lehnt sich vor und stützt seine Unterarme auf der Bande ab. „Vielleicht sollte ich dich auch mit zu den Spielen nehmen, wenn sich deine Anwesenheit so positiv auswirkt." Langsam richtet er sich schließlich auf und legt mir den Arm um die Schultern.

„Ich glaube kaum, dass das etwas bringen wird, Daddy!" Lachend kuschle ich mich in seine Umarmung und fühle mich dabei fast wieder wie das kleine Mädchen, das früher so oft hier gewesen ist.

„Na ja … viel schlechter kann es zumindest nicht mehr werden.“ Mit einem kleinen Kopfschütteln und einem letzten Blick auf seine Spieler dreht er sich um. „Hast du Zeit mit mir zum Lunch zu gehen? Ich habe gerade mit Gregor telefoniert. Er ist ein alter Schulfreund von mir … und der Besitzer der Wohnkomplexe in der Willmorstreet.“

Welch ein glücklicher Zufall, dass ich heute nicht in die Suppenküche musste, denn der Lunch hat sich gelohnt.

Gegen Nachmittag stehe ich in der in meinen Augen schönsten der neuen Wohnungen, auch wenn sie mir alle gut gefallen haben. Diese hier liegt in der obersten Etage des sechsstöckigen Hauses und bietet eine tolle Aussicht auf den Stadtpark sowie eine traumhafte Dachterrasse.

Dads Schulfreund Gregor hat mir den Schlüssel und einen Haufen Papiere zum Unterzeichnen dagelassen, nachdem wir den Kauf mit einem Handschlag besiegelt hatten. Alles Schriftliche wird in den nächsten Tagen folgen. Auch wenn ich schon sehr lange auf eigenen Füßen stehe, weiß ich dennoch, zu welchen Gelegenheiten es auch nicht schlecht ist, das Kind seiner Eltern zu sein und Beziehungen zu nutzen. Und diese Wohnung ist definitiv so eine Gelegenheit. Ursprünglich sollte mein neues Zuhause wohl vermietet werden, aber mein Vater verfügt über ein beeindruckendes Verhandlungsgeschick in solchen Dingen.

Ich freue mich unbändig über diese tolle Wohnung! Sie ist wirklich perfekt. Ich bin verliebt in die bodentiefen Fenster in Wohnzimmer und Küche, die zur Dachterrasse führen, in das gemütliche Schlafzimmer, das luxuriöse Bad und das riesige Wohnzimmer. Selbst die Bodenbeläge sind einfach toll – helles Holz in den Wohnräumen, Natursteinfliesen in der Küche und im Badezimmer. Sogar eine Einbauküche ist bereits vorhanden, in der sich weiß lackierte Echtholzfronten mit modernen Edelstahlgeräten abwechseln, die Arbeitsplatte ist aus dunkelgrauem Granit.

Seit heute Nachmittag bin ich bereits damit beschäftigt, Maß zu nehmen und im Geiste alles zu möblieren, doch langsam setzt die Dämmerung ein und außer der kleinen Taschenlampe aus meiner Handtasche habe ich noch kein Licht hier.

Am liebsten würde ich sofort hierbleiben, aber zwei, drei Wochen werde ich mich wohl oder übel noch gedulden müssen, bis alles endgültig bezugsfertig und möbliert ist.

Mit einem leisen Gefühl von Wehmut suche ich meine Sachen zusammen und will die Wohnung gerade verlassen, als mein Handy klingelt.

Mein Herz beginnt etwas schneller zu schlagen, als ich Erics Nummer erkenne.

„Hallo Eric!“, sage ich in meiner schönsten Telefonstimme, als ich seinen Anruf entgegennehme.

„Hallo Prinzessin!“ An den Hintergrundgeräuschen kann ich erkennen, dass er im Moment im Auto sitzt. „Mein Sohn ist bis abends bei einem Freund und ich dachte mir, du hättest vielleicht Lust auf ein Date mit mir? Ein paar Stunden hätte ich noch Zeit …“

Nichts würde ich lieber machen, als mich mit ihm zu treffen. Und jetzt, wo ich seine Stimme höre, wird mir auch klar, dass ich ihm unbedingt meine neue Wohnung zeigen möchte. Ich möchte meine Freude darüber gerne mit ihm teilen.

„Ich bin in der Willmorstreet, bist du irgendwo in der Nähe?“, frage ich ihn, während meine Hand über die Granitarbeitsplatte in der Küche fährt.

„Ich bin nur circa eine halbe Stunde entfernt. Wo bist du genau?“ Ich höre, wie er den Blinker setzt.

„In meiner neuen Wohnung!“ Ich klinge so stolz, dass ich über mich selbst lachen muss. „Willst du sie sehen?“

„Du hast eine eigene Wohnung, Prinzessin? In Midway? Unbedingt will ich die sehen! Ich bin schon auf dem Weg … soll ich irgendetwas mitbringen?“ Erneut höre ich das Klicken des Blinkers.

„Eine Taschenlampe, wenn du eine da hast. Hier gibt es, außer einer funktionierenden Küche, gar nichts, auch keine Lampen. Falls du noch etwas von der Wohnung anschauen möchtest ...“ Meine eigene Taschenlampe habe ich bereits eingeschaltet, obwohl die Dämmerung gerade erst eingesetzt hat. Ich mag es nicht, wenn es dunkel ist.

„Wird gemacht, ich habe eine im Kofferraum. Bis gleich, Prinzessin.“

Es ist erstaunlich, wie lang eine halbe Stunde werden kann, wenn man auf jemanden wartet. Ich stehe voller Ungeduld hinter dem einzigen Fenster in meinem neuen Wohnzimmer, aus dem man eine gute Sicht auf die Straße hat. Mit Einsetzen der Dämmerung ist schwacher Nebel aufgezogen, der die Welt außerhalb meiner Wohnung kalt und ungemütlich wirken lässt. Ich bilde mir ein, die nasse Kälte bis hierher spüren zu können und verlasse meinen Aussichtspunkt am Fenster nur, um den elektrischen Kamin einzuschalten, der bereits eingebaut war. Ein echter Kamin wäre natürlich viel schöner gewesen, aber Gregor hat mir vorhin erklärt, dass dies aufgrund von Brandschutzvorschriften hier leider nicht möglich ist.

Kaum habe ich wieder an meinem Fensterposten Stellung bezogen, entdecke ich Erics schwarzen Cadillac, der direkt unter einer Laterne hält. Seine lange Gestalt steigt aus dem Auto, anschließend holt er noch etwas aus dem

Kofferraum, das von hier oben nach einer Tasche sowie einer Pizzaschachtel aussieht. Ich warte, bis er direkt vor der Haustür steht, und flitze zum Türöffner, um ihn hereinzulassen – ich habe ja noch kein Klingelschild.

„Ganz nach oben, bitte", weise ich ihn durch die Gegensprechanlage an.

Und dann ist er da. Er steht vor mir wie eine warme, sichere Mauer, stellt die Sachen, die er in der Hand hält, in der nächstbesten Ecke ab und schließt mich anschließend in seine Arme.

Er fühlt sich so gut an, warm, sexy und nach dem Gefühl, beschützt zu werden.

„Hallo, Prinzessin", brummt er in mein Haar; ich spüre seinen tiefen Bass in seiner Brust vibrieren. Er riecht, als hätte er erst vor Kurzem geduscht und ich würde ihn am liebsten nie mehr loslassen. Eric allerdings scheint andere Pläne zu haben.

„Ich habe Pizza mitgebracht, hast du noch Hunger?" Eigentlich dachte ich bis gerade, ich hätte keinen; aber als nun die Düfte von Oregano, Tomatensoße und Käse zu mir herüberwehen belehrt mich das laute Knurren meines Magens eines Besseren. „Ich schätze, das ist Antwort genug!", sagt Eric lachend und ist schon dabei, sich an der mitgebrachten Tasche zu schaffen zu machen. Er zaubert eine Wolldecke hervor, die er auf den Boden legt, dann reißt er den Deckel des Pizzakartons ab und verteilt darauf mehrere Teelichter.

Fasziniert schaue ich ihm zu.

„Wo hast du denn das auf einmal alles her?"

Während er in seiner Tasche nach einer Schachtel mit Streichhölzern kramt, um die Kerzen anzuzünden, blickt er lächelnd zu mir hoch.

„Neben der Pizzeria ist ein Supermarkt, da war ich noch kurz einkaufen, als ich darauf gewartet habe, dass unser Essen fertig ist. Schließlich ist Zeit ein kostbares Gut und muss effektiv genutzt werden." Er zwinkert mir zu, während er mit den letzten Teelichtern beschäftig ist. Schließlich macht er eine einladende Geste und deutet neben sich auf die Decke. „Voilà, Madame – es wäre serviert. Ich bitte Platz zu nehmen."

Nur zu gern folge ich seiner Bitte und setze mich neben ihn.

Keine Ahnung, ob die Pizzeria, in der Eric gekauft hat, besonders gut ist oder ob es an seiner Gesellschaft oder daran, dass ich Hunger hatte, liegen mag. Jedenfalls bin ich davon überzeugt, dass diese Pizza die beste ist, die ich je hatte. Nie zuvor war ein so simples Gericht so schmackhaft und erfüllend wie dieses.

Nachdem ich satt bin, lasse ich meinen Kopf gegen Erics Schulter sinken.

„Das war köstlich!", sage ich und genieße seine unmittelbare Nähe.

„Nicht so köstlich, wie du es bist …" Er beginnt die empfindliche Haut hinter meinem Ohr zu küssen, doch dann hält er inne. „Übrigens habe ich Champagner mit. Den wir allerdings aus der Flasche trinken müssen. Und eine Taschenlampe. Ich will unbedingt noch den Rest deiner neuen Wohnung sehen!"

Später, sehr viel später, fahre ich zurück zum Haus meines Vaters. Satt, befriedigt und zutiefst zufrieden.

Eric und meine Wohnung im improvisierten Kerzenschein – viel mehr brauche ich im Moment ganz eindeutig nicht, um furchtbar glücklich zu sein.

Kapitel 22

Am Samstag begleiten Rachel und ich unseren Vater zum Spiel.

Ich muss zugeben, dass ich ein wenig aufgeregt bin; es ist eine halbe Ewigkeit her, dass ich das letzte Mal bei einem Spiel war. Seit Rachels Mom angefangen hat, Dad zu begleiten, bin ich nicht mehr mitgekommen – selbst wenn sie eher selten mitgegangen ist. Eishockey gehörte nicht unbedingt zu ihren großen Leidenschaften und ich kann es ihr nicht verübeln. Auch wenn ich, nicht zuletzt durch meinen Bruder und meinen Vater, die Leidenschaft für Sportveranstaltungen sozusagen in die Wiege gelegt bekommen habe. Allerdings nur als Zuschauerin. Ich selbst gehöre, was sportliche Betätigungen angeht, zu den faulsten Wesen, die es gibt; viel lieber bin ich eine von denen, die mit einem dicken Hotdog sowie einem Cocktail in der Hand schlaue Kommentare abgeben.

Dad ist schon vorgefahren. Rachel und ich fahren nach und wir treffen uns an seinem Platz – am Rande des Eises, nicht in einer der Logen, die sonst für die wichtigen Gäste vorbehalten sind.

Die Eishalle ist jetzt angefüllt mit Stimmengewirr, den Gerüchen nach Essen und Bier und zu vielen Menschen.

Ich freue mich auf das Spiel. Die Spannung, das Fieber, das einen ergreift, wenn man im Stadion steht und mit seiner Mannschaft mitfiebert, das Adrenalin, das beinahe zum Greifen intensiv in der Luft zu liegen scheint.

Als das Spiel endlich losgeht, bin ich wie gebannt. Das Rauschen der Kufen auf dem frischen Eis, das Rufen der Spieler, das Grölen und rhythmische Trommeln der Fans. Das typische Geräusch, dass entsteht, wenn ein Spieler aus dem vollen Lauf heraus gegen die Bande geschubst wird … All das schlägt mich im Nu in seinen Bann und ich hänge voller Spannung an der Absperrung.

Eric steht aufgeregt am Rand, schreit Anweisungen, rauft sich fluchend die Haare, wenn einer seiner Spieler Blödsinn macht oder der Schiedsrichter eine in seinen Augen falsche Entscheidung trifft. Er fiebert mit, schreit, flucht, freut sich, dann ist er wieder völlig konzentriert und scheint sehr präzise Anweisungen zu erteilen. Ich glaube, das ein oder andere Mal ist er einem Herzinfarkt nahe. Mir geht es nicht anders. Ich weiß, wie wichtig das Spiel für die Foxes ist und ebenso für Eric und meinen Vater. Ich drücke so fest die Daumen, wie ich nur kann.

Nach einem aufregenden ersten Drittel, in dem die gegnerische Mannschaft mit 2:1 in Führung geht, einem atemberaubenden zweiten Drittel, nachdem es 3:3 steht, siegen die Icefoxes schließlich 6:4 und ich juble so laut, dass ich anschließend heiser bin.

Unglaublich! Wochenlang haben sie verloren und ausgerechnet heute gewinnen sie.

Voller Freude umarme ich meinen Dad und bin einen Moment lang völlig unbeschwert glücklich.

„Sarah …“ Ich erkenne Erics Stimme sofort und halte in meiner Bewegung inne. Obwohl ich alles dafür getan habe, ihm nach dem Spiel nicht zu begegnen, kribbelt meine Haut nun voller Vorfreude.

Langsam drehe ich mich zu ihm um.

„Sarah!“, sagt er noch einmal; fast im selben Moment finde ich mich zwischen einem Berg von Muskeln und der Wand wieder. Erics Hände sind links und rechts von meinem Kopf aufgestützt, er taxiert mich, wie es ein Raubtier mit seiner Beute machen würde. Kurz registriere ich, dass er sich noch nicht umgezogen hat, er trägt immer noch den grauen Anzug von vorhin und riecht nach einer unnachahmlichen Mischung aus sich selbst, Aftershave und frischem Schweiß.

„Du hast mir heute Glück gebracht“, flüstert er so nah an meinem Ohr, dass ich seinen Atem spüren kann und ich vergesse alle Vorsichtmaßnahmen, die mir vorhin noch so wichtig gewesen sind. Ich umfasse seinen Kopf mit beiden Händen, um ihn zu mir herunterzuziehen und zu küssen. Hier, mitten auf dem Gang, wo uns jeden Moment jemand erwischen könnte, aber es ist mir völlig egal.

Ihm anscheinend auch, denn kaum berühren meine Lippen die seinen, drängt er sich gegen mich und küsst mich, so wild und leidenschaftlich, dass mein Herz umgehend zu rasen beginnt. Ich kann einfach nicht genug von ihm bekommen, meine Hände beginnen an seinem Hemd zu zerren, und als sie endlich freien Zugang zu der nackten Haut von Erics Bauch bekommen, stöhnt er leise auf.

Erst als irgendwo in unmittelbarer Nähe Stimmen und Schritte zu hören sind, kommen wir halbwegs zur Besinnung. Geistesgegenwärtig zieht Eric mich zur Seite, in eine dunkle Ecke, stellt sich mit seinem Körper schützend vor mich, sodass mich niemand erkennen würde – auch wenn Erics Verhalten mit Sicherheit mehr als seltsam wirkt. Zum Glück bleiben wir unentdeckt. Mit' angehaltenem Atem beobachte ich die beiden Frauen, die gerade über den Flur laufen. Sie unterhalten sich lachend auf Spanisch, schließen den kleinen Abstellraum gleich neben uns auf und verschwinden kurz darauf mit Putzzeug bewaffnet in die entgegengesetzte Richtung. Das alles, ohne von uns auch bloß die geringste Notiz genommen zu haben.

Als sie weg sind, atmen sowohl Eric als auch ich hörbar auf und ich kann nur mit viel Mühe ein Lachen unterdrücken.

„Das war knapp“, flüstert Eric, der sich wieder zu mir umgedreht hat, um mich zu küssen.

„Das war es wirklich. Ich sollte vielleicht besser gehen.“ Aber statt ihn von mir wegzuschieben, drücke ich ihn näher an ihn heran.

„Das solltest du wirklich …“, flüstert Eric, nur um mich dann erneut zu küssen.

Erst, als wir erneut Schritte hören, diesmal deutlich weiter entfernt als vorher, mache ich mich kichernd von ihm los und bringe mich auf der in der Nähe liegenden Damentoilette in Sicherheit.

+++

Grinsend und ziemlich erregt schaut Eric der flüchtenden Sarah hinterher.

Was für ein Tag!

Fast hatte er schon vergessen, wie gut es sich anfühlt zu gewinnen. Und natürlich wie gut es sich anfühlt Sarah zu küssen – nämlich mindestens genauso gut.

„Mr. McLeod …“ Die scharfe Stimme seines Chefs, die jetzt ertönt, ist allerdings alles andere als gut. Sie beide mochten sich noch nie wirklich leiden, wobei Eric bezweifelt, dass er überhaupt einen der Spieler so richtig leiden mag. Sie sind eher Mittel zum Zweck. Es ist ihm ein Rätsel, wie so ein Mann zu solch einer warmherzigen und wunderbaren Tochter wie Sarah kommt.

Bevor er aus seiner unbeleuchteten Ecke hervortritt, ist Eric geistesgegenwärtig genug, sich schnell mit dem Handrücken über den Mund zu wischen, um gegebenenfalls verräterische Lippenstiftspuren zu entfernen. Für das aus der Hose gezerrte Hemd bleibt keine Zeit.

„Mr. Wellington … Chef …“ Das Grinsen lässt sich nicht ganz unterdrücken, aber das lässt sich durchaus auch auf den Sieg schieben.

Sein Chef verschränkt die Arme vor der Brust und eine steile Falte tritt auf seine Stirn, als er Erics desolaten Zustand mustert.

„Ich gratuliere Ihnen zu diesem erfolgreichen Spiel, Mr. McLeod“, sagt er etwas unterkühlt. „Es macht den Eindruck, als hätten Sie sich bereits feiern lassen.“ Er taxiert das unordentliche Hemd und die Lippenstiftspuren. Kirschrot, genau wie der Lippenstift, den Sarah heute getragen hat. Ihr Vater räuspert sich, bevor er fortfährt: „Ich hoffe, der Sieg steigt Ihnen nicht zu sehr zu Kopf, Mr. McLeod. Die Saison war schlecht genug. Und ich brauche keinen weiteren Grund, um Sie zu feuern. Ich hoffe, dass Ihre kleine Privatfeier ohne meine Tochter stattgefunden hat.“

Erics gute Laune ist schlagartig verflogen, während sein Chef ihn anstarrt, als wolle er ihn durch bloße Willenskraft zu einer Eissäule erstarren lassen.

„Wenn ich nur noch einmal einen Verdacht hegen sollte, dass Sie Ihre Finger nicht von meiner Tochter lassen können, werden hier Köpfe rollen, Mr. McLeod. Ihr eigener und die der Spieler mit der schlechtesten Statistik ebenfalls. Ich hoffe, ich habe mich klar und deutlich ausgedrückt!"

„Das haben Sie in der Tat, Sir." Eric ist zu stolz, um den Blick seines Chefs in diesem Moment nicht zu erwidern und sich irgendetwas anmerken zu lassen.

Dass es hier um seinen eigenen Job geht, ist schon schlimm genug. Aber verdammt … Die Spieler mit der schlechtesten Statistik, sind unter anderem Devon Frenley sowie Shawn Henley. Devon wird überall etwas finden. Aber Shawn ist jung und es ist die erste Profisaison für ihn. Seine Frau Monica hat letzten Monat Zwillinge bekommen. Wenn er rausfliegt, und das mit dieser miesen Statistik, wird er höchstens noch einen Platz in irgendeiner Mannschaft in der tiefsten Provinz bekommen. Er ist dringend darauf angewiesen, sich bei den nächsten Spielen der Icefoxes noch beweisen zu können. Beweisen, dass er es doch kann. Und Eric *weiß*, dass Shawn viel mehr kann. Außerdem ist die Saison noch nicht vorbei, bis April ist eine lange Zeit. Er kann auf keinen Fall riskieren, dass seine Spieler den Kopf für etwas hinhalten müssen, für das er alleine verantwortlich ist.

Während er seinem Chef nachstarrt, beißt er so fest die Zähne aufeinander, dass er davon Kopfschmerzen bekommt.

Verdammte Scheiße!

Er muss dringend mit Sarah reden, und das möglichst unauffällig.

+++

Mit einem Lächeln betrachte ich mein Spiegelbild. Ich sehe aus … na ja, wie eine Frau, die gerade eine ziemlich leidenschaftliche Begegnung auf dem Flur gehabt hat. Und dabei um ein Haar erwischt worden wäre, und zwar gleich zweimal.

Mein Lippenstift ist verschmiert und meine Haare sind zersaust und scheinen in alle Himmelrichtungen von meinem Kopf abzustehen. Meine Augen glänzen verräterisch und meine Lippen sind, auch ohne Schminke, deutlich gerötet.

Grinsend öffne ich meine Handtasche und hole mein Schminktäschchen sowie eine kleine Packung mit Feuchttüchern heraus, um meinen ursprünglichen Zustand wieder herzustellen und halbwegs repräsentabel zu wirken.

Meine Lippen kribbeln noch von Erics Küssen. Ich berühre sie mit dem Finger, bevor ich mich daran mache, sie sorgfältig mit Lipliner zu umranden. Anschließend male ich sie mit kirschrotem Lippenstift aus. Nachdenklich betrachte ich mein eigenes Spiegelbild noch einmal. Ich sehe glücklich aus. Eric macht mich glücklich. Seine unkomplizierte Art, der Sex mit ihm … es fühlt sich gut an. Bis auf die Heimlichtuerei vielleicht … aber ich bin optimistisch, dass sich auch dafür eine Lösung finden lassen wird.

Als ich die Toilette wieder verlasse, pralle ich ausgerechnet mit meinem Vater zusammen.

„Sarah!“ Bevor er zu lächeln beginnt, schaut er mir forschend ins Gesicht, als würde er dort irgendetwas suchen.

Erst, als er anscheinend nichts Verdächtiges an mir feststellen kann, entspannt sich seine Miene. Dieses warme, fürsorgliche Lächeln, das er mir schon geschenkt hat, als ich noch ein Kind war und das sich immer nach geliebt werden und zu Hause anfühlt. Ich greife nach seiner Hand und sein Lächeln vertieft sich noch, während er mich so zu sich heranzieht, dass ich mich bei ihm unterhaken kann. „Habe ich eigentlich je erwähnt, dass ich stolz auf meine schöne Tochter bin?" Leicht drückt er meine Hand und ich erwidere diese Geste.

„Bestimmt, Daddy. Aber das kannst du gar nicht oft genug sagen!"

„Ich bin wahnsinnig stolz auf dich, Sarah! Und ich danke dir dafür, dass du hier bist, um für Rachel und mich da zu sein. Ich bin stolz auf dich, weil du Menschen selbstlos hilfst. Und dabei trotzdem noch meine Tochter bist und so erfolgreich Immobilien kaufst. Ich hoffe nur, dass deine Hilfsbereitschaft niemals ausgenutzt wird, mein kleines großes Mädchen ..."

„Ach Daddy! Ich passe gut auf mich auf." Ich stelle mich auf die Zehenspitzen und hauche ihm einen Kuss auf die Wange. Dabei muss ich gegen meine Tränen anblinzeln. Dass mein Vater so offen über seine Gefühle spricht, kommt so selten vor, dass ich nicht weiß, wie ich damit umgehen soll. „Freu dich lieber über das gewonnene Spiel, statt dich mit so trübseligen Gedanken zu belasten. Du hast dir ein bisschen Ausgelassenheit wirklich verdient!"

Noch einmal drückt er meine Hand, bevor er zustimmend nickt.

„Ja, das habe ich vermutlich. Ich muss noch ein bisschen Papierkram erledigen und dann komme ich nach Hause. Vielleicht können wir morgen alle etwas zusammen unternehmen? Essen gehen vielleicht? Wenn du Lust hast, kannst du das ja mal mit Rachel besprechen. Sie wartet übrigens in meinem Büro, ihr ist kalt geworden. Wenn das in Ordnung ist, schicke ich sie dir gleich runter – du fährst doch bestimmt schon nach Hause, oder?"

Er ist bereits halb weg, als ich „Kein Problem", murmle und ich schaue ihm kopfschüttelnd nach. Der sentimentale Moment hat, wie nicht anders zu erwarten, nicht sehr lange gedauert. Beinahe umgehend ist er wieder mein verschlossener und schwer beschäftigter Vater. Und dennoch weiß ich, dass er alles für Rachel und mich tun würde, von dem er denkt, es sei nötig für unser Glück.

Zu Hause schicke ich Eric eine Nachricht, ich habe die Hoffnung, dass wir uns eventuell heute Abend noch sehen können. Unter dem Vorwand, dass ich etwas in meiner neuen Wohnung erledigen muss, fahre ich weg, obwohl es bereits so spät ist. Bis mein Vater heimkommt, kann es Stunden dauern, ich habe oft genug erlebt, was es bedeutet, wenn er „ein bisschen" Papierkram zu erledigen hat.

Rachel hat sich vorhin in ihr Zimmer zurückgezogen und den Fernseher eingeschaltet. Da sie dabei schon einen Pyjama anhatte, gehe ich davon aus, dass sie wohl bald einschlafen wird und keinen großen Wert mehr auf Gesellschaft legt.

Aber ich bin unruhig. Dass ich Eric das letzte Mal gesehen habe, ist nun vier Tage her. Er war mit Training und seinem Sohn beschäftigt und ich hatte auch jede Menge um die Ohren, außerdem hasse ich es, immer eine Lüge erfinden zu müssen, wenn ich abends noch einmal weggehen möchte. Dass meine neue Wohnung endlich bezugsfertig ist, wird wirklich langsam Zeit.

Als ich jetzt hereinkomme, stelle ich fest, dass sich einiges getan hat. Als ich gestern Morgen hier war, habe ich dem Hausmeister einen Zweitschlüssel gegeben, damit er Handwerker und Lieferanten hereinlassen kann und tatsächlich habe ich nun in allen Räumen Deckenleuchten. Und ich habe ein Bett!

Auch wenn ich die funktionierenden Lampen mit ein bisschen Wehmut betrachte – der Kerzenschein bei unserem ersten Date in dieser Wohnung war tatsächlich überaus romantisch – begrüße ich das Bett doch sehr. Sex auf dem Fußboden ist leider nicht sonderlich bequem, wie mir sowohl mein Hinterteil als auch meine Knie den nächsten Tag schmerzhaft in Erinnerung gerufen haben.

Mit einem kleinen Juchzen lasse ich mich auf das schlammbraune Boxspringbett fallen, das noch viel bequemer ist, als ich es mir vorgestellt habe. Da auch die Maler schon da waren, wechseln sich an den Wänden Erdtöne und florale Elemente mit großen Flächen in Weiß ab und ergeben ein harmonisches Gesamtbild.

Einen Moment bleibe ich noch auf dem Bett liegen, dann kontrolliere ich mein Handy, aber Eric hat sich noch immer nicht gemeldet. Schließlich rufe ich ihn an.

Nach dem fünften Mal Klingeln nimmt er ab.

„Hallo Prinzessin!" Er klingt ein bisschen heiser, im Hintergrund höre ich Musik, laute Stimmen und jede Menge ausgelassenes Gelächter.

„Hi ..." Ich stelle fest, dass es manchmal sinnvoll ist, sich zu überlegen, was man eigentlich sagen möchte, bevor man irgendwo anruft. Denn außer, dass ich Sehnsucht nach ihm habe, fällt mir so rein gar nichts ein. Ich hole tief Luft, ich muss zugeben, dass offensive Anmache nicht unbedingt zu meinen Königsdisziplinen gehört. „Mein neues Bett ist heute gekommen. Und ich dachte ... nun ja, dass du vielleicht deinen grandiosen Sieg auch ein bisschen mit mir feiern möchtest, nachdem du mit deinen Leuten gefeiert hast."

+++

Da er so ungern mit einem Taxi fährt, ist Eric völlig nüchtern, als er in seinen Wagen steigt.

Er hatte sich fest vorgenommen, Sarah heute nicht mehr zu treffen, auch wenn er immerzu an sie hat denken müssen.

Aber na ja … letztendlich ist er auch nur ein Mann. Und welcher Mann könnte der Einladung, einen solchen Tag noch mit ein bisschen Sex mit einer wunderschönen Frau zu krönen schon widerstehen?

Eric jedenfalls kann es ganz offensichtlich nicht.

Und die Warnungen von Sarahs Vater … In ihrer Wohnung wird er ja mit Sicherheit nicht nachsehen und ansonsten müssen sie eben vorsichtig sein.

Er hat den halben Abend lang gegrübelt. Ob er Sarah wohl noch einmal von den Drohungen ihres Vaters erzählen soll, oder lieber nicht. Doch es steht einfach zu viel auf dem Spiel. Wenn Sarah ihren Vater darauf ansprechen sollte … Eric ist sich nicht sicher, ob Mr. Wellington in diesem Fall nicht Nägel mit Köpfen machen würde und seine Drohungen in die Tat umsetzt.

Außerdem hat Sarahs Familie in den letzten Monaten genug durchgemacht. Ein Familienstreit ist wirklich das Letzte, was sie gerade gebrauchen können.

+++

Ich weiß nicht, wie dieser Mann es anstellt, dass sich Dates in einer leeren und somit irgendwie noch ungemütlichen Wohnung so romantisch anfühlen. Dass etwas eigentlich so Simples zu etwas ganz Besonderem wird.

Genau wie beim letzten Treffen in meiner Wohnung trinken wir auch diesmal Champagner aus der Flasche und liegen nackt auf meinem Bett.

„Ist dir kalt?" Mit einem zufriedenen Seufzer zieht er mich näher in seine Arme und ich kuschle mich an ihn, meine Brust ganz eng an seiner.

Während er mit einem Finger den Verlauf meiner Wirbelsäule nachzeichnet, beginnt er über das Spiel heute zu erzählen.

„Du hast mir bestimmt Glück gebracht …" Zärtlich küsst er meinen Scheitel und ich schmunzle in mich hinein. „Weißt du eigentlich, dass viele Eishockeyspieler unglaublich abergläubisch sind? Manche rasieren sich die ganze Saison nicht, weil sie denken, das bringt ihnen Glück. Oder sie tragen zu jedem Spiel dasselbe Paar Socken. Oder dieselbe Unterhose …"

Ich muss lachen.

„Hoffentlich sehen die guten Stücke zwischendrin mal eine Waschmaschine! Ansonsten würde ich lieber nicht gezwungen sein, einem der Spieler zu nahe zu kommen …" Angewidert ziehe ich meine Nase kraus. Die Saison ist lang und beim Sport schwitzt man, ich will lieber gar nicht genauer darüber nachdenken, wie so ein Kleidungsstück anschließend wohl aussieht oder riecht. Vor lauter Ekel schüttle ich mich ein bisschen und Eric lacht leise. „Ich kann nur hoffen, dass du regelmäßig neue Kleidung trägst und es für die Trainer keine Glückssocken gibt. Oder Unterhosen." Ich schüttle mich erneut und in mir keimt der feste Vorsatz auf, ihn umgehend aus meinem Bett zu schmeißen und nie mehr hereinzulassen, wenn er jetzt *Ja* sagt. In meinem Kopf rechne ich mir gerade aus, wie viele Spieltage es gibt, und wie viele Stunden sich daraus ergeben, in denen sich die Stoffe mit Schweiß vollsaugen. Igitt! Wahrscheinlich lässt sich der Dreck anschließend weder von der Kleidung noch von den Männern, die sie tragen, je wieder abwaschen.

Eric lacht mittlerweile laut, anscheinend ahnt er, was in etwa gerade in meinem Kopf vor sich geht. Dann zieht er mich auf sich, um mich zu küssen.

„Ich kann dich beruhigen, ich wechsle jeden Morgen und nach jedem Training oder Spiel meine Wäsche." Noch ein Kuss, dann tritt in seine Augen ein schelmisches Funkeln. „Aber ich könnte ja ein getragenes Höschen von dir stibitzen und als Glücksbringer mitnehmen. Falls du nicht bei jedem Spiel persönlich anwesend sein willst, um mir Glück zu bringen."

„Du spinnst wohl ...", raune ich unter seinen Küssen, doch ich klinge schon recht halbherzig, weil ich spüre, wie seine Erektion gegen meinen Bauch drückt und ich mit meinen Gedanken bereits woanders bin.

Bevor wir uns abends verabschiedet haben, hat Eric mir noch von einem Flohmarkt erzählt, auf dem er als Kind oft gewesen ist und den er am Sonntag gerne mit mir besuchen möchte.

Um das zu bewerkstelligen, muss ich mir erneut eine Ausrede einfallen lassen, was an einem Sonntag gar nicht so einfach ist. Obwohl ich Eric verstehen kann – ich würde an seiner Stelle vermutlich auch keinen Streit mit meinem Arbeitgeber riskieren wollen – belastet mich die Situation dennoch. Zum Glück wird es entspannter werden, sobald meine Wohnung bezugsfertig ist und ich hoffe, dass dies Ende nächster Woche der Fall sein wird. Diese Woche wären wir beinahe erwischt worden, weil ich behauptet habe, ich sei in meiner Wohnung und mein Vater mich dort besuchen wollte. Ich habe Eric in meinem unfertigen Schlafzimmer versteckt, meinen Vater unter dem Vorwand, ohnehin gerade gehen zu wollen, aus der Wohnung begleitet und mich bei diesem Versteckspiel schrecklich gefühlt.

Schließlich entscheide ich mich, meiner Familie so weit es geht die Wahrheit zu sagen: Nämlich, dass ich auf einen kleinen Flohmarkt ein bisschen außerhalb fahren will, um dort noch nach ein paar Kleinigkeiten für mein neues Zuhause Ausschau zu halten. Das scheint glücklicherweise auch Rachel abzuschrecken, offenkundig findet sie das langweilig. Ich hätte es nicht übers Herz gebracht, ihr eine Absage zu erteilen, wenn sie mich hätte begleiten wollen.

Eric und ich fahren getrennt zu unserem vereinbarten Treffpunkt. In weiser Voraussicht bin ich ziemlich früh losgefahren, denn es dauert eine ganze Weile, bis ich einen Parkplatz gefunden habe. Der Flohmarkt in Woodsquare ist offenkundig sehr beliebt.

Es ist ein schöner, sonniger Tag; dennoch riecht die Luft nach Frost. Die Menschen sind in dicke Winterjacken gehüllt und beim Atmen bilden sich kleine Wölkchen. Bereits vor dem Flohmarkt herrscht lebendige Betriebsamkeit, ich werde von Stimmengewirr und dem Geruch nach Zuckerwatte und Gegrilltem begrüßt.

Obwohl ich so früh dran bin, wartet Eric bereits auf mich. Ich erkenne ihn sofort, trotz des Basecaps und der Sonnenbrille, die er heute trägt.

Aus der Entfernung betrachtet wirkt er beinahe wie eine Statue; groß, beeindruckend und unverrückbar. Obwohl er ziemlich ungünstig steht, nämlich halb im Weg, machen die Menschen einen respektvollen Bogen um ihn. Niemand rempelt ihn an oder drängt ihn zur Seite.

In dem Moment, in dem er mich entdeckt, breitet sich ein erfreutes Lächeln auf seinem Gesicht aus und trotz der verspiegelten Sonnenbrille weiß ich, dass sich um seine Augen herum gerade die vielen kleinen Lachfältchen bilden, die ich so gerne leiden mag.

Als ich nahe genug herangekommen bin, streckt er beide Arme nach mir aus und ich komme seiner Einladung nur zu gerne nach.

„Du siehst toll aus, Prinzessin", flüstert er in mein Ohr und zupft den künstlichen weißen Pelz um meine Kapuze zurecht, als er mich wieder loslässt. „Wie eine Winterprinzessin!", bemerkt er mit einem lächelnden Blick auf meinen knielangen Parka und meine pelzbesetzten Stiefel. Dann küsst er mich noch einmal. „Wollen wir? Sonst sind die guten Sachen alle weg, du weißt doch, wie furchtbar Schnäppchenjäger sind. Und ich steh auf so altes Zeug. Manchmal findet man wirklich tolle Dinge hier."

„Solange mir dich niemand wegschnappt ..." Ich will mich bei ihm unterhaken, aber er legt stattdessen seinen Arm um meine Taille.

„Keine Sorge. Ich bin zu groß und zu schwer, um als schnelle leichte Beute abgeschleppt zu werden. Ich müsste schon freiwillig mitgehen. Und im Moment ist die Einzige, mit der ich freiwillig mitgehe, eine gewisse Sarah Wellington."

Besitzerstolz macht sich in meiner Brust breit und ich fühle mich, als wäre ich soeben mindestens zehn Zentimeter gewachsen. Statt einer Antwort stelle ich mich auf Zehenspitzen und küsse ihn, inmitten der Menschenmenge, die an uns vorüberströmt. Wir sind weit genug von Midway entfernt, wir tragen beide Sonnenbrillen sowie Kopfbedeckungen; die Gefahr, dass uns hier jemand erkennen könnte, sollte zu vernachlässigen sein.

Leider dauert der Kuss nicht so lange, wie ich es gerne gehabt hätte, denn Eric lässt es nicht zu. Ziemlich schnell schiebt er mich weiter.

„Später, Sarah. Wir sind nicht zum Knutschen hier!" Mit einem Augenzwinkern greift er meine Hand. Selbst durch den Handschuh hindurch kann ich die Wärme seiner Finger spüren, die meine jetzt mit sanftem Druck umfassen.

Wir schlendern von Stand zu Stand, während Eric mich zielstrebig durch die Menschenmenge lotst. Der Flohmarkt bietet einen schönen Mix aus gebrauchtem Trödel, Handwerkskunst sowie echten Antiquitäten.

Ich bewundere ein kleines Mosaiktischchen, das in seiner bunten Mischung aus Rot, Orange, Grün und Gold ein wenig orientalisch wirkt, und überlege, ob es sich wohl als Farbklecks gut in meinem Wohnzimmer machen würde. Ich inspiziere einen wunderschönen antiken Zuckerstreuer und untersuche handgewebte Tücher aus bunter Baumwolle.

Wir kaufen letztendlich nichts, außer einer Tüte voll winziger köstlicher Schmalzküchlein, doch meine Sinne sind angefüllt von all den Dingen, die wir gesehen haben, als wir uns mit dem Schmalzgebäck einen ruhigen Platz am Rand suchen.

„Gefällt es dir?“ Eric greift in die Tüte, die ich in den Händen halte, und nimmt die letzte der süßen Köstlichkeiten heraus, um sie mir in den Mund zu stecken.

Kauend nicke ich. Eric hält den Kopf leicht schief und betrachtet mich lächelnd, bevor er sich zu mir beugt.

„Du hast da noch etwas Puderzucker!“ Mit dem Daumen wischt er mir die Reste des Zuckers aus dem Mundwinkel. „Wetten, deine Küsse schmecken jetzt noch süßer als sonst?“ Während er sich noch weiter zu mir herunterbeugt, höre ich, wie jemand seinen Namen ruft. Erst denke ich, ich habe mich vielleicht vertan, aber dann hält Eric inne und richtet sich irritiert auf. Anscheinend hat er es auch gehört. Diesmal erfolgt das Rufen aus unmittelbarer Nähe. Ich drehe mich um und blicke in die Richtung, aus der die Stimme kommt.

„Scheiße …“, höre ich Eric leise fluchen und im selben Moment sehe ich eine Frau mittleren Alters auf uns zueilen. Sie trägt einen dunklen Wintermantel in Kombination mit einem roten Hut aus Wolle, im Schlepptau hat sie einen stämmig wirkenden Mann in einer rustikalen, rot karierten Jacke sowie einen mürrisch dreinschauenden Teenager.

„Eric, das ist ja eine Überraschung! Was machst du denn hier?“, fragt sie im Näherkommen und schließt Eric in eine herzliche Umarmung. Als sie ihn loslässt, erkenne ich ihre Augen. Ein blaues und ein grünes, genau wie bei ihrem *Sohn*.

„Mom!“, bestätigt Eric meine Vermutung und klingt nicht gerade erfreut. „Was macht ihr denn hier?“ Ich kann geradezu körperlich spüren, wie unangenehm ihm die Situation ist, und vergrabe mich tiefer in meinem kuscheligen Parka, als könne ich mich damit verstecken.

Seine Mutter hingegen zeigt sich völlig unbeeindruckt.

„Du weißt doch, wie gerne ich diesen Flohmarkt mag. Ich habe dich als Kind schließlich oft genug gezwungen, mit mir über diesen Flohmarkt zu gehen.“ Während sie mit Eric spricht, lässt sie mich nicht aus den Augen und betrachtet mich mit unverhohlener Neugier. Ich lächle sie freundlich an – was soll ich auch sonst tun. „Anscheinend habe ich vor lauter Flohmarktbesuchen aber vergessen, meinem Sohn gute Manieren beizubringen“, sagt sie jetzt wieder an Eric gewandt. „Oder gedenkst du, uns deine entzückende Begleiterin vielleicht doch noch vorzustellen?“

Der Angesprochene gibt ein Geräusch von sich, das fast wie ein unwilliges Knurren klingt, bevor er antwortet:

„Mum, Dad, Travis – das ist Sarah. Sarah – das sind Mr. und Mrs. McLeod sowie mein Sohn Travis.“ Jedes Wort, das er hervorbringt, klingt irgendwie mühsam, so als müsse er sich überwinden, überhaupt etwas zu sagen.

Ich runzle die Stirn und schaue kurz zu ihm herüber, bevor ich erst seiner Mutter und dann seinem Vater die

Hand reiche. Travis grüßt nur lässig, bevor er gelangweilt sein Handy zückt.

Wow! Das hier ist Erics Familie, ein wichtiger Bestandteil seines Lebens.

Im Moment bin ich viel zu überrumpelt, um das alles wirklich verarbeiten zu können.

Eric sagt weiterhin kein Wort und mir wird immer unbehaglicher zumute.

Ich meine, ich kann ja verstehen, dass es vielleicht noch nicht so wirklich der optimale Zeitpunkt ist, um mich seiner Familie vorzustellen. Wir kennen uns schließlich erst seit ein paar Wochen und Erics angespanntes Verhältnis zu meinem Dad verkompliziert alles noch zusätzlich. Auch, dass sein Sohn jetzt dabei ist, macht es nicht unbedingt einfacher.

Aber gerade verhält sich Eric, als hätte ich die Pest am Hals und als müsse er sich für mich schämen.

Während seine Mutter mit verschränkten Armen stehenbleibt und abwechselnd von mir zu Eric und wieder zurücksieht, räuspert sich sein Vater.

„Ich glaube, wir gehen mal weiter. Wir haben uns gefreut, Sie kennenzulernen, Sarah!" Freundlich und mit festem Druck gibt er mir noch einmal die Hand, bevor er seine Frau energisch weiterschiebt. Sie scheint noch irgendetwas sagen zu wollen, doch Erics Vater flüstert ihr irgendetwas ins Ohr, sodass sie schließlich widerstandslos mitgeht; Travis trottet angeödet hinter den beiden her.

Ich … wundere mich. Ich wundere mich über Erics Verhalten seinen Eltern und mir gegenüber und auch gegenüber seinem Sohn, den er kaum beachtet hat. Immerhin haben sich die beiden seit gestern nicht gesehen, da sollte man doch annehmen, dass sie sich wenigstens ein bisschen freuen, wenn sie sich zufällig begegnen.

Die vorher so schöne Atmosphäre scheint sich auf einmal zu verändern, und während mir die Temperaturen vorhin noch romantisch-winterlich vorgekommen sind, ist mir jetzt nur noch ganz simpel kalt.

Obwohl ich theoretisch keine Eile habe, verabschiede ich mich ein paar Minuten später von Eric und weder seine geflüsterten Zärtlichkeiten noch seine Küsse können dafür sorgen, dass mir wärmer wird.

+++

Lange starrt Eric Sarahs Wagen nach; er schaut noch immer in die Richtung, in die sie verschwunden ist, als dort schon nichts mehr von ihr zu sehen ist.

Verdammte Scheiße.

Er nimmt sein Basecap vom Kopf und fährt sich durchs Haar, bevor er es wieder aufsetzt. Das hat er gründlich vermasselt.

Voller Frust über sich selbst kickt er einen kleinen Stein auf dem asphaltierten Parkplatz weg, der um ein Haar eine vorbeifahrende Limousine trifft.

Den ganzen Tag war er angespannt, hat ständig nach der Presse Ausschau gehalten, auch wenn das in Woodsquare beinahe ein bisschen paranoid ist. Dass stattdessen ausgerechnet seine Eltern zusammen mit seinem Sohn aufgekreuzt sind, hat ihn völlig überrascht. Dabei hätte er eigentlich damit rechnen müssen. Aber der Wunsch, mit Sarah hierherzukommen, war wohl einfach größer als seine Vernunft.

Er hat sich wie ein Vollidiot verhalten!

Obwohl er die tollsten Eltern der Welt hat, ist das Gefühl sich zu schämen so tief in ihm verwurzelt, dass es bis heute hervorkommt, wenn er seinen Eltern unterwegs begegnet. Einmal arm, immer arm. Und auch wenn kluge Leute behaupten mögen, man müsse sich nicht dafür schämen, wenn man arm sei – die Realität sieht leider ein wenig anders aus. Diejenigen, die das behaupten, kennen Armut vermutlich nur sehr, sehr theoretisch. Denn Eric weiß, wovon er redet. Er hat beide Seiten erlebt, sowohl kein Geld als auch jede Menge davon zu haben. Und es macht einen meilenweiten Unterschied, wie man behandelt wird, wenn man auf der einen oder aber der anderen Seite steht!

Natürlich tragen seine Eltern schon lange nicht mehr die ärmliche Kleidung, wegen der ihn seine Mitschüler früher gehänselt haben. Ganz im Gegenteil, der Mantel seiner Mutter hat ein kleines Vermögen gekostet; dass weiß er so genau, weil er ihn ihr im letzten Jahr zu Weihnachten geschenkt hat. Und auch sonst unterstützt Eric seine Eltern seit Jahren finanziell, nachdem er es endlich geschafft hatte, dass sie sein Geld auch annehmen.

Aber Sarah gegenüber, die aus Verhältnissen stammt, die man wohl schlicht als stinkreich bezeichnen kann – Sarah gegenüber war es ihm auf einmal entsetzlich unangenehm. Weit über das normale Unbehagen hinaus, das man vielleicht empfindet, wenn man ungeplant seiner Familie in Begleitung seiner neuen Freundin begegnet.

Und dabei weiß er mittlerweile ziemlich genau, dass Sarah nicht zu diesen oberflächlichen Zicken gehört, die Menschen einzig und allein aufgrund ihrer Äußerlichkeiten beurteilt.

+++

„Mom, Dad, Travis – das ist Sarah." Erics Worte hallen immer wieder durch meinen Kopf. Kein Nachname, keine weitere Erklärung, wie etwa: *„Das ist Sarah Wellington, eine Freundin von mir."* Oder, noch besser: *„Das ist Sarah Wellington, meine Freundin."* Erstaunlich eigentlich, was ein einzelner kleiner Buchstabe für einen Bedeutungsunterschied ausmachen kann. Doch auch die eine Freundin hätte mir schon völlig gereicht. Es ist ja nun nicht so, als müsse ich ihm peinlich sein.

Vielleicht war das alles nur ein Missverständnis!

Immerhin treiben wir ja sonst auch diese dämlichen Versteckspielchen, vor meinem Vater, vor der Presse …

Aber egal, wie oft ich mir das auch sage, der eiskalte Klumpen, der sich in meinem Magen gebildet hat, will dort einfach nicht verschwinden.

Den gesamten Rückweg denke ich über seine Worte und sein seltsames Verhalten nach und je näher ich nach Hause komme, desto unwohler fühle ich mich.

„Du musst dich mehr um deinen Sohn kümmern!" Der Blick seiner Mutter ist vorwurfsvoll, bevor sie sich wieder umdreht, um die guten Porzellanteller mit dem zarten Rosendekor am Rand abzuwaschen, weil sie der Spülmaschine diesbezüglich nicht traut. Vorsichtig stapelt sie diese auf dem Abtropfgestell, das mit seinen knalligen Rot den einzigen Farbfleck in der hellen Holzküche bietet.

Eigentlich hatte Eric damit gerechnet, dass sie ihn wegen Sarah ausfragen würde und gerade wünscht er sich, sie würde genau das tun. Denn über seinen Sohn zu reden ist noch unangenehmer, als von seiner Mutter über sein Liebesleben ausgefragt zu werden.

Es gibt Menschen, die sind einfach wie dafür geschaffen, Eltern zu sein. Sie haben einen untrüglichen Instinkt und wissen immer, was sie tun müssen, damit es ihren Kindern gut geht. Sie wissen, wann sie ihnen Grenzen setzen und wann sie die Leine locker lassen müssen, wann sie zuhören und wann sie besser weghören sollten.

Eric gehört eindeutig nicht in diese Kategorie. Vielleicht liegt es daran, dass er so wenig zu Hause war, nachdem Travis geboren wurde. Er war zu sehr mit seiner Karriere beschäftigt. Und Travis war erst zwei Jahre alt, als Madison ausgezogen ist. Da sie sich dennoch gut verstanden haben und sein Sohn lange Zeit nicht ohne seine Mutter sein wollte, war Maddie immer dabei, wenn sie sich getroffen haben.

Erst als Trav bereits lange auf der Highschool war, haben sie sich gelegentlich alleine getroffen. Sind ins Kino gegangen oder ähnliches. Aber meistens war Madison irgendwo in der Nähe, schon allein, weil sie soweit auseinander gewohnt haben und sie ihren Sohn nicht alleine fliegen lassen wollte.

Als sie Eric darum gebeten hat, Travis bis zu dessen Highschoolabschluss zu sich zu nehmen, ist er nicht davon ausgegangen, dass es irgendwelche Probleme geben könnte. Doch es besteht eben ein großer Unterschied, ob man einen Tag mit seinem Kind verbringt, oder ob man plötzlich komplett für es verantwortlich ist. Ob man nur dafür da ist, es zu verwöhnen oder auch, es zu erziehen.

Eric hätte sich das irgendwie leichter vorgestellt, er hatte eine lustige Hausgemeinschaft unter Männern im Kopf, mit Abenden voller Pizza und Gamebox, und keinen halbstarken Sohn, der Probleme in der Schule hat, nicht auf seinen Vater hört und regelmäßig zu viel trinkt. Er wollte es sich lange nicht eingestehen – aber er ist mit seinem Sohn völlig überfordert.

Müde reibt sich Eric mit beiden Händen über sein Gesicht, bevor er sich dem Apfelkuchen auf dem Tisch zuwendet, den seine Mutter ihm hingestellt hat.

„Ich werde morgen Madison anrufen.“ Seine Stimme klingt erschöpft und gesteht sein Versagen ein.

Langsam dreht sich seine Mutter zu ihm um, wischt ihre Hände an der blau gemusterten Schürze ab und ordnet kurz ihr grau gewordenes Haar.

„Und dann?“ Sie öffnet die Schürzenbänder, um sie anschließend ordentlich neben der Tür aufzuhängen. „Glaubst du, sie kommt her, kümmert sich um ihn und alles wird gut? Travis hat Probleme, Eric. Er braucht Liebe, Zuwendung und Anerkennung. Was er mit Sicherheit nicht braucht, ist das Gefühl, einfach zu seiner Mutter abgeschoben zu werden, sobald es Probleme gibt.“ Susan McLeod zieht einen der bequem gepolsterten Küchenstühle zurück, bevor sie sich zu ihrem Sohn an den Tisch setzt. „Auch wenn ich durchaus der Meinung bin, dass du dich mit Madison beraten solltest. Doch vor allem: Verbring ein bisschen Zeit mit Travis. Das führt auch dazu, dass er selbst weniger Zeit hat, um irgendwelchen Blödsinn anzustellen!"

Bei seiner Mutter klingt das alles so simpel. Ein bisschen Zeit mit seinem Sohn verbringen und alles ist gut.

Leider ist Zeit momentan absolute Mangelware bei Eric. Obendrein bezweifelt er, dass Trav wirklich Interesse daran hat, ausgerechnet Zeit mit seinem Vater zu verbringen.

Nachdenklich schaut er auf seinen Sohn, der trotz der Kälte auf dem kleinen Hof vor dem Küchenfenster dabei ist, einen Basketball zu dribbeln und in den Korb zu werfen, den sein Vater dort vor ein paar Jahren angebracht hat.

Auf seiner alten Schule war er im Schulteam, aber hier war die Anmeldezeit schon vorbei, als Travis nach den Sommerferien hergezogen ist. Es wäre tatsächlich denkbar, dass Trav zu wenige Aufgaben und zu viel Freizeit hat, in der er Blödsinn machen kann.

Abends, als sie sich von Erics Eltern verabschiedet haben und auf dem Weg zum Auto sind, legt Eric seinem Sohn den Arm um die Schultern.

„Alles klar bei dir, Trav?" Fühlt sich eigentlich wirklich nicht so schwer an. Aber der Moment, in dem Eric das Gefühl hat, ein guter Dad zu sein, währt nicht lange.

„Alles klar", brummt Travis, schiebt den Arm seines Vaters beiseite und setzt sich Kopfhörer auf, bevor er in den Wagen klettert.

+++

Den Rest des Tages mache ich mich absichtlich rar. Eigentlich eine Sache, die mir wirklich schwerfällt, doch ich habe wirklich keine Lust, Eric hinterherzurennen.

Vielleicht bin ich überempfindlich, ganz bestimmt sogar. Doch wie man es auch dreht und wendet: Sein Verhalten heute hat mich verletzt.

Ich zwinge mich, ihn weder anzurufen noch ihm eine Nachricht zu schreiben, leider kann ich mich nicht dazu zwingen, den Rest des Tages nicht an ihn zu denken. Immerhin gelingt mir selbst das in manchen Minuten besser, als in anderen.

Erst, als ich bereits im Bett liege, erreicht mich eine Textnachricht.

Schlaf gut, Prinzessin.

Keine Ahnung, wie ich das schaffe, aber es gelingt mir, nicht darauf zu antworten.

Kapitel 27

Es dauert bis mittags, dann ruft Eric mich an.

„Hallo Prinzessin!“ Er klingt, als sei nichts gewesen. Und vielleicht war das für ihn ja auch so …

„Hi Eric!“ Mir gelingt es ebenfalls, ganz normal zu klingen.

„Triffst du dich heute mit mir zum Lunch? Heute Abend ist Training, aber ich habe Sehnsucht nach dir!“

Auch wenn ich vorher irgendwie eingeschnappt war, muss ich nun lächeln. Wer könnte da noch böse sein? Ich kann es jedenfalls nicht.

Erst als ich später die Adresse des Restaurants suche, die Eric mir gegeben hat, wird meine Freude erneut getrübt. Das Restaurant befindet sich weit außerhalb. Und somit wohl auch außerhalb der Gefahrenzone. Weder Erics Eltern noch mein Vater dürften uns dort zufällig über den Weg laufen.

Seufzend klemme ich mich wieder hinters Telefon und rufe meinen Vater an. Ursprünglich hatte ich vor, Rachel von der Schule abzuholen, doch durch die lange Fahrtzeit – es sind mindestens anderthalb Stunden – wird es mir einfach zu knapp. Wieder erfinde ich eine Ausrede, schiebe es auf meine Wohnung und unzuverlässige Lieferanten und fühle mich mies dabei. Anschließend rufe ich auch noch in der Suppenküche und bei Lilly an, bei beiden hatte ich versprochen, heute bis zum Nachmittag vorbeizuschauen, befürchte allerdings, auch das nicht mehr zu schaffen.

Zumindest habe ich nun Zeit im Überfluss.

Ich mache mich hübsch und fahre schließlich viel zu früh los. Auch wenn das Restaurant ziemlich weit außerhalb liegt, ist die Gegend wirklich bezaubernd. Hübsche Häuser aus Backstein schmiegen sich an sanfte Hügel und fast entlaubte Wälder.

Da ich so zeitig dran bin, gehe ich noch ein Stück spazieren. Denn weder alleine wartend im Restaurant herumzusitzen, noch eine halbe Stunde im Auto totzuschlagen sind Dinge, die ich sonderlich amüsant finde.

Dafür genieße ich die frische, klare Luft, wie es sie nur gibt, wenn der Winter kurz vor der Tür steht. Unter meinen Füßen raschelt das Laub, als ich einen kleinen Feldweg entlanggehe. Wenn der erste Schnee fällt, ist es hier bestimmt besonders schön. Ich stelle mir vor, dass die Gegend dann wie verzaubert aussieht.

Während ich meinen Gedanken nachhänge, fängt das Handy in meiner Tasche an zu vibrieren.

Fünf Minuten später sitze ich wieder in meinem Auto. Diesmal mit Tränen in den Augen. Eric hat mich versetzt, er hat irgendetwas Superwichtiges beim Training, das er auf gar keinen Fall absagen kann und er hat es auch nicht früher geschafft, sich bei mir zu melden und es tut ihm leid.

Mir tut es auch leid.

Und vor allem tut es mir weh.

Wenn die ständige Heimlichtuerei nicht wäre, hätten wir heute irgendwo in Midway essen gehen können. Ich hätte alle meine anderen Termine noch geschafft und vor allem nicht den halben Vormittag umsonst im Auto verbracht. Ich hätte meine kleine Schwester ganz entspannt von der Schule abholen können … Und ich würde hier nicht heulend im Auto sitzen wie ein liebeskrankes Suppenhuhn.

Ist doch Scheiße, so was!

Frustriert fahre ich schließlich wieder nach Hause. Um ehrlich zu sein, kann ich nicht verstehen, weshalb mein Vater so ein Theater macht.

Den Rest der Woche haben wir beide keine Zeit.

Eric ist mit dem Training vollauf beschäftigt und ich teile meine Zeit zwischen Rachel, meiner Wohnung und der Suppenküche auf. Die Arbeit dort tut mir besonders gut, sie gibt mir Halt.

Trotz aller Sorgen vergeht die Woche wie im Fluge und am Wochenende muss ich nach Boston.

Cherry und mein Bruder haben mich eingeladen. Zum einen möchte ich sie einfach so besuchen, weil die beiden mir am Herzen liegen, zum anderen stehen die ersten Anproben, Kuchenproben und Ähnliches für die bevorstehende Hochzeit der beiden im Frühling an.

Ich freue mich auf diesen Termin seit Wochen – aber im Moment würde ich am liebsten hierbleiben, oder Eric zumindest mitnehmen können.

Kapitel 28

Ich will Midway nicht verlassen, ohne vorher mit Eric gesprochen zu haben.

Ich habe ihn vermisst die letzten Tage – sehr sogar. Bevor ich übers Wochenende nach Boston fliege, will ich ihn unbedingt noch einmal sehen.

Die ganze vergangene Woche war eine Qual für mich.

Egal wie sehr mich der Zustand der Heimlichtuerei belastet, mich nicht mehr mit Eric zu treffen ist eindeutig noch viel schlimmer.

Ich will ihn umarmen und küssen und wissen, dass alles gut ist.

Mit wild klopfendem Herzen stehe ich vor seiner Tür. Gerade ist es mir völlig gleichgültig, ob mich hier irgendwer sehen und erkennen könnte. Sei es mein Vater oder die Presse.

Aus dem Inneren des Hauses dringt Licht, doch auch nach dem dritten Mal Klingeln lässt mich niemand herein.

Das Taxi wartet. Ich habe bloß einen kurzen Moment Zeit, wenn ich meinen Flug nicht verpassen möchte, sodass ich ein wenig ungeduldig an der Tür rüttle. Als sie sich daraufhin tatsächlich öffnet, bin ich so erschrocken, dass ich stolpere und direkt in einem Paar hilfreicher Arme lande, die mich auffangen und davon abhalten, mit dem Kopf auf dem schönen Holzboden aufzuschlagen.

„Danke, Eric …“ Doch im selben Moment wird mir klar, dass irgendetwas nicht stimmt. Verwirrt richte ich mich auf, streiche mir eine verirrte Haarsträhne aus der Stirn und blicke direkt in das erstaunte Gesicht einer Frau.

Einer ziemlich hübschen Frau mit strahlend blauen Augen.

Einer ziemlich hübschen Frau mit strahlend blauen Augen und nassem Haar, die mit nichts weiter als einem hellblauen Badehandtuch bekleidet ist.

„Kann ich Ihnen helfen?“ Ihre Stimme ist dunkel sowie ein bisschen rauchig und sie mustert mich gründlich von Kopf bis Fuß.

Mein Gehirn läuft auf Hochtouren, aber anscheinend ist es dennoch nicht schnell genug. Zwar sehe ich, was hier vor sich geht, aber verarbeiten kann ich es gerade nicht.

„Ich bin Sarah Wellington, ich wollte zu Eric.“ Mein Mund formt diese Worte ohne mein bewusstes Zutun. Immerhin ist es eine halbwegs sinnvolle Antwort auf ihre Frage. Kurz blitzt in ihrem fragenden Gesicht so etwas wie eine Erkenntnis auf, schließlich lächelt sie, sogar recht freundlich.

„Sie sind die Tochter von Mr. Wellington? Erics Chef?“ Mit einer nervösen Geste zupft sie an ihrem Handtuch und zieht es etwas höher.

Langsam aber sicher scheint mein Verstand wieder zurückzukehren.

„Die bin ich. Darf ich auch fragen, wer genau Sie sind?“ Unruhig beginnt mein rechtes Auge zu zucken, vielleicht weil ich die Antwort lieber gar nicht hören will. Auch wenn die Frage durchaus berechtigt ist.

„Oh!“ Mit einem nicht deutbaren Lächeln hält sie mir ihre Hand hin. „Ich bin Madison. Erics Ehefrau.“ Erneut ist mein Gehirn zu langsam, obendrein ist meine Erziehung eindeutig zu gut gewesen. Während ich noch verzweifelt versuche, diese Informationen zu verarbeiten, habe ich ihre Hand schon ergriffen und geschüttelt. Anschließend habe ich das unerklärliche Bedürfnis, meine Finger am Mantel abzuwischen. Aber erst, als Eric am oberen Ende der Treppe erscheint, beginnt mein Körper endlich angemessen zu reagieren.

Er trägt eine tief auf seinen Hüften sitzende Jogginghose. Sonst nichts. Seine Haare sind nass und ich rieche bis hierhin, dass er ebenfalls frisch aus der Dusche kommt. Als er mich sieht, erstarrt er.

„Sarah …", flüstert er rau. „Wolltest du nicht nach Boston fliegen?"

Ohne ein weiteres Wort zu verlieren, drehe ich mich um und ergreife die Flucht. Die schwere Haustür fliegt mit einem lauten Krachen hinter mir ins Schloss. Irgendwie schaffe ich es, das wartende Taxi zu erreichen, ohne zu stolpern und ohne anzuhalten. Ich halte auch dann nicht an, als ich Erics Stimme hinter mir höre, höre, wie er meinen Namen ruft.

„Bitte fahren Sie, schnell!" Die Taxifahrerin wirft mir einen kurzen Blick zu, bevor sie mit den Schultern zuckt und Gas gibt. Meine Sicht verschwimmt bereits, als ich Eric neben mir erkenne, der barfuß und oben ohne neben dem Taxi hersprintet.

Ihn anzusehen, erscheint mir gerade unerträglich. Also drehe ich den Kopf weg, gleichzeitig beginne ich am ganzen Körper zu zittern.

Er ist verheiratet. Und er hatte vorhin Sex mit seiner Frau. Ich war nicht mehr für ihn als ein kleiner, dummer Zeitvertreib. Kein Wunder, dass er so darauf bedacht war, mich zu verheimlichen!

Ein Schluchzer steigt in meiner Kehle hoch und ich schlage mir vergebens beide Hände vor den Mund, um ihn zu unterdrücken. Eine Last scheint so schwer auf meine

Brust zu drücken, dass ich das Gefühl habe, ersticken zu müssen. Gleichzeitig sind alle anderen Empfindungen auf einmal merkwürdig dumpf, als würden sie nicht wirklich zu mir vordringen.

Nur eins spüre ich plötzlich überdeutlich: meinen rebellierenden Magen.

„Würden Sie bitte anhalten?“, würge ich hervor und die Taxifahrerin schafft es gerade noch, rechts ran zu fahren, bevor ich die Tür aufreiße und das spärliche Frühstück, welches ich heute Morgen zu mir genommen habe, wieder von mir gebe.

Als ich leicht schwankend zum Auto zurückkehre, öffnet die Taxifahrerin gerade eine kleine Flasche Wasser, die sie mir anschließend reicht.

„Zum Mund ausspülen.“ Sie mustert mich, während ich den Flaschenhals an meine Lippen setze und meinen Mund voll Wasser laufen lasse. Wahrscheinlich überlegt sie, ob sie es wirklich riskieren kann, mich weiter mitzunehmen, oder ob sie Gefahr läuft, dass ich ihr die Karre vollkotze.

Offenkundig entscheidet sie sich für Ersteres, denn sie steigt aus und öffnet mir mit einem mitfühlenden Blick die Tür.

„Beschissenen Tag gehabt?“ Als würde ihr das selbst nahe gehen, zieht sie ihre Jacke etwas enger um sich und ich nicke stumm. „Übrigens hat Ihr Handy permanent geklingelt, als Sie hier draußen waren und sich alles noch mal haben durch den Kopf gehen lassen. Scheint so, als hätte der Kerl ohne Oberteil, der Ihnen vorhin hinterhergerannt ist, seine restliche Garderobe wiedergefunden.“

Voller Bitterkeit lache ich auf, und klettere gleichzeitig auf die Rückbank.

„Vor allem hat er plötzlich von irgendwoher eine Ehefrau wiedergefunden.“ Mit einem leisen Klicken schließe ich den Sicherheitsgurt. Allerdings erst nach dem dritten Versuch, vorher haben meine Hände viel zu stark gezittert.

„Autsch!“, erwidert die Taxifahrerin trocken, um mich dann den Rest der Fahrt in Ruhe zu lassen, wofür ich ihr sehr dankbar bin.

Dafür klingelt mein Handy ohne Unterbrechung. Lange starre ich auf Erics Namen, der auf dem Display erscheint, bevor ich mich überwinden kann, es endlich auszustellen.

Ich bin froh, dass ich mir den Luxus erlauben kann, erster Klasse zu fliegen, denn hier gibt es kuschelig warme Decken und soviel Tee, wie ich möchte. Mir wird trotzdem während des gesamten Fluges nicht warm.

Meine Gedanken drehen sich bloß um Eric und um seine Frau. Um seine Frau! Seine *Ehefrau.* Mir war natürlich klar, das Travis eine Mutter haben muss. Was mir allerdings nicht klar war ist, dass Eric noch immer mit Travis Mutter verheiratet ist. Und ebenso wenig wusste ich, dass sie noch immer miteinander in die Kiste steigen.

Es tut weh. Es tut einfach nur verdammt weh.

Es ist Ewigkeiten her, dass ich mich einem Mann so sehr geöffnet habe wie Eric McLeod. Dass ich mich so haltlos in jemanden verliebt habe. Um ganz genau zu sein, ist es nicht nur Ewigkeiten her, sondern schlicht bisher niemals vorgekommen.

Das, was ich für Eric empfinde, geht weit über simples Verliebtsein hinaus. Es ist viel tiefer, gewaltiger und verdammt … Wenigstens habe ich ihm niemals gesagt, dass ich ihn liebe. So habe ich zumindest einen kleinen Rest von Würde bewahrt.

Wem machst du hier eigentlich etwas vor, Sarah? Dein letztes bisschen Würde hast du vorhin in seinem Haus zurückgelassen.

Kopfschüttelnd schaue ich aus dem Fenster. Wie konnte ich so blind sein? Ich war sogar dumm genug, mir in Midway eine Wohnung zu kaufen. Nicht zu mieten, ich dummes Ding musste gleich eine Wohnung kaufen. Und warum? Weil ich mich verliebt habe und dort meine

Zukunft gesehen habe. Mit einem Mann. Der offenkundig eine andere viel besser findet als mich. Fröstelnd ziehe ich die Knie an und schlinge meine Arme darum. Manchmal kann ich selbst kaum glauben, wie naiv ich sein kann.

Das Schreckliche an einem mehrstündigen Flug ist, dass er einen in den Wahnsinn treiben kann. Zumindest dann, wenn einen nichts abzulenken vermag und man stattdessen in seinen eigenen trübsinnigen Gedanken in Kombination mit einer gehörigen Portion Selbstmitleid beinahe ertrinkt.

Irgendwie gelingt es mir trotzdem, die ganze Zeit über nicht zu weinen.

Dass es um meine Selbstbeherrschung aber dennoch nicht sonderlich gut gestellt ist, wird mir spätestens klar, als ich später Cherry am Flughafen stehen und auf mich warten sehe.

Mit lautem Schluchzen werfe ich mich meiner völlig überrumpelten Schwägerin in spe in die Arme und heule danach bestimmt fünf Minuten lang wie ein Schlosshund. Keine Ahnung, wie sie es anstellt, doch es gelingt ihr irgendwie, mich in eine ruhige Ecke zu bringen, wo sie mich auf eine Bank verfrachtet und in ihren Armen hin und her wiegt, als wäre ich ein kleines Kind.

Sie wartet, bis ich mich soweit beruhigt habe, dass ich wieder Luft bekomme, bevor sie mir ein Taschentuch reicht.

„Was ist denn los, Sarah? Ist irgendetwas mit deinem Vater? Oder mit Rachel?“

Während ich mir lautstark und sehr undamenhaft die Nase putze, zupft sie mir noch ein weiteres Taschentuch aus der Verpackung und sieht mich besorgt an.

„Nein, denen geht es zum Glück gut. Es ist nur …" Erneut fange ich so sehr an zu heulen, dass ich kaum ein Wort herausbekomme.

„Ist es dieser Eishockeytrainer, von dem du mir erzählt hast? Dieser Eric?"

Als ich seinen Namen höre, nimmt mein Schluchzen noch mehr zu, was Cherry korrekterweise als Bestätigung auf ihre Frage deutet.

„Sollen wir hinfliegen und ihn kastrieren? Was meinst du, Sarah? Ich finde, wenn er dich so sehr zum Weinen bringt, hat er es nicht anders verdient. Ich habe mal irgendwo gelesen, dass Männer dabei verbluten können … Aber es gibt bestimmt auch Mittel und Wege, das zu verhindern. Im Internet findet man doch alles. Und wir wollen schließlich, dass er den Rest seines Lebens leidet, oder?" Vorsichtig schiebt sie mich von ihr weg und ich muss trotz meiner Tränen lachen. Zufrieden lächelnd legt Cherry den Kopf schief und glättet mit der Hand ihr rotblondes Haar. „So gefällst du mir gleich viel besser. Jetzt bringe ich dich erst mal nach Hause und du nimmst ein heißes Bad. Und anschließend bestellen wir eine Familienpizza ganz für uns alleine und du erzählst mir, was genau passiert ist, okay? Grayson wird uns nicht stören, er ist bei einem Shooting und kommt erst morgen zurück. Wie klingt das?" Noch ein drittes Taschentuch folgt und ich nicke.

„Klingt nach einer hervorragenden Idee", sage ich schließlich heiser und gehe mit ihr zu ihrem Auto.

Am darauffolgenden Morgen werde ich von meinem Bruder geweckt, der mir Kaffee und ein Croissant ans Bett bringt.

„Hey, Schwesterherz!“ Obwohl es noch früh am Tage ist, sieht er bereits blendend aus und scheint ebensolche Laune zu haben. Kurz befürchte ich, dass das heute mehr ist, als ich ertragen kann, aber schließlich gelingt es mir doch, sein Lächeln zu erwidern. Da die Sonne gleißend hell in das großzügige Gästezimmer scheint, blinzele ich heftig, weil ich Kopfschmerzen habe.

Das Bett gibt unter seinem Gewicht leicht nach, als sich mein Bruder zu mir an die Bettkante setzt, so wie er es immer getan hat, wenn ich als Kind krank gewesen bin. Obwohl wir nur ein paar Jahre auseinander sind.

Ein bisschen mühsam richte ich mich auf, Liebeskummer und eine Flasche Rotwein sind keine wirklich sonderlich gelungene Kombination.

Besorgt legt Grayson mir die Hand auf die Stirn, um meine Temperatur zu überprüfen.

„Cherry hat gesagt, dir geht es nicht so gut? Du siehst in der Tat etwas blass um die Nase aus.“ Er beugt sich vor, um mich genauer unter die Lupe zu nehmen und es würde mich nicht wundern, wenn er im nächsten Augenblick Taschenlampe und Holzstäbchen aus seiner Tasche holen und mich bitten würde „Aaahhhh“ zu sagen. Auch wenn es Grayson gerade etwas übertreibt, bin ich Cherry trotzdem überaus dankbar für ihre kleine Flunkerei. Denn auch wenn mein Bruder mein ältester und größter Vertrauter ist – über Männer kann ich einfach nicht mit ihm reden. Wenn er wüsste, warum es mir tatsächlich nicht gut geht, wäre er vermutlich längst auf dem Weg nach Midway, um Eric eine gehörige Tracht Prügel zu verpassen.

Kurz finde ich den Gedanken recht verlockend, es ihm vielleicht trotzdem oder genau deswegen zu erzählen, verwerfe die Idee allerdings schnell wieder. Zum einen regle ich meine Angelegenheiten gerne selbst; die Zeiten, in denen ich meinen großen Bruder zur Hilfe rufen musste, sind zum Glück lange vorbei. Zum anderen ist Eric fast genauso groß wie Grayson und in einem ebenso guten Trainingszustand. Ich bin mir also nicht sicher, ob mein Bruder tatsächlich unverletzt aus dieser Aktion hervorgehen würde. Also bleibe ich lieber bei der Geschichte mit der Krankheit, oder sage vielmehr gar nichts diesbezüglich.

„Fieber hast du zumindest keins“, stellt Grayson schließlich fest, nachdem er auch noch umständlich zunächst meine linke, dann meine rechte Hand und im Anschluss meine Stirn auf ihre Temperatur überprüft hat.

Langsam steht er vom Bett auf, seine alte Verletzung an der Hüfte macht ihm manchmal bis heute zu schaffen.

„Ich lasse dich mal in Ruhe. Iss was und schlaf noch ein bisschen. Heute Nachmittag nimmt Cherry dich glaube ich wegen der Brautjungfernkleider in Beschlag. Aber heute Abend könnten wir alle zusammen Essen gehen. Was meinst du?“

„Klingt großartig!“ Meine Stimme hört sich so rau an, als wäre ich tatsächlich erkältet. Darauf, dass dies die Folgen einer Nacht voller Tränen sind, kommt Grayson hoffentlich nicht.

Nachdem die Tür sich hinter ihm wieder schließt, lasse ich mich dankbar zurück in die Kissen sinken. Auch wenn ich mir sicher bin, dass ich keinen Schlaf mehr werde finden können, so habe ich trotzdem noch keine Lust, mich dem großen, bösen Leben außerhalb des Bettes schon stellen zu müssen.

+++

Am liebsten wäre Eric ihr gleich hinterher gefahren. Sofort und auf der Stelle, Madisons Einwänden zum Trotz, die der Meinung war, Sarah solle sich erst einmal beruhigen.

Doch es ging nicht. Das Spiel am Abend konnte er auf gar keinen Fall verpassen, ansonsten wäre sein Job auf der Stelle weg gewesen. Und selbst wenn er das in Kauf genommen hätte – und vermutlich hätte er: Er hätte seine Jungs hängen lassen müssen. Das Spiel war zu wichtig für sie, als dass er hätte einfach verschwinden können.

Den ganzen Abend hat er mit zusammengebissenen Zähnen seine Leute angeschrien, wegen jedes kleinen Fehlers, den sie gemacht haben. Nicht dass er sonst nicht auch streng mit ihnen wäre … Doch das war eine neue Dimension. Und den ganzen Abend hatte er Sarahs Gesicht vor Augen. Das Erstaunen, die Erkenntnis, das Entsetzen … und die Tränen.

Sie haben das Spiel knapp gewonnen. Eric konnte sich keine Sekunde darüber freuen. Wenn es nach ihm gegangen wäre, wäre er sofort abgehauen. Aber seine Jungs und sein Chef hatten ihn in Beschlag genommen, bevor er eine Chance hatte, unauffällig zu verschwinden.

Wie oft er versucht hatte, Sarah anzurufen, hat er irgendwann aufgehört zu zählen. Zuletzt hat er gar nicht mehr damit gerechnet, dass sie ans Telefon gehen würde, allerdings hat sich ihre Stimme auf der Mailbox so vertraut und so normal angehört, dass er es dennoch immer wieder versucht hat.

Als er schließlich eine Chance hatte zu entkommen, war es viel zu spät. Er ist trotzdem zum Flughafen gefahren, um sich anzuhören, was er ohnehin schon wusste: dass heute kein Flug mehr nach Boston gehen wird. Erst morgen Mittag.

Zu Hause hat er versucht, schlafen zu gehen. Was hätte er auch sonst tun sollen? Wenn er nur hätte schlafen können! Seine Zähne haben vom vielen Zusammenpressen geschmerzt, und sobald er die Augen geschlossen hat, hat er Sarahs Blick vor sich gesehen.

Morgen nehme ich den ersten Flug und versuche, das alles wieder in Ordnung zu bringen!

Nach einer schlaflosen Nacht war er aufgestanden, hat seine Sachen gepackt und ins Auto verfrachtet. Er war gerade dabei, sich den Sicherheitsgurt umzulegen, als sein Telefon klingelte.

+++

Keine Ahnung, ob es etwas gibt, das einen noch mehr frustrieren könnte, als sich mit den Hochzeitsvorbereitungen anderer zu beschäftigen. Vor allem, wenn man selbst das Gefühl hat, vor Liebeskummer fast vergehen zu müssen. Bereits am frühen Nachmittag schmiede ich abwechselnd Pläne für meine Flucht oder ein unauffälliges Besäufnis, oder am allerbesten beides in Kombination.

Nachdem ich ein, zugegeben recht hübsches Brautjungfernkleid anprobiert, meinen Bruder ausgiebig in seinem perfekt sitzenden Smoking bewundert und außerdem von fünf verschiedenen Sorten Torte gekostet habe, bin ich völlig am Ende.

Die beiden wirken so unglaublich glücklich miteinander und ich fühle mich heute wie der schlechteste Mensch der Welt, denn alles, was ich im Moment empfinden kann, ist Neid.

Ich muss mich zusammenreißen, um glaubwürdige Begeisterung für Cherrys wirklich geschmackvolles Hochzeitskleid an den Tag zu legen. Ich muss mich zusammenreißen, um anzuerkennen, wie schön die Einladungskarten geworden sind. Zuletzt fahren sie mit mir an ihr Haus am See, um mir zu zeigen, wo sie hier im Frühjahr ein beheiztes Zelt aufstellen wollen. Mittlerweile ist mein Lächeln so angestrengt, dass mein Gesicht davon zu schmerzen beginnt.

Es ist zum Heulen, was ich tatsächlich zwischendrin nur mit viel Mühe und Selbstkontrolle verhindern kann.

+++

So gern und viel er auch flucht – so viele und schlimme Flüche wie heute hat er vermutlich in den letzten zehn Jahren zusammen nicht von sich gegeben.

Den ganzen Weg zum Polizeirevier stößt er eine wüste Verwünschung nach der nächsten zwischen den halb geschlossenen Lippen hervor. Als ihm jemand an einer unübersichtlichen Kreuzung die Vorfahrt nimmt, hätte er um ein Haar aufs Gas getreten und den anderen Wagen mit voller Absicht gerammt, statt abzubremsen und auszuweichen.

Bevor er die schwere Tür öffnet, atmet er ein paar Mal tief durch. Seine Zähne knirschen so laut, dass er selbst darüber erschreckt.

Der Geruch des fahlgrauen Linoleumbodens und der Gestank nach verschwitzten Körpern, muffigen Akten und abgestandenem Kaffee wehen ihm entgegen und bringen unliebsame Erinnerungen mit sich.

Er erinnert sich noch gut daran, als er auf einem ähnlichen Revier gesessen und darauf gewartet hat, dass sein Vater ihn abholt. Er kann sich bis heute an die maßlose Enttäuschung im Blick seines Dads erinnern und an das Gefühl, ganz großen Mist gebaut zu haben. Wirklich großen Mist.

Er hat gestohlen, genau wie sein Sohn jetzt. Er war sogar fast genauso alt. Außerdem ist er erwischt worden – genau wie sein Sohn. Allerdings hat Eric nicht aus Vergnügen gestohlen, sondern aus dem Bedürfnis, endlich mal irgendwo dazuzugehören. Und er hat kein Auto geklaut, sondern Markenklamotten, weil er ein Mädchen aus seinem Jahrgang damit beeindrucken wollte. Weil er ein einziges Mal so aussehen wollte, wie alle anderen auch, weil er ein einziges Mal nicht negativ aus der Masse hervorstechen wollte.

Travis hingegen … Wieder knirscht Eric mit den Zähnen. Travis hat in seinem ganzen Leben noch keine finanzielle Not gelitten. Im Gegenteil. Immer öfter überlegt Eric, ob es nicht sinnvoller gewesen wäre, wenn sein Sohn hier und da ein bisschen kürzer gehalten, weniger verwöhnt worden wäre. Wenn er klarere Grenzen aufgezeigt bekommen hätte. Vielleicht hätte er schließlich gelernt, dass ein *Nein* auch ein *Nein* ist. Dann hätte eventuell die Chance bestanden, dass er heute Abend tatsächlich zu Hause geblieben wäre, statt den verdammten Porsche des Nachbarn zu klauen und vor den nächstbesten Baum zu setzen. Und das alles natürlich ohne Führerschein

– den er bisher nicht machen durfte, weil weder Eric noch Madison ihn für reif genug gehalten haben, um Autofahren zu können …

+++

Kapitel 31

Obwohl Grayson und Cherry versucht haben mich zu überreden, noch eine weitere Nacht zu bleiben, wollte ich einfach nur nach Hause.

Ich bin mir nicht sicher, ob es mir besser oder noch schlechter geht als bei meinem Abflug aus Midway, sofern das überhaupt möglich ist. Zwar befinde ich mich nicht mehr in dem leichten Schockzustand, den ich bei meiner Abreise hatte, dafür wird mir von Minute zu Minute klarer, dass kein Eric auf mich warten wird, wenn ich zurück nach Midway komme. Kein sexy Highlander, der mich am Flughafen böse anfunkelt, und erst recht keiner, der heute Nacht mein Bett warmhält.

Meine Wohnung fühlt sich viel weniger heimelig an, als noch vor ein paar Tagen.

Seufzend atme ich den Geruch von frischer Farbe ein, der mich daran erinnert, wie wenig ich hier erst zu Hause bin. Das Klappern meines Schlüsselbundes, den ich in die kleine, mit Blattgold verzierte Schale auf der Kommode werfe, erscheint mir so laut, dass ich unwillkürlich zusammenzucke.

Müde stelle ich meinen kleinen Trolley in einer Ecke ab und schlüpfe aus meinen hochhackigen Schuhen. Beides lasse ich einfach auf dem Flur stehen. Vielleicht habe ich morgen Muße dazu, es wegzuräumen, heute Abend fehlt mir jegliche Motivation. Im Kühlschrank finde ich eine Flasche Weißwein. Bedauerlich, dass ich bisher nicht dazu gekommen bin, etwas Härteres zu kaufen, der Wein war teuer und ist eigentlich zu schade, um sich damit zu betrinken.

Er wäre eher etwas für ein romantisches Abendessen … Ein romantisches Abendessen mit Eric.

In meinen Augen brennen Tränen, dabei hätte ich gedacht, dass ich in den letzten vierundzwanzig Stunden alle mir verfügbaren schon längst geweint habe. Trotzig wische ich sie am Ärmel meiner Bluse ab, während ich den ersten Schluck Wein trinke, dicht gefolgt vom zweiten. Völlig erschöpft lasse ich mich schließlich auf mein neues Sofa fallen und schalte den Fernseher ein. Es läuft nur Mist, wie immer, wenn man mal das Gefühl hat, ein wenig sinnlose Berieselung bitter nötig zu haben. Wahrscheinlich sollte ich ins Bett gehen, aber ich kann mich nicht dazu überwinden, wieder aufzustehen. Nachdem ich erstmal hier liege, kann ich mich eigentlich zu gar nichts mehr überwinden, nicht einmal zu einem weiteren Schluck Wein. Eine träge, antriebslose, kalte Leere macht sich lähmend in mir breit und ich schaffe es gerade noch, die Decke über mich zu ziehen, um dann weiter sinnlos auf die Glotze zu starren.

Es ist aus mit Eric. Er hat eine Frau. Eine Ehefrau! Und mit der hatte er Sex.

Der Gedanke taucht immer wieder und wieder in meinem Kopf auf, solange bis ich zu müde und erschöpft bin, zu traurig und verzweifelt, um ihn noch einmal zu denken, und frierend einschlafe.

Später schrecke ich mit klopfendem Herzen aus einem unruhigen, oberflächlichen Schlaf voller wirrer Träume hoch und brauche einen Moment, um mich zu orientieren. Der Fernseher läuft noch immer und taucht den Raum in ein diffuses, unruhig flackerndes Licht. Die Realität holt mich schneller ein, als mir lieb sein kann.

Eric und seine Frau.

Meine Gedanken fangen erneut an, sich zu drehen, während mir klar wird, wovon ich vorhin aufgewacht bin – denn es klingelt an der Tür. Eigentlich gibt es nur eine Person, die zu dieser Zeit bei mir klingelt. Und diese Person will ich nicht sehen müssen. Will ich nie wieder sehen müssen ... Und dennoch fällt mir nichts schwerer, als der Gedanke daran, ihn tatsächlich nie wiederzusehen. Obwohl es meinem Verstand durchaus klar ist, hat mein Herz es anscheinend noch nicht begriffen und zieht sich schmerzhaft zusammen.

Ungeachtet dessen, dass er mich nicht hören kann, schleiche ich mich auf Zehenspitzen ans Fenster. Es ist, als könne ich seine Anwesenheit unten vor dem Haus beinahe körperlich spüren. Obwohl ich genau weiß, dass er da ist, zucke ich zusammen, als ich sein Auto unter meinem Fenster erkenne. Und Eric. Er steht unter dem Lichtkegel der Straßenlaterne und wirkt durch das kalt weiße Licht fast schon grau. Er erscheint mir so unwirklich, dass ich mir nicht ganz sicher bin, ob ich vielleicht noch träume. Aber als er zu mir hochschaut, zucke ich zurück, als hätte mich jemand geschlagen. Ich glaube nicht, dass er mich entdeckt hat, dafür ist es hier drinnen zu dunkel, dennoch weiche ich vom Fenster zurück, als würde dahinter eine reale Bedrohung auf mich warten.

Ich lehne mich seitlich daneben und warte. Ohne eigentlich zu wissen, worauf. Darauf, dass ein Wunder geschieht, vielleicht. Stattdessen klingelt mein Telefon. Nur gut, dass ich nicht live mithören kann, wenn jemand darauf spricht, Erics Stimme zu hören würde mir jetzt endgültig den Rest geben. Dann klingelt es an der Tür, anschließend klingelt wieder mein Telefon. Das Geräusch ist laut und schrill und am liebsten würde ich mir die Ohren zuhalten.

Alles in mir sehnt sich danach, einfach raus auf die Straße zu gehen und mich in die Arme des Mannes zu werfen, der dort steht.

Ich muss all meinen Stolz und meine Selbstbeherrschung zusammennehmen, um es nicht zu tun.

Eric und Madison …

Mein Verstand und mein Herz stimmen immer noch nicht überein, wollen nicht übereinstimmen.

Neben der Trauer macht sich Wut breit, die mir ebenfalls hilft, zu bleiben wo ich bin. Keine Ahnung, wie lange es dauert, bis ich das laute Klappen einer Autotür höre, gefolgt von einem startenden Motor.

Einen kurzen Moment spüre ich Erleichterung. Vorsichtshalber warte ich noch ein Weilchen, bis ich mich traue, ans Fenster zu treten und zu schauen, ob er wirklich verschwunden ist. Bloß um mir umgehend zu wünschen, er würde immer noch da unten stehen.

+++

Das Gefühl in Erics Brust ist seltsam und beklemmend. Irgendetwas scheint nicht mit ihm zu stimmen, denn auf einmal fühlt es sich an, als würde er keine Luft mehr bekommen, als hätte ihm jemand ein enges Band und den Brustkorb gewickelt und fest zugezogen. Davon überzeugt, jeden Moment einen Herzinfarkt zu erleiden, fährt er an den Fahrbahnrand. Mit purer Willenskraft versucht er, seinen unkontrollierten Atem zu beruhigen, aber es nützt nichts. Das beklemmende Gefühl bleibt. Und dann passiert etwas, das ihm schon seit Jahren nicht mehr passiert ist. Das letzte Mal ist so lange her, dass er sich gar nicht mehr daran erinnern kann. Seine Augen beginnen zu brennen und eine Träne rollt ihm über die Wange, dann kommt noch eine.

Er flucht so laut, wie er kann, und drischt mit beiden Fäusten auf das verdammte Lenkrad seines dämlichen Wagens ein und fängt an zu heulen wie ein kleines Mädchen.

Zum Glück ist es dunkel und die Straßen sind so gut wie leer, sodass ihn niemand sehen kann.

+++

Wahrscheinlich hatte ich insgeheim gehofft, dass es mir nach einer Nacht in meinem eigenen Bett besser gehen würde. Doch jetzt muss ich feststellen, wie naiv diese Hoffnung war.

Im Badezimmer schrecke ich vor meinem Spiegelbild zurück. Meine Haut ist blass und fleckig, meine Augen sind vom vielen Weinen rot und geschwollen. Ich sehe aus, als würde ich an einer schweren Allergie in Kombination mit einer ansteckenden Krankheit leiden.

Nach einer heißen Dusche und jeder Menge Make-up wirke ich zumindest etwas annehmlicher, aber immer noch beschissen genug, um kleinen Kindern schlaflose Nächte bereiten zu können, weil ich wirke wie eine böse Hexe. Eine von der Sorte, die Kinder mit Süßigkeiten besticht, um sie dann selbst zu fressen.

Heute ist Montag und ich habe Rachel versprochen, mit ihr shoppen zu gehen. Sie hat nächste Woche Geburtstag und es ist sogar eine Party geplant. Ich freue mich, dass es ihr wieder besser geht, auch wenn ich befürchte, dass es an solchen Tagen bestimmt besonders schwer ist. Dennoch: Das Leben muss weitergehen und ich denke, das hat sie mittlerweile erkannt.

Und da selbiges auch für mich gilt, reiße ich mich zusammen und lege noch ein bisschen Rouge auf, bevor ich mich dem Tag stelle.

Zum Glück ist der Tag heute sonnig, sodass es nicht auffällt, wenn ich die meiste Zeit eine Sonnenbrille trage.

Als weitere Tarnung habe ich meine Lippen blutrot geschminkt, in der Hoffnung, dass das von den dunklen Schatten unter den Augen ablenkt. Rachel wartet bereits ungeduldig vor der Tür auf mich, als ich sie bei Dads Haus abhole.

Und ich stelle erfreut fest, dass sie langsam aber sicher zu ihrer alten Form zurückfindet, denn sie plappert während der halbstündigen Fahrt ohne Unterlass. Erzählt mir von einer Klassenkameradin, die seit Neuestem einen Push-up-BH trägt und ich kann nicht einordnen, ob Rachel selbst das nun verwerflich oder beneidenswert findet. Wahrscheinlich weiß sie es selbst nicht so genau.

Als wir auf dem Parkplatz vor der Shopping Mall anhalten, schwirrt mir der Kopf vor lauter Namen, „totals" und „leider geils".

Dafür erweist sich Rachel als eine wirklich genügsame Shoppingpartnerin. Nach drei Läden werden wir fündig. Obwohl ich sie ja gerne in ein Kleid gesteckt hätte, hat sie sich für eine schmale Jeans und ein Shirt mit Fledermausärmeln in dunkelblau entschieden. Weil sie immerhin schon sechzehn wird, kaufen wir ihr außerdem noch ein Paar Schuhe mit kleinen Absätzen sowie braune Mascara und rosa Lipgloss.

Anschließend gehen wir eine Kleinigkeit essen und als es serviert wird, ist Rachel plötzlich wieder still und nachdenklich.

„Was ist los, meine Kleine?" Während sie lustlos im Essen herumstochert, lege ich ihr meine Hand auf den Unterarm.

Mit glitzernden Augen sieht sie mich an.

„Sonst ist Mommy immer mit mir shoppen gegangen. Ich würde gerne wissen, was sie wohl zu den neuen Sachen gesagt hätte …“ Eine stumme Träne kullert über ihre Wange und ich wische sie weg, während ich auf einmal einen Kloß im Hals habe.

„Ich denke, sie wäre stolz auf ihr großes Mädchen gewesen. Sollen wir an deinem Geburtstag ein Foto von dir machen und es an Christinas Grab bringen?“

Noch eine Träne und der Kloß in meinem Hals scheint noch größer zu werden, ebenso wie das Band, das sich gerade um mein Herz schnürt. Ich würde ihr so gerne einen Teil ihres Leides abnehmen können … Aber selbst wenn ich es könnte: Ich bin der Meinung, dass es wichtig ist, dass sie in Ruhe trauert. Nur so kann sie irgendwann ein normales Leben führen und sie ist ja bereits auf einem guten Weg dahin.

„Sarah?“ Sie greift nach meiner Hand, um sie zu drücken und ich bin allein von dieser kleinen Geste unendlich gerührt.

„Ja?“

„Ich bin froh, dass du jetzt hier bist, dass ich wenigstens … na ja, du weißt schon … jemanden habe, zu dem ich mit so Frauensachen kommen kann. Wenn ich mal Fragen haben sollte.“

„Ich bin auch froh, dass ich hier bin, Rachel“, erwidere ich mit belegter Stimme. Außerdem bin ich froh darüber, dass ich immer noch eine Sonnenbrille aufhabe, ich bin mir nämlich sicher, dass meine Augen gerade sehr verdächtig glitzern.

„Sarah?“ Sie redet mit mir, während sie verlegen auf ihr Glas mit Coke schaut.

„Hm?“ Alarmiert durch ihren seltsamen Tonfall schaue ich auf.

„Glaubst du … glaubst du, Daddy hätte ein Problem damit, wenn ich ein paar Jungs zu meinem Geburtstag einlade?"

+++

Als er das Büro des Anwalts verlässt, wirft er einen letzten Blick auf die elegante Einrichtung. Helle Natursteinböden, teure Mahagonimöbel, eine Empfangsdame, die auch als Model durchgehen könnte … Der Typ verdient eindeutig zu viel Geld.

Eric hat das amerikanische Strafsystem noch nie zuvor infrage gestellt, doch es scheint, als würde sich mit genug Geld eine Menge regeln lassen.

Auch wenn Eric immer noch so sauer auf Travis ist, dass er am liebsten nie wieder ein Wort mit ihm reden würde, ist er gleichzeitig unendlich erleichtert, dass er ihn heute auf Kaution aus dem Knast holen kann. Vielleicht war eine Nacht im Gefängnis lehrreicher als alle Lektionen, die Eric seinem Sohn hätte erteilen können.

Eines muss er Travis wirklich lassen – er macht keine halbe Sachen. Das Auto, das er zu Schrott gefahren hat, war nagelneu und jetzt hat es einen Totalschaden.

Aber so wie es aussieht, lässt sich die Angelegenheit mit ein wenig Glück mit jeder Menge Geld und ein paar Sozialstunden regeln. Immer vorausgesetzt, dass der Anwalt hält, was er verspricht.

+++

Ich bin kurz davor, mich an meiner Cola zu verschlucken.

Jungs!

Meine kleine, süße Schwester will Jungs zu ihrem Geburtstag einladen.

Na sieh mal einer an …

„Redest du von Jungs im Allgemeinen oder denkst du an einen ganz speziellen?“ Man kann ja nie wissen, und bevor ich Prognosen abgebe, was Dad dazu wohl sagen wird, gehe ich lieber auf Nummer sicher.

Rachel wird knallrot und eigentlich sollte mir das Antwort genug sein. Doch ich habe auf einmal eine geradezu diebische Freude daran, weiter zu bohren.

„Du willst also vor allem einen ganz bestimmten Jungen einladen?“ Ich weiß, dass ich irgendwie fies bin, aber ihre Verlegenheit ist einfach zu niedlich.

„Na ja …“, antwortet sie gedehnt. „Nicht sooo speziell … da gibt es ein paar Jungs aus dem Jahrgang über mir …“

„Rachel!“ Eigentlich will ich streng klingen, trotzdem muss ich lachen. „Bitte. Veralbere mich nicht.“

Die Röte im Gesicht meiner kleinen Schwester wird noch ein bisschen intensiver, aber sie fängt an zu grinsen und schaut mir endlich wieder in die Augen.

„Also gut. Es geht um einen ganz bestimmten Jungen.“ Beim Lächeln sehe ich die feste Zahnspange in der unteren Zahnreihe, dann senkt sie erneut den Blick und spielt mit einem feinen, silbernen Armband an ihrem Handgelenk. „Wir … na ja, wir waren wohl zusammen.“

„Ihr wart?“ Irgendwie würde ich mir gerade gerne einen Schnaps bestellen. Allerdings ist es mitten am Tag und ich muss noch fahren. Meine kleine Schwester hatte einen richtigen Freund! Ich kann kaum glauben, dass sie schon so groß geworden ist. Auch wenn ich natürlich weiß, dass das in ihrem Alter völlig normal ist.

„Ja. Als das mit Mommy passiert ist … na ja. Ich glaube, er wusste nicht so richtig, wie er damit umgehen sollte, und hat sich ziemlich zurückgezogen. Letzte Woche hat er mich gefragt, ob ich mal wieder mit ihm ausgehen würde. Aber ich war noch so sauer. Ich hätte ihn irgendwie gebraucht, nachdem das mit Mom passiert ist. Aber als ich noch mal darüber nachgedacht habe … Ich denke, er war vielleicht ein bisschen überfordert." Das Herumgespiele an ihrem Armband hört auf und sie schaut zu mir hoch. „Ich meine: Ich wüsste da auch nicht, wie ich mich verhalten soll. So was ist ja schließlich nicht alltäglich."

Da hat sie natürlich recht, meine kluge, süße Schwester und ich bin in diesem Moment furchtbar stolz auf sie. Noch mehr, als ich es sonst immer bin.

„Verrätst du mir, wer es ist? Kenne ich ihn?" Ich muss gestehen, dass ich entsetzlich neugierig bin, doch ich habe schon damit gerechnet, dass sie den Kopf schüttelt.

„Ich verrate es dir, wenn er zusagt, okay? Es wäre mir sonst irgendwie peinlich."

Das kann ich sehr gut verstehen, vor allem, wenn man erst sechzehn wird.

„Ich kläre das mit Daddy, in Ordnung? Wir bekommen das hin. Da bin ich mir sicher."

Als sie jetzt zu mir aufblickt und lächelt, sieht sie seit langem mal wieder wie ein ganz normaler, glücklicher Teenager aus.

Mein Vater ist zwar nicht sonderlich begeistert von Rachels Anliegen, Jungs zu ihrer Party einladen zu dürfen, aber er will ihr diesen Wunsch auch nicht abschlagen. Mir wäre es an seiner Stelle vermutlich nicht anders gegangen, denn die Vorbereitungen für ihre Party lassen sie viel unbeschwerter wirken als sonst.

Mir tut es auch gut, es lenkt mich ab.

Ich habe immer noch verdammten Liebeskummer, und wenn Rachel nicht wäre … Ich würde mich den ganzen Tag ins Bett legen und mir selbst unendlich leid tun.

Zusätzlich zu Rachel ist da außerdem meine Arbeit in der Suppenküche, in der ich von Tag zu Tag mehr Verantwortung übertragen bekomme. Diese Woche habe ich zahllose Stunden am Telefon verbracht, um nach Sponsoren zu suchen. Ich muss gestehen, dass ich dabei Daddys Kontakte schamlos ausgenutzt habe. Auch wenn ich sonst großen Wert darauf lege, unabhängig zu sein: In diesem Fall bin ich der Meinung, dass der Zweck die Mittel heiligt.

Meine neuen Aufgaben erfüllen mich immer mehr, sie geben mir das Gefühl, gebraucht zu werden.

Auch meine Wohnung fühlt sich immer mehr wie ein Zuhause an. Ob nun mit oder ohne Eric: Ich habe das Gefühl, hier angekommen zu sein und langsam wieder Wurzeln schlagen zu können.

Dennoch tut es weh, an ihn zu denken, und ich denke oft an ihn.

In den nächsten zwei Wochen bieten mir Sarahs Geburtstagsvorbereitungen eine willkommene Ablenkung und vielleicht übertreibe ich es hier und da ein bisschen. Ich backe ihr einen riesigen Kuchen, gefüllt mit Schokoladencreme und Himbeeren. Anschließend ummantele und verziere ich ihn so lange mit Rollfondant, bis er aussieht wie das kleine rote Auto, das sie von meinem Vater zum Geburtstag bekommt, auch wenn sie dies zunächst nur in Begleitung fahren darf, da sie erst einen Lernführerschein hat. Ich klappere jeden Juwelier der Stadt ab, bis ich eine Kette finde, von der ich denke, dass sie ihr gefallen könnte.

Süße sechzehn!

Das ist ein besonderer Geburtstag und ich will, dass er so schön wie möglich für sie wird, allen traurigen Umständen zum Trotz. Auch wenn ich zu meiner Mutter nie ein wirklich gutes und entspanntes Verhältnis hatte, liegt es doch außerhalb meiner Vorstellungskraft, wie es sich anfühlen muss, wenn man sechzehn wird und schon eine Halbwaise ist.

Ich bin so sehr abgelenkt, dass es tatsächlich ab und an mal eine Minute oder zwei gibt, in denen ich meinen Liebeskummer fast vergesse.

+++

Obwohl die Icefoxes die letzten drei Spiele in Folge gewonnen haben, kann Eric sich nicht wirklich darüber freuen. Genaugenommen kann er sich im Moment über gar nichts freuen, höchstens vielleicht darüber, dass Travis tatsächlich ziemlich glimpflich davongekommen ist. Er muss nun jede Menge Sozialstunden machen. In Kombination mit den Arbeiten in Haus und Garten, die Travis für Eric erledigen muss, um den Betrag für die Geldstrafe abzustottern, ist für Freizeitaktivitäten, bei denen Trav auf dumme Gedanken kommen könnte, nicht mehr viel Raum. Und das vermutlich bis zu Travis' Rente.

Allerdings geht Eric eigentlich davon aus, dass sein Sohn auch so von Alkohol und Schwarzfahrten geheilt ist, eine Nacht in einer Gefängniszelle kann da manchmal wahre Wunder bewirken.

Jedenfalls ist Travis seitdem lammfromm und erledigt alle Aufgaben völlig ohne Murren. Da Eric alles, was ihn irgendwie von Sarah ablenkt momentan gut gebrauchen kann, hilft er seinem Sohn immer wieder mal. Das Haus war noch nie so sauber und aufgeräumt und der Garten noch nie so gepflegt, auch wenn es da aufgrund der kalten Jahreszeit natürlich nicht mehr allzu viel zu tun gibt. Und erstaunlicherweise fühlt es sich wirklich gut an, etwas mit Trav zusammen zu machen, selbst wenn es nur so etwas Simples wie Haus- oder Gartenarbeit ist.

„Dad? Darf ich morgen Abend ausnahmsweise auf eine Party gehen?“ Travis harkt die letzten Reste Laub im Garten zusammen. „Es gibt keinen Alkohol dort, wir gehen wahrscheinlich bowlen …“ Das Geräusch der Harke verstummt, während er seinen Vater erwartungsvoll ansieht. „Ich weiß ja, dass ich eigentlich Hausarrest habe. Es ist nur … na ja. Es ist ein Mädchen. Und … ich mag sie. Irgendwie.“

Der Hammer, den Eric bis gerade benötigt hat, um das Dach der Gartenhütte zu reparieren, gleitet ihm aus der Hand und fällt ziemlich schmerzhaft auf seinen Fuß.

„Ein Mädchen, Trav?“, keucht er unterdrückt, während er sich den malträtierten Fuß durch den Schuh hindurch zu reiben versucht, was eindeutig nicht viel Sinn hat. „Kenne ich sie?“

Travis zuckt nur mit den Schultern, während Eric den Hammer wieder aufhebt.

„Ich weiß nicht, ob du sie schon mal gesehen hast, aber ich schätze mal, du kennst ihren Vater. Es ist Rachel Wellington, Dad."

Eric lässt den Hammer erneut fallen, dieses Mal landet er auf seinen Zehen. Statt einer sinnvollen Antwort gibt Eric nur ein gepresstes Jaulen von sich, was Trav aber nichts auszumachen scheint, denn er redet ganz von selbst weiter.

„Wir sind ein paar Wochen miteinander gegangen, bevor das mit ihrer Mutter passiert ist. Danach war sie so traurig und ich wusste nicht, wie ich damit umgehen soll. Ich hätte sie vielleicht in den Arm nehmen sollen und ihr irgendwas Nettes sagen … für sie da sein und so. Aber ich wusste einfach nicht, was ich machen soll. Also habe ich einfach nichts gemacht und so getan, als wäre da nie was zwischen uns gewesen. Das war ziemlich dumm von mir, weiß ich selbst. Und sie war so traurig und tat mir so leid. Aber was soll man jemandem schon sagen, wenn so etwas passiert ist? Ich hab immer noch Gefühle für sie. Hatte ich die ganze Zeit." Travis rupft an einer Efeuranke herum, die am Gartenhäuschen wächst, obwohl sie da nicht hingehört. „Schätze, ich war wohl ziemlich überfordert." Die Ranke löst sich mit einem Ruck. „Bevor das mit dem Auto passiert ist, habe ich einen Versuch gemacht, sie zurückzubekommen, aber sie wollte nicht. Sie war sauer auf mich, was ich ja verstehen kann." Eine neue Efeuranke muss dran glauben. „Aber jetzt hat sie mich gefragt, ob ich zu ihrem Geburtstag komme … Und ich möchte da wirklich gerne hin. Rachel … Sie ist mir wirklich wichtig, Dad. Ich habe gehofft, dass ich vielleicht trotzdem hindarf, und du mir vielleicht mit einem Geschenk für sie helfen kannst."

Eric sieht noch einem Stück Efeu zu, dass von der Hüttenwand gerissen wird. Bevor er in der Lage ist zu antworten, braucht er einen Moment, um seine Gedanken zu sortieren. Das war die längste Rede, die er je von seinem Sohn gehört hat. Und es erklärt einiges. Eine fremde Stadt und Liebeskummer … Da würde wohl selbst der ein oder andere Erwachsene auf dumme Ideen kommen. Nicht dass es das entschuldigen würde, aber zumindest ist es eine Erklärung.

„Wir bekommen das schon hin, Trav. Irgendwie bekommen wir das schon hin."

Freundschaftlich klopft er seinem Sohn auf die Schulter, bevor er sich abwendet; denn er ist sich sicher, dass Travis es nicht gerade cool finden würde, seinem Vater beim Heulen zuzusehen.

+++

Rachels Ehrentag fällt praktischerweise auf einen Samstag.

Auf ihren Wunsch hin haben wir eine Bowlingbahn für sie gemietet, und weil mein Dad manchmal unter latentem Größenwahn leidet, hat er es nicht wie normale Menschen bei einer einzelnen Bahn belassen, sondern gleich das ganze Lokal reservieren lassen.

Nun ist alles hübsch dekoriert, und auf jedem der Tischchen stehen violette Sonderkarten mit dem Essen, das es heute geben wird, die extra für Rachels Geburtstag gedruckt worden sind.

Meine kleine Schwester sieht wunderhübsch in ihren neuen Sachen und dem diskreten Make-up aus. Ich habe ihr vorhin das Haar gemacht, das nun in langen dunklen Wellen ihren Rücken herunterfällt und sie erscheint mir heute Abend glücklich.

Dafür haben wir heute Vormittag beide ein paar Tränen vergossen, als wir an Christinas Grab gewesen sind. Sogar mein sonst so beherrschter Dad hatte Tränen in den Augen, und trotz aller Trauer war es ein schöner, sehr intensiver Moment.

Jetzt trudeln nach und nach Rachels Gäste ein und von ihrer Traurigkeit ist kaum noch etwas zu spüren. Ich freue mich für sie, dass sie langsam dabei ist, sich zu stabilisieren.

Die Luftschlangen, die mein Vater für sie besorgt hat, hat Rachel mit dem Hinweis verschmäht, dass sie sechzehn und nicht sechs Jahre alt wird. Die silbernen und violetten Luftballons durften jedoch zum Einsatz kommen und ich dekoriere die letzte Ecke damit, als sich die Tür öffnet und noch ein paar Gäste ankommen.

Ich kann den Blick in meinem Rücken spüren, und ohne dass ich sehe, wer da zur Tür hineingekommen ist, weiß ich es trotzdem. Wie ferngesteuert lasse ich den Luftballon sinken, den ich noch immer in den Händen halte, und drehe mich langsam um.

„Eric", formen meine Lippen tonlos und ich fühle mich wie zur Salzsäule erstarrt. Er schaut sich suchend um, anscheinend ist er auf das Treffen mit mir durchaus vorbereitet, denn sobald er mich entdeckt hat, kommt er schnell und zielstrebig direkt auf mich zu.

Er lächelt mich an, aber obwohl er noch fast am anderen Ende des Raumes ist, kann ich erkennen, dass sein Lächeln nur aufgesetzt ist. Mit großen Schritten kommt er immer näher, schiebt ein paar Luftballons zur Seite und streckt mir, wie ein wohlerzogener Junge, die Hand hin.

„Sarah, wie schön, dich mal wiederzusehen!“, sagt er so laut, dass es alle hören. Und dann, meine Hand noch immer haltend und weiterlächelnd: „Wir müssen miteinander reden.“ Jetzt spricht er so leise, dass es niemand außer uns hören kann. Mein Herzschlag hat sich zu einem rasenden Stakkato gesteigert, es fühlt sich widerlich an.

„Ich wüsste nicht, was wir zu reden hätten.“ Ich versuche, meine Hand aus seiner zu ziehen, auch wenn sich alles in mir am liebsten in seine Arme werfen würde. Aber er ist stärker als ich und hält mich unerbittlich fest. Und lächelt noch immer. Das heißt – sein Mund lächelt. Seine Augen nicht. Die sind voller Emotionen und ich drohe, in den Tiefen seines Blicks zu ertrinken. Schnell wende ich meine Augen wieder ab.

„Sarah …“ Eric redet leise und eindringlich. „Wenn du auf dem Geburtstag deiner Schwester keine Szene haben willst, rede jetzt mit mir. Ich versuche seit über zwei Wochen, dich irgendwie zu erreichen, und du lässt mich nicht. Das hier ist meine einzige Chance und die werde ich mir nicht entgehen lassen.“ Langsam lässt er meine Hand los, aber er steht immer noch so vor mir, dass ich mich mit Gewalt an ihm vorbeidrängen müsste, um wegzukommen. Und eine Szene – da hat er völlig recht – ist das Letzte, dass ich an Rachels Geburtstag inszenieren möchte.

„Also gut, Eric. Dann rede!“ Meine Arme verschränke ich fest vor meiner Brust, teils um ihn auf Abstand zu halten und teils um mein Herz daran zu hindern, einfach herauszuspringen, denn so fühlt es sich gerade an.

„Wollen wir kurz vor die Tür gehen?“ Er macht einen halben Schritt zur Seite, sodass ich wieder ein bisschen mehr Raum bekomme; er ist lange genug Spieler gewesen, um zu wissen, dass mir eine Flucht so immer noch nicht möglich ist.

Da ich kaum eine Chance sehe, dass ich heute Abend nicht mit ihm rede, nicke ich stumm.

„Gut“, sagt Eric und es hört sich beinahe wie eine Drohung an. Dann macht er eine ausladende Geste in Richtung Tür. „Bitte, junge Frau. Nach Ihnen …“

Einen Moment überlege ich, ob ich mich zu ihm umdrehen und ihm kräftig gegen sein Schienbein treten soll, befürchte jedoch, dass das mehr Aufsehen erregen würde, als mir lieb ist. Also folge ich ihm ohne Zwischenfälle nach draußen – natürlich einzig meiner Schwester zuliebe.

„Also, was hast du zu sagen?“ Die kalte Luft sorgt dafür, dass ich wieder etwas klarer denken kann, dafür beginne ich zu frieren. Ich habe keine Jacke an und meine Seidenbluse ist für diese Temperaturen völlig ungeeignet. Aber ich will mich ja auch nicht lange draußen aufhalten. Im Gegenteil. Ich will die Sache so schnell wie möglich hinter mich bringen.

Eric zieht seine Jacke aus und hält sie mir hin. Ich will sie nicht annehmen, egal wie kalt mir ist, doch er legt sie mir einfach über die Schultern. Mein erster Impuls ist, sie sofort wieder abzuschütteln. Erics Körperwärme hängt noch in ihr und, verdammt, sie riecht so gut. Nach ihm selbst, nach seinem Aftershave; der Geruch erinnert mich an Nächte voller Sex und heißen Umarmungen.

Auf einmal habe ich einen riesigen Kloß im Hals und meine Augen fangen an zu brennen. Es ist mir die letzten zwei Wochen mehr schlecht als recht gelungen, zu akzeptieren, dass es mit Eric und mir aus und vorbei ist. Und ihn jetzt vor mir stehen zu sehen … Ihn zu riechen und beinahe zu spüren, das ist einfach zu viel für mich. Einen kurzen Moment schließe ich die Augen, und als ich sie wieder öffne, steht Eric direkt vor mir. Im Licht der Werbereklame der Bowlingbahn wirken seine Augen unterschiedlich grau statt zweifarbig und er sieht müde und traurig aus. Vermutlich fast so sehr wie ich. Er macht einen weiteren Schritt auf mich zur, aber ich kann ihm nicht ausweichen, hinter mir befindet sich gleich die Hauswand.

„Sarah …", flüstert er. Seine Stimme ist rau und belegt, während er die Hand nach meinem Gesicht ausstreckt, um sie im letzten Moment wieder sinken zu lassen.

„Also, Eric? Was nun? Was hast du mir zu sagen?" Mein eigener Herzschlag dröhnt so laut in meinen Ohren, dass ich glaube, das hier keine Sekunde länger mehr ertragen zu können, ohne dass es bleibenden Schaden nehmen wird.

„Was ich dir zu sagen habe?" Er holt so tief Luft, das sich sein Brustkorb sichtbar erweitert. „Eigentlich ist das schnell zusammengefasst, Sarah." Nervös sieht er auf den Fußboden, um mir anschließend fest in die Augen zu blicken. „Ich liebe dich."

Mein Herz bleibt stehen und meine Atmung setzt aus. Dann hole ich mit einem Geräusch Luft, das klingt, als ob ich kurz davor wäre zu ersticken. Ein hohes, lautes Japsen kommt aus meiner Brust, gefolgt von einem fiependen Ringen nach Luft.

Und dann ist Eric da.

Ich bin eingeschlossen in seine Arme, seine Wärme, seine verstörende Nähe und seinen Duft. Ich zittere am ganzen Körper, ohne dass ich in der Lage wäre, etwas zu sagen. Aber Eric erledigt das für mich.

„Sarah …“, flüstert er an meinem Haar. „Meine Sarah. Es tut mir so unendlich leid. Es war alles nur ein Missverständnis. Ich hätte dir erzählen sollten, dass Madison und ich immer noch verheiratet sind. Wir haben uns einfach nie scheiden lassen, auch wegen Travis. Doch wir sind mittlerweile fast fünfzehn Jahre getrennt. Und da war nichts zwischen uns, ich schwöre es dir. Da war nichts. Ich weiß, dass es alles andere als unverfänglich aussah, aber da war nichts … Ich schwöre es dir.“

Ich klammere mich an seinem Pullover fest und weiß gar nicht, was ich sagen soll. Ich weiß nicht, ob ich ihm glauben soll. Seine Nähe fühlt sich so berauschend gut an, dass mir alles andere in diesem Moment völlig egal ist. Mag sein, dass es unvernünftig ist. Aber mein Herz schlägt gerade so laut, dass es meinen Verstand einfach übertönt.

Er liebt mich. Er liebt mich, er liebt mich!

Ich küsse ihn, weil ich einfach nicht anders kann. Ob er mir die Wahrheit sagt oder auch nicht – ganz egal. Ich muss ihn einfach küssen. Meine Lippen pressen sich auf Erics, als würde mein Überleben, mein ganzes Sein davon abhängen. Und er erwidert den Kuss. Entschlossen, voller Hingabe, genauso, als würde es ihm nicht anders ergehen als mir.

Ich habe ihn so vermisst!

Es ist nicht so, als ob mir das vorher nicht bewusst gewesen wäre. Aber jetzt, wo ich ihn küsse, wird mir erst das gesamte Ausmaß dessen bekannt. Während ich mich an ihm festklammere wie eine Ertrinkende, lacht Eric leise auf.

„Ich habe dich auch vermisst, Prinzessin. Ich habe dich auch vermisst.“

Dann küsst er mich wieder, diesmal viel sanfter und ich schmelze dahin wie Eis in der prallen Sommersonne.

Als ich gerade feststelle, dass ich ihn am liebsten nie mehr loslassen würde, ist er auf einmal weg. Verwirrt öffne ich meine Augen, um in die Augen meines Vaters zu sehen, die wirken, als würden sie wütende Blitze schleudern.

„Ich habe Ihnen gesagt, Sie sollen Ihre dreckigen Finger von meinen Töchtern lassen!"

Bevor ich überhaupt weiß, was eigentlich los ist, holt Dad aus und verpasst Eric einen Kinnhaken. Eric scheint genauso überrascht wie ich, denn er torkelt ein paar Schritte rückwärts und sagt kein Wort.

+++

Eric reibt sich verdutzt das Kinn. Der Schlag hat gut gesessen, allerdings ist er sich gerade nicht sicher, wofür er den genau verdient hat. Für eine Sekunde war er kurz davor, zurückzuschlagen. Zum Glück setzt sein Verstand erstaunlich schnell wieder ein. Denn weder seinen Chef zu schlagen, noch einen Mann, der circa zwanzig Jahre älter als er selbst ist, ist eine gute Idee.

Als Mr. Wellington allerdings zu einem zweiten Schlag ansetzt, macht sich Eric dazu bereit, ihn zumindest abzuwehren. Doch Sarah ist schneller.

„Schluss mit dem Blödsinn!" In ihrer Stimme schwingt soviel Autorität mit, dass selbst Eric in seiner Bewegung innehält. „Dad, was soll denn der Mist?" Erst jetzt ist ihr anzumerken, dass sie nicht ganz so gelassen ist. Dennoch stellt sie sich zwischen ihn und ihren Vater und Eric ist auf einmal irgendwie gerührt. Das warme Gefühl für Sarah verdrängt sogar die sachte Panik um seinen Job.

„Mr. McLeod ...", Sarahs Dad schafft es, das Ganze wie ein Schimpfwort klingen zu lassen. „Ich möchte Sie ein für alle Mal bitten, die Finger von meinen Töchtern zu lassen!"

„*Töchtern,* Daddy?" Sarah hört sich genauso verwirrt an, wie Eric sich fühlt. „Was willst du damit sagen? Was ist mit Eric und Rachel?" Jetzt klingt sie ein bisschen panisch.

„Ich habe keine Beweise ...", knurrt Mr. Wellington und seine Hände ballen sich zu Fäusten, die seine Fingerknöchel hell hervortreten lassen. „Aber ich weiß, dass Rachel in diesen Drecksack verliebt ist!"

Einen kurzen Augenblick lang starren sich alle entgeistert an. Dann durchschneidet auf einmal Travis' Stimme die Stille.

„Du bist in *meinen Dad* verliebt? Rachel?"

Eric schließt für einen Moment die Augen und holt tief Luft. Irgendetwas läuft hier gerade gründlich schief und er versucht zu begreifen, wo sein Sohn auf einmal herkommt. Viel Zeit bleibt ihm dazu allerdings nicht, denn schon geht die Show weiter, auf die alle Teilnehmer vermutlich verzichtet hätten.

„Ich?" Rachels Stimme ist ganz schrill. „In deinen Vater?" Dabei klingt sie so entsetzt, dass Eric fast so etwas wie Empörung empfindet. „Daddy, wie kommst du denn auf so einen Mist?"

Mr. Wellington schaut verwirrt von einem zum anderen, anscheinend ist Eric in diesem Moment nicht der Einzige, der die Welt nicht mehr begreift.

„Ich hab es gesehen, Rachel! Du hattest ein aufgeschlagenes Heft auf deinem Schreibtisch vergessen. Und darin war eine komplette Seite voll mit Herzchen gekritzelt und Schriftzügen ... Rachel McLeod und Herzchen ... als würdest du schon deine Unterschrift üben!"

Trotz der schlechten Beleuchtung kann Eric erkennen, wie Rachel rot anläuft. Dunkelrot, um genau zu sein.

„Aber die galten doch nicht Eric!" Immer noch klingt sie empört.

„Sondern?" Die Stimme ihres Vaters ist scharf und schneidend und lässt es nicht zu, ihm eine Antwort zu verweigern.

„Sondern Travis ..." Rachels Blick ist auf den Boden gerichtet und Eric kann ansatzweise nachvollziehen, wie unaussprechlich peinlich dem armen Ding die Situation gerade sein muss.

Der Blick ihres Vaters allerdings ist unbezahlbar. Er öffnet den Mund, um ihn wieder zu schließen. Dann öffnet er ihn erneut, diesmal lässt er ihn offen stehen und schaut von einem zum anderen. Langsam entspannen sich seine Fäuste und in seinem Gesicht ist so etwas wie Verlegenheit zu erkennen.

„Oh …", sagt er langsam und gedehnt.

In diesem Moment fängt Sarah lautstark an zu lachen.

„Du sagst es, Daddy!" Sie lacht so laut und ansteckend, dass auch Eric sich ein Grinsen nicht verkneifen kann. „Zum Glück bist du kein Jurist geworden. Deine Beweisführung scheint mir nämlich ziemlich fragwürdig zu sein." Anschließend fällt ihr Blick auf Trav und Rachel, die völlig betreten dastehen. „Ich glaube, wir verlagern jede weitere Diskussion nach drinnen und lassen die beiden mal einen Moment alleine."

Hervorragende Idee – auch wenn es Eric noch besser gefallen hätte, wenn er und Sarah auch noch einen Moment für sich hätten.

+++

Erst als wir wieder reingehen und Rachel und Travis alleine draußen lassen, wird mir wirklich bewusst, was hier gerade alles geschehen ist. Mein lautes Lachen ist mir irgendwie peinlich, weil es ein wenig unangemessen war. Doch manchmal passiert so etwas in Situationen, in denen mehr auf einmal stattfindet, als man in der Kürze verarbeiten kann.

Außerdem war und bin ich so furchtbar erleichtert!

Die Unterstellungen, die mein Vater ausgesprochen hat, waren ja schon sehr heftig. Ich bin mir nicht sicher, ob er wirklich daran geglaubt hat, dass Eric Rachel in irgendeiner Form zu nahe getreten ist. Ziemlich sicher nicht – denn ansonsten hätte er längst seine Konsequenzen daraus gezogen. Allerdings gehört mein Dad zu der Sorte Vater, die es jedem Mann übel nehmen, der dazu beiträgt, dass seine Töchter Kummer haben. Ob nun verschuldet oder nicht. Schließlich wäre Rachel nicht der erste Teenager der Welt gewesen, der für einen unerreichbaren und älteren Mann schwärmt. Und mein Dad ist bei solchen Dingen wirklich wenig objektiv. Eigentlich ist es ja rührend, dass er so um Rachel und mein Wohlergehen besorgt ist, doch diesmal ist er eindeutig über das Ziel hinausgeschossen. Und das hat er anscheinend auch selbst eingesehen, ich kann mich nicht entsinnen, ihn je so kleinlaut erlebt zu haben wie gerade eben.

Ich weiß, dass er Eric noch nie sonderlich leiden mochte, ihn aber zum Wohle seiner Mannschaft trotzdem eingestellt hat. Mein Vater ist ziemlich speziell, was die Sympathie zu anderen Menschen angeht, ich glaube, es gibt nur wenige, die er wirklich gerne mag.

Dennoch weiß er, wann eine Entschuldigung angebracht ist, egal wie schwer es ihm auch fallen mag, sie auszusprechen.

Während er Eric kurz die Hand schüttelt, richtet sich meine Aufmerksamkeit auf Travis und Rachel, die in diesem Moment Arm in Arm zur Tür hereinkommen und ziemlich glücklich aussehen.

Armer Dad … gleich beide seiner Töchter verfallen einem McLeod …

Ich muss gestehen, dass ich den Rest des Abends nur noch körperlich anwesend bin. Mir geistern viel zu viele Dinge im Kopf herum.

Eric hat sich schnell verabschiedet, vermutlich, um meinem Vater nicht noch mehr die gute Laune zu verderben.

„Wir reden später noch ...", hat er mir ins Ohr geflüstert, bevor er gegangen ist. Und tatsächlich müssen wir dringend reden. Denn jetzt, wo er mich nicht mehr mit seiner Nähe berauscht, kommen mir wieder Zweifel. Die Geschichte mit seiner Frau, die er mir verschwiegen hat, ist nicht wirklich einfach für mich zu verdauen. Ich hatte etwas mit einem verheirateten Mann! Das hätte ich durchaus gerne vorher gewusst. Und auch das komische Verhalten seinen Eltern gegenüber ist immer noch unerklärt.

Als Rachels Geburtstagsparty vorbei ist, habe ich das Gefühl, dass mir jeden Moment mein Schädel zerspringt. Ich will nach Hause, eine heiße Dusche und mindestens neun Stunden Schlaf. Und ich will, verdammt noch mal, endlich meine innere Ruhe zurückbekommen. Danach will ich mit Eric reden und sehen, wie es mit uns weitergehen soll.

Ich verabschiede eine überglückliche Rachel, die die meiste Zeit irgendwo heimlich mit Travis geknutscht hat und ich verabschiede meinen leicht zerknirschten Vater, dem sein Verhalten, zu Recht, ein bisschen unangenehm zu sein scheint.

„Dad?“ Ich halte ihn am Arm fest, als er in sein Auto steigen will. „Ich weiß, dass du Rachel und mich beschützen willst. Ich kann deine Reaktion bezüglich Rachel verstehen. Sie war ohnehin schon völlig am Boden. Wenn sie tatsächlich in Eric verliebt gewesen und dieser hätte ausgerechnet etwas mit mir angefangen … Das wäre wirklich eine Katastrophe geworden.“ Es fällt mir schwer, dieses Gespräch mit ihm zu führen, weil ich mir sicher bin, dass er uns liebt und es nur gut gemeint hat. „Du machst dir Sorgen um uns und das weiß ich zu schätzen. Aber in Bezug auf mich geht das einfach zu weit. Ich bin ein erwachsener Mensch und ich stehe schon lange, sehr lange, auf eigenen Beinen. Ich habe nichts gesagt, weil ich dir nicht noch mehr Kummer bereiten wollte. Es ging dir nicht gut und ich weiß, dass du deinen Trainer persönlich nicht sonderlich magst. Also habe ich es vertuscht, statt mit dir zu reden. Aber die Sache zwischen Eric und mir muss und will ich alleine regeln. Ich weiß noch nicht, in welche Richtung es gehen wird. Aber ich bitte dich, dich nicht weiter einzumischen.“ Mein Atem bildet weiße Wölkchen in der kühlen Nacht, während ich auf seine Reaktion warte. Ich hätte schon viel, viel früher das Gespräch mit ihm suchen sollen, das hätte einiges leichter gemacht.

Mit einem wehmütigen Lächeln zupft mein Dad den Kragen meines Mantels zurecht.

„Wenn man Kinder hat, dann fühlt man sich für sie verantwortlich. Sein ganzes Leben lang. Aber ich habe heute erkannt, wie erwachsen ihr beide seid. Rachel und du. Und auch, wie stark ihr beiden seid. Ich bin stolz auf meine beiden tollen Mädchen. Dass ich mich nie mehr einmische, kann ich nicht versprechen. Eltern meinen ja immer, Dinge besser zu wissen als ihre Kinder, egal wie alt diese sind. Aber ich verspreche dir, dass ich in Zukunft vorher mit euch beiden reden werde.“ Er küsst mich auf die Stirn, bevor er ins Auto steigt, in dem Rachel schon auf ihn wartet, und davonfährt.

Ich bin so aufgewühlt, dass ich eine Weile in der kalten Nacht stehen bleibe, in der Hoffnung, dass die klare Luft auch meine Gedanken wieder klärt.

Kaum in meiner Wohnung schließe ich die Tür hinter mir, lasse mich mit geschlossenen Augen dagegen sinken und genieße die himmlische Ruhe, die mich hier empfängt.

Was für ein Abend!

Meine hochhackigen Stiefel ziehe ich aus und lasse sie mitten auf dem Flur liegen, ich habe heute Abend beim besten Willen keine Lust mehr aufzuräumen.

Völlig erledigt tappe ich ins Badezimmer, um das heiße Wasser anzustellen. Meine Kleidung hänge ich über den Rand der Badewanne, mein Haar stecke ich mit einer Haarspange hoch – ich möchte nicht, dass es nass wird, ich bin nämlich viel zu erschöpft, um es anschließend zu föhnen.

Das heiße Wasser auf meiner Haut fühlt sich absolut himmlisch an. Es entspannt meinen verspannten Nacken, es beruhigt meine nervösen Nerven und es sorgt dafür, dass mir endlich wieder warm wird. Am liebsten würde ich meine Dusche nie mehr verlassen und kann mich tatsächlich erst dazu überwinden, es doch zu tun, als meine Haut an Händen und Füßen schon ganz schrumplig geworden ist.

Bevor ich ins Bett gehe, putze ich mir noch schnell die Zähne und schlüpfe in ein Hemdchen mit dazu passendem Slip, hülle mich in meinen warmen Bademantel und mache mich auf den Weg ins Schlafzimmer. Ich bin so müde, dass ich auf dem kurzen Weg dorthin das Gefühl habe, kaum noch meine Augen offen halten zu können.

Und dann liege ich im Bett.

Und in meinem Kopf beginnen alle Gedanken sich ständig um sich selbst zu drehen.

Und ich kann nicht schlafen.

Seufzend drehe ich mich von einer Seite auf die andere, aber trotz aller Erschöpfung komme ich dennoch nicht zur Ruhe. Also stehe ich wieder auf. Zuerst gehe ich in die Küche und öffne noch eine Flasche Rotwein, in der Hoffnung, dass dieser mir die nötige Schwere zum Einschlafen verleihen wird. Dann gehe ich mit Glas und Flasche ins Wohnzimmer und schalte den Fernseher ein.

Ich versuche an nichts zu denken, nicht an Eric und seine Exfrau, nicht an Christina, nicht an meinen Vater und auch nicht an Rachel. Stattdessen bemühe ich mich, mich einfach vom Fernsehprogramm berieseln zu lassen.

Es gelingt mir nicht eine Sekunde.

Obwohl der Fernseher läuft, lässt mich das Geräusch der Türklingel zusammenzucken. Ich weiß, wer es ist, um diese Uhrzeit kann es eigentlich nur einer sein und ein unauffälliger Blick aus dem Fenster verschafft mir Gewissheit. Aber ich bin mir nicht sicher, ob ich heute Abend noch bereit bin, Eric gegenüberzutreten.

Allerdings muss ich auch nicht lange überlegen, um zu der Erkenntnis zu kommen, dass ich noch viel weniger dazu bereit bin, ihn vor der Tür stehen zu lassen. Meine Knie fühlen sich an, als bestünden meine Muskeln aus Pudding und meine Handflächen schwitzen, als ich ihm schließlich die Tür öffne.

Eric ist so schnell an meiner Wohnungstür, dass er zwei Stufen auf einmal genommen haben muss, was auch erklärt, warum er ein wenig außer Atem ist, als er schließlich im Türrahmen steht.

„Sarah ...“ Ich weiche der Hand aus, die sich nach mir ausstreckt. Ich will mit ihm reden, ohne dass mein Verstand dabei von den Wünschen meines nichtsnutzigen Körpers geschwächt wird. Eric sieht ein bisschen gekränkt aus und ich mache Platz, um ihn hereinzulassen.

„Möchtest du ein Glas Wein?“ Mit einer Kopfbewegung deute ich in Richtung des Couchtischs, als wir in meinem Wohnzimmer angekommen sind. Wenn er das Glas in den Händen hält, kann er mich schließlich nicht gleichzeitig anfassen, oder zumindest nur mit einer Hand. Zur Sicherheit warte ich dennoch, bis er sich gesetzt hat, und setze mich selbst dann in den Sessel, der soweit wie möglich von ihm entfernt ist. Zusätzlich hülle ich mich noch in eine Wolldecke; da ich nichts als meinen Bademantel und einen Hauch von Unterwäsche am Leib trage, ist mir ohnehin nicht gerade warm.

Während er einen Schluck Wein nimmt, schaut er mich über den Rand des Glases hinweg mit seinen verschiedenfarbigen Augen an.

„Du hast wirklich nicht vor, es mir leicht zu machen, oder?“ Langsam lässt er das Glas wieder sinken.

„Ich habe weder vor, es dir einfach noch es dir schwer zu machen. Aber du hast selbst gesagt, dass wir reden müssen. Also: Rede! Erzähl mir, warum du mir verschwiegen hast, dass du verheiratet bist. Oder warum es dir so peinlich war, dass deine Eltern mich mit dir sehen, dass du mich noch nicht einmal vernünftig vorgestellt hast!“ So ruhig ich mich auch anhöre, meine Hände umklammern die Armlehnen des Sessels mit soviel Druck, dass mir die Finger davon wehtun.

Und dann beginnt Eric zu reden.

„Ich weiß, dass ich dir von Madison hätte erzählen müssen. Aber … es mag wie eine fahle Ausrede für dich klingen, doch Tatsache ist, dass wir schon so lange getrennt leben, dass ich gar nicht mehr das Gefühl habe, dass wir verheiratet sind. Als wir uns getrennt haben, war es aus vielerlei Hinsicht besser, dass wir uns erst mal nicht haben scheiden lassen. Ich konnte sie leichter über meine Krankenversicherung mitversichern, ich konnte Steuern sparen … Auch mit Travis war vieles unkomplizierter. Ich wollte, dass die beiden versorgt sind. Und obwohl Maddie und ich kein Paar mehr waren, haben wir uns ja immer noch gut verstanden.“ Er macht eine kurze Pause, in der er nachdenklich einen Schluck Wein trinkt. „Ich weiß nicht, ob du so etwas kennst. Man denkt sich so lange „darum muss ich mich irgendwann mal kümmern“ bis man es irgendwann gar nicht mehr wahrnimmt.“

Ich nicke, es klingt irgendwie logisch.

„Ihr beide saht aus, als wärt ihr gerade aus der Dusche gekommen, als ich bei dir war …“ Ich löse meine schmerzenden Finger von der Sessellehne und lege sie stattdessen in meinen Schoß.

„Das waren wir auch. Madison war vorbeigekommen, relativ spontan. Sie und ihr Lebensgefährte waren kurz in den USA, da er irgendetwas Superwichtiges an der Uni zu erledigen hatte. Sie wollte nach Travis schauen. Weil er so viele Probleme macht, sind wir spazieren gegangen und pitschnass geworden. Wir waren tatsächlich beide duschen. Aber nicht gemeinsam. Um genau zu sein, sogar in unterschiedlichen Badezimmern.“

Auch das klingt logisch und ich entspanne mich ein bisschen.

Eric erzählt von selbst weiter. Er erzählt mir, wie sehr mein Vater ihn unter Druck gesetzt hat, dass er ihm gedroht hat, auch noch einige der anderen Spieler zu entlassen. Eric erzählt von Madison und davon, dass ihm bisher nie eine andere Beziehung ernst genug gewesen ist, um sich endgültig von ihr scheiden zu lassen. Er erzählt mir von seinen Eltern und seiner Kindheit, von seinen Sorgen und seinen irrationalen Gefühlen, die ihn manchmal immer noch überkommen. Er ist entwaffnend offen und ehrlich. Als er schließlich fertig ist mit reden, ist die Flasche Wein vor uns leer und mir schwirrt der Kopf.

Er hat mir soviel erzählt, sich so sehr geöffnet und doch bleibt da ein schales Gefühl. Vielleicht ist die Verletzung, die ich in den letzten Wochen empfunden habe, einfach noch nicht ganz verheilt, auch wenn der Grund dafür sich als unwahr herausgestellt hat.

„Ich danke dir für deine offenen Worte." Langsam stehe ich auf und bleibe dann zögerlich stehen. Ich bin völlig durcheinander. „Wir sollten schlafen gehen, es ist schon spät …"

Ein paar Sekunden lang starrt Eric mich nur stillschweigend an. Er fixiert mich und ich verliere mich im Grün und Blau seines Blickes, als würde er mich nur durch pure Willenskraft dazu bringen können, zu bleiben.

Müde schüttle ich den Kopf und will mich in Bewegung setzen, aber ich komme nicht dazu. Bevor ich weiß, wie mir geschieht, umfangen mich seine Arme und halten mich fest.

„Weißt du, Sarah …" Ich kann seinen Herzschlag an meiner Brust spüren, während er mir übers Haar streicht. „Viel weiß ich nicht über Beziehungen. Die einzige ernst zu nehmende, die ich bisher je hatte, ist gescheitert. Doch eines weiß ich mit Gewissheit: Es gehört immer eine gewisse Portion Vertrauen dazu. Und jetzt ist es an dir, dich zu fragen, ob du mir eben dieses Vertrauen gewähren willst."

Ich könnte mich von ihm lösen, wenn ich nur wollen würde. Ganz bestimmt könnte ich das. Vielleicht sollte ich es auch tun. Um in Ruhe über alles nachzudenken. Um eine Nacht über alles zu schlafen. Aber ich will es nicht. Sein Körper an meinem fühlt sich so berauschend und gut an … Auf gar keinen Fall will ich ihn wieder loslassen. Ich will ihn, ganz und gar; spüren, dass er bei mir ist, mit jeder Faser meines Körpers fühlen, dass wir zusammen sind.

„Ich liebe dich auch, Eric", flüstere ich rau, ohne mir darüber im Klaren zu sein, was ich da eigentlich sage. Aber seine Worte von heute Abend, draußen vor der Bowlingbahn, hatte ich schon die ganze Nacht im Hinterkopf.

Rau und wild liegen seine Lippen auf meinen. Ohne mich groß zu umwerben fordert seine Zunge Einlass in meinen Mund, spielt mit mir, fordert mich. Erregt mich. Ich beginne zu keuchen, als ich meinen Kopf in den Nacken lege, damit seine Zunge tiefer in mich eindringen kann. Auf einmal stehe ich lichterloh in Flammen. Ich habe ihn so sehr vermisst, dass ich jetzt nicht warten kann. Ich will ihn so sehr, dass es fast schmerzt. Ich will ihn sofort. Und danach ist immer noch Zeit, um über alles nachzudenken. Wenn es da überhaupt noch etwas zum Nachdenken geben sollte.

„Sarah …", flüstert er an meinem Ohr. „Ich liebe dich. Du bist mein. Und ich will dich."

Ich erwidere nichts und fahre stattdessen die Kontur seines Kinns mit meiner Zunge nach, lecke über seinen Hals und beiße ihm dann in die Schulter, woraufhin er ein deutliches Knurren von sich gibt.

Wieder küsst er mich und diesmal verkrallen sich meine Hände in seinem Shirt. Ich klammere mich an ihm fest wie eine Ertrinkende, während er mich rückwärts in Richtung des Esstischs schiebt. Mit einer schnellen Bewegung wischt er ein paar Briefe zur Seite, die ich dort habe liegen lassen, und schafft so Platz für uns.

„Eric …", stöhne ich, als er sein Becken gegen meines kreisen lässt, halb Bitte, halb Flehen.

„Was denn, Sarah?" Er löst den Knoten meines Bademantels und ich liege nur noch in Slip und Hemdchen vor ihm. Während er nach meinem Bein greift und es sich über die Schulter legt, lässt er mich nicht aus den Augen. „Was ist denn, Sarah?" Dann beißt er in die weiche, empfindliche Haut meines Oberschenkels. Mein Schrei ist ein Gemisch aus Erstaunen, Schmerz und Lust, und während Eric seinen Biss mit einer Liebkosung seiner Zunge mildert, beginne ich zu zittern. „Was ist denn, Sarah?“, wiederholt er seine Frage, aber ich bin nicht in der Lage, ihm etwas zu antworten, weil er in genau diesem Moment wieder zubeißt. Und leckt. Und dann wieder zubeißt. Immer gerade an der Schmerzgrenze. „Sag es mir, Sarah!“ Wieder ein Biss. „Sag es mir jetzt, los!“

Ich versuche, mich so gut es nur irgendwie geht zu sammeln.

„Ich will dich spüren, Eric, überall!“

Er gibt ein Geräusch von sich, das zugleich Stöhnen und Knurren ist, und ehe ich mich versehe, bin ich auf einmal mein Höschen los.

„Wo willst du mich spüren, Sarah?“

„Überall!“, wiederhole ich, und fühle, wie sein Mund an der Innenseite meines Beines hoch wandert.

„Hier?“, fragt er, und leckt über die empfindliche Haut meines Schenkels. „Oder doch lieber hier?“ Seine Lippen wandern zu der Stelle, an der Po und Oberschenkel sich treffen.

„Ja“, hauche ich. Und als er vorsichtig zubeißt, noch einmal: „Ja. Ja!“

„Oder willst du mich vielleicht hier spüren?“ Seine Stimme ist belegt, und als er mein weiches, feuchtes Fleisch mit seiner Zunge teilt, fühle ich mich nicht mehr in der Lage, noch zu antworten. Ich winde mich unter ihm, kann seine Liebkosungen kaum noch ertragen. Er ist so sanft, viel zu sanft … meine Finger vergraben sich in seinem Haar, mit aller mir zur Verfügung stehender Kraft versuche ich, ihn näher an mich heranzuziehen, aber es gelingt mir nicht. Im Gegenteil, er löst sich sogar ganz von mir. Meine Augen bleiben fest geschlossen, während meine Hände nach ihm greifen, ihn jedoch nicht finden können.

„Ich kann nicht warten, Sarah. Nicht heute."

Dann höre ich das Rascheln seiner Kleidung gefolgt von dem Geräusch eines Kondompäckchens, das aufgerissen wird.

Als er in mich eindringt, schreie ich auf, vor Lust, vor Erleichterung und vor reinem, purem Glück.

Später, nachdem er mich ins Bett getragen hat, wo wir uns ein zweites Mal geliebt haben, diesmal voller Zärtlichkeit, kuschele ich mich eng in seine Arme.

Manchmal ist Vertrauen wirklich der beste Weg zum Glück.

Mit einem Lächeln auf den Lippen schlafe ich endlich ein.

Der kleine Weg zwischen den Stuhlreihen ist mit weißen Rosen in schweren Vasen gesäumt. Ohnehin gibt es überall Rosen, soweit das Auge reicht, auch im Strauß der Braut, die in eben diesem Augenblick auf der Bildfläche erscheint. Sie sieht hinreißend aus, wie eine Prinzessin in einem Traum aus cremefarbener Spitze und Seide. Für einen Moment hält die ganze Hochzeitsgesellschaft den Atem an, um ihn anschließend in einem kollektiven „Ooooh“ wieder auszuatmen.

Auch dem Bräutigam steht die Überwältigung förmlich ins Gesicht geschrieben, als sich seine Braut langsam dem Altar nähert. Mit einem Lächeln greift er nach ihrer Hand, als sie sich vom Arm ihres Vaters löst, der sie zum Altar geführt hat.

In meinen Augen sammeln sich Tränen. Mein Bruder sieht so unendlich glücklich aus und Cherry ist eine wunderschöne Braut! Ich freue mich so wahnsinnig für die beiden, sie haben ihr Glück wirklich, wirklich verdient.

Und während ich sie so beobachte, wie sie sich in den ersten warmen Strahlen der Frühlingssonne das Jawort geben … und das an dem See der Farm, die für ihre Beziehung eine so tragende Rolle gespielt hat … Da mischt sich neben Glück und Freude auch noch ein weniger nobles Gefühl in mein Herz. Nämlich Neid. Kurz wünsche ich mir, ich würde da vorne an ihrer statt stehen, mit Eric neben mir. Doch der ist leider immer noch mit einer anderen verheiratet.

Als hätte er meine Gefühle geahnt, greift er in diesem Moment nach meiner Hand, drückt sie fest und zieht sie auf seinen Schoß, um sie zwischen seinen beiden großen Pranken einzuschließen. Nach einem prüfenden Blick in mein Gesicht löst er eine seiner Hände, um mir ein Taschentuch zu reichen, das ich dankbar annehme.

Mit einem glücklichen Lächeln widme ich mich wieder dem Geschehen am Altar.

Später tanzen wir, eng umschlungen und leicht beschwipst.

„Du siehst wundervoll aus heute Abend. Du bist mit Abstand die schönste Frau hier“, flüstert Eric in mein Ohr, während er mich vorsichtig im Kreis dreht und anderen Tänzern ausweicht.

„Ich dachte immer, dieses Privileg stünde einzig und allein der Braut zu“, antworte ich mit einem Blick in Cherrys Richtung, die wirklich die schönste und strahlendste Braut ist, die ich jemals gesehen habe.

„Sie kommt gleich nach dir. Aber mit dir kann sie nicht mithalten!“ Eric haucht einen Kuss auf meine nackte Schulter und dreht mich noch einmal im Kreis, bevor die Musik endet und eine kleine Pause einlegt.

„Ich will dir noch etwas zeigen, eine Überraschung. Setz dich kurz hierhin, ich bin gleich wieder da.“ Er geleitet mich zurück zu unserem Platz. „Nicht weglaufen, okay?“ Er schenkt mir dieses wundervolle Lächeln, das immer noch die Schmetterlinge in meinem Bauch zum Tanzen bringt.

„Niemals“, erwidere ich lächelnd und schaue ihm nach, wie er sich einen Weg durch die vielen Hochzeitsgäste bahnt.

Seit jener Nacht an Rachels Geburtstag habe ich es nicht eine Sekunde bereut, ihm mein Vertrauen geschenkt zu haben. In meinen Augen ist er der wundervollste Mann, der einer Frau nur begegnen kann. Selbst mein Vater hat sich mittlerweile halbwegs mit ihm arrangiert, auch wenn die beiden wohl niemals beste Freunde werden. Ich bin in Midway mittlerweile völlig zu Hause und habe die Leitung der Suppenküche übernommen, weil die ursprüngliche Leiterin aus privaten Gründen dort aufgehört hat.

Travis wird dieses Jahr seinen Abschluss machen und will anschließend Jura studieren. Da er mehr als erfolgreich im Basketballteam spielt und zusätzlich seit neuestem hervorragende Noten schreibt, sollte das auch ohne große Probleme klappen.

Bloß Rachel hat im Moment ein paar Probleme mit Eric. Vor einem Monat hat sie sich von Travis getrennt und ich vermute, Eric erinnert sie einfach zu sehr an seinen Sohn. Ich bin allerdings optimistisch, dass sich das geben wird, sobald sie einen anderen kennenlernt. In just diesem Moment tanzt sie lachend mit einem der Söhne von Graysons Freunden.

Eric, der gerade zurückgekommen ist, folgt meinem Blick und lächelt ebenfalls.

„Sieht aus, als hätte deine Schwester ihren Spaß!" Dann reicht er mir die Hand, um mir vom Stuhl hoch zu helfen, in der anderen hält er zwei Gläser Champagner. „Gehst du ein paar Minuten mit mir an den See? Es ist so laut hier und ich hätte dich gerne einen Moment für mich alleine …"

Kurze Zeit später sitzen wir an einem kleinen Bootssteg und beobachten den beinahe kitschigen Sonnenuntergang mit all seinen Facetten von Rot über Orange bis Rosa, während wir aneinandergekuschelt an unserem Champagner nippen.

„Ich habe noch etwas für dich." Es raschelt, als Eric etwas aus der Tasche seines Smokings hervorholt und mir einen Umschlag in die Hand drückt, den ich etwas verwundert ansehe.

„Was ist das?" Zögerlich stelle ich mein Glas ab und betrachte den Umschlag von beiden Seiten. Lächelnd zuckt Eric mit den Schultern.

„Mach ihn doch einfach auf …"

Mit gerunzelter Stirn öffne ich den Brief und lese seinen Inhalt.

„Das sind deine Scheidungspapiere!" Lachend schlage ich meine Hand vor den Mund und dann küsse ich Eric. „Das ist das Romantischste, was man einer Frau zur Hochzeit ihres Bruders nur schenken kann." Ich lache laut auf, bevor ich ihn noch einmal küsse.

„Das dachte ich mir auch …", murmelt Eric grinsend an meinen Lippen und umarmt mich und küsst mich so heftig, dass mir die Luft wegbleibt.

Während die Sonne endgültig im See versinkt, bin ich fest davon überzeugt, gerade die glücklichste Frau der Welt zu sein.

Auch wenn dieses Privileg heute natürlich ebenfalls eigentlich der Braut zusteht …

+++ ENDE +++

Zutaten:

Für den Teig:
- 500g Mehl
- 200 ml Milch
- 100g Butter
- 75g Zucker
- 1 dicke Prise Salz
- 1 TL gemahlener Kardamom
- 1 TL gemahlener Zimt
- 1 PK Hefe

Für die Füllung:
- 50 g Butter
- 50 g brauner Zucker
- 2 TL Zimt
- 1TL Kardamom
- ½ TL Salz

Außerdem:
- 1 Eigelb zum Bestreichen
- Hagelzucker zum Bestreuen

Zubereitung:

Teig:

Die Milch leicht erwärmen (nicht zu heiß werden lassen!), mit dem Zucker vermischen und die Hefe hereinbröseln. Abgedeckt stehen lassen, bis das ganze Blasen wirft.

Butter schmelzen, mit Salz und Gewürzen vermischen. Anschließend alle Zutaten für den Teig zu einem weichen Hefeteig vermengen. Sollte der Teig noch zu klebrig sein, Mehl hinzugeben. Abgedeckt an einem warmen Ort ca. 30 min gehen lassen.

Füllung:
Alle Zutaten unter rühren in einem Topf leicht erwärmen, bis die Butter geschmolzen ist. Anschließend abkühlen lassen bis eine streichfähige Masse entsteht.

Den Hefeteig ca. ½ cm dick zu einem Rechteck ausrollen und mit der Buttermasse gleichmäßig bestreichen. Von der langen Seite her fest aufrollen. Die „Nahtstelle" nach unten legen und die Rolle in ca. 1cm breite Streifen schneiden. Diese gleichmäßig auf einem mit Backpapier ausgelegten Backblech verteilen, mit dem verquirlten Eigelb bestreichen und mit Hagelzucker bestreuen.

Vor dem Backen noch einmal ca. 15 min ruhen lassen.

Bei 175°C (Ober- und Unterhitze) ca. 15 min backen.
Schmecken noch warm am allerbesten.

Danksagung

Beim Bedanken weiß ich meist gar nicht, wo ich anfangen soll, weil es so viele Menschen gibt, die mich so toll unterstützen!

Der erste Dank gilt meinen Leserinnen und Lesern, ohne die so ein Roman keinen Sinn machen würde. Schön, dass es Euch gibt! Ich freue mich sehr, über jeden einzelnen von Euch.

Ich bedanke mich bei meinen Testleserinnen und Testlesern, von denen mich einige nun schon fast von Anfang an begleiten und die mich mit ihren Kommentarten, ihrer Kritik, ihren Anmerkungen und auch mit ihrem Wohlwollen, das ein oder andere Mal zum schmunzeln bringen. Die mir weiterhelfen und mich unterstützen, jede kleine Lücke finden und überhaupt einfach toll sind. Danke, Janine, Nancy, Stefan und Susanne. Weil Ihr super seid und Euch durch meine unmöglichen Manuskripte quält! Und weil Ihr auch sonst die allerbesten seid.

Herzlichen Dank an Alexandra Amber, die sich auch noch durch ein unfertiges Manuskript gequält hat und mir an einer schwierigen Stelle toll weitergeholfen hat. Auch wenn es mir völlig rätselhaft ist, wie ein Mensch so schnell lesen kann. Wie stellst Du das an? Ich will das auch können.

Ganz vielen lieben Dank auch an Lektorat und Korrektorat, die zum Teil Nachtschichten für mich einlegen mussten damit alles noch rechtzeitig fertig wird.

Und – wie immer – an meine Familie. Die mich lieben, auch wenn ich stundenlang hinter meinem Laptop verschwinde und nicht mehr ansprechbar bin. Ich liebe Euch auch. Von ganzem Herzen.

Herausgegeben von:
Alexander Pohl
IDEEKARREE Leipzig
Alfred-Kästner-Str. 76
04275 Leipzig

www.ideekarree.de

„Die Verführung des Mondes“

Eigentlich will sich Luna nur einen ruhigen, kinderlosen Abend zu Hause machen, als sie überraschend in das Leben des ebenso reichen wie attraktiven Anwalts Phillip Dawn stolpert.

Zwischen den beiden knistert es gewaltig, aber Luna ist sich nicht sicher, ob es zwischen ihnen tatsächlich eine Zukunft geben wird.

Und während sie sich noch Gedanken über die Zukunft macht, wird sie von ihrer Vergangenheit eingeholt.

(März 2013)

„Die Verlockung des Glücks“
Teil 1

Sophie hat, nach einigen herben Enttäuschungen, den Männern eigentlich schon lange abgeschworen. Sie ist fest davon überzeugt, dass es sich alleine einfach viel besser lebt.

Doch eines Tages tritt Matt, der amerikanische Enkelsohn ihrer Nachbarin, auf sehr ungalante Art und Weise in ihr Leben. Sophie ist sich ganz sicher, dass sie diesen überheblichen Typ auf den Tod nicht ausstehen kann, denn er benimmt sich kaum besser als ein eingebildeter Neandertaler. Wäre da nur nicht dieses verdächtige Kribbeln, das sich in ihr breit macht, wann immer er in ihrer Nähe ist …

(Juni 2013)

„Die Verlockung des Glücks“
Teil 2

Zweiter und letzter Teil der Reihe „Die Verlockung des Glücks“.

Endlich hat Sophie der Verlockung des Glücks nachgegeben und ist zu Matt in die USA geflogen.

Dort angekommen ist ihr gemeinsames Leben allerdings nicht so ungetrübt wie erhofft. Das große Interesse der Öffentlichkeit an Matt, Sophies Selbstzweifel und eine Frau, die aus Matts Vergangenheit zu kommen scheint, legen ihnen immer wieder Steine in den Weg.

Werden sie es dennoch schaffen, einen gemeinsamen Weg zum Glück zu finden?

(August 2013)

„Die Versuchung der Hoffnung“

Hopes Leben ist auch ohne die große Liebe schon voll genug: Studium, Job, die Familie und ihr kranker Bruder fordern all ihre Zeit und Energie. Doch dann tritt John Petterson in ihr Leben, Sänger einer Rockband kurz vorm großen Durchbruch, und wirbelt ihre Gefühle und ihr Leben ordentlich durcheinander. Trotzdem reichen tiefe Gefühle allein manchmal nicht aus, um auf Dauer miteinander glücklich zu sein … oder?

(Dezember 2013)

"Der Kuss von Vergissmeinnicht"

Junes Leben besteht vor allem aus einem – nämlich aus Arbeit.
Doch eines Tages fällt ihr das Schicksal geradezu vor die Füße. Und zwar in Form eines Mannes, der vom Mountainbike gestürzt ist und sich nun an nichts mehr erinnern kann.
Allerdings verschwindet er nach ein paar Tagen genauso abrupt wieder aus ihrem Leben, wie er darin aufgekreuzt ist. Und das, obwohl June gerade dabei war, sich in ihn zu verlieben …

(März 2014)

„Herzkirschen"

(Juni 2014) Grayson White hat zwei große Leidenschaften: Football und Frauen. Zu seinem großen Frust darf er jedoch nach einem Unfall nicht mehr als Profi spielen und stürzt sich stattdessen in wilde Partys, ebenso wilde Affären und diverse Prügeleien.

Leider findet sein Werbepartner die negative Aufmerksamkeit, die Grayson dadurch auf sich zieht, gar nicht witzig.

Um sein Image wieder aufzupolieren, zwingen sie ihn, ehrenamtlich in einer Einrichtung für sozial benachteiligte Kinder zu arbeiten. Andernfalls winkt ihm eine dicke Vertragsstrafe. Grayson findet das überhaupt nicht witzig, zumal die Chefin der Einrichtung, Cherry Devenor, eine frustrierte Zicke zu sein scheint, die gegen seine Reize völlig immun ist …

„Sein Kuss und andere Katastrophen"

(Juli 2014) Chloe Winterfield kauft eine Farm in ihrer alten Heimat Nebraska und hofft dort, die unliebsamen Erinnerungen an ihren Ex-Verlobten loszuwerden. Aber leider bleiben Erinnerungen nicht einfach an Ort und Stelle, sie reisen immer mit. Zusätzlich ist Chloe im Nu auch noch mit einer anderen Episode ihrer Vergangenheit konfrontiert, die sie beinahe schon vergessen hatte.

- Kurzroman - ca. 135 Taschenbuchseiten

„Zimtzucker"

Sarah Wellington hat ihren Job verloren, der bisher ihr ganzer Lebensinhalt war. Nun macht sie sich auf den Weg zu ihrem Vater und ihrer fünfzehnjährigen Halbschwester, um den beiden in einer schweren Lebenslage zur Seite zu stehen. Doch bereits am Flughafen begegnet sie einem geheimnisvollen Fremden, den sie einfach nicht mehr aus dem Kopf bekommt.

8626153R10161

Printed in Germany
by Amazon Distribution
GmbH, Leipzig